Rouven Larsson

MORGAN COOPER

Smartes Lächeln, heiße Reifen

Bereits erschienen:

ZEITLOS – Nathan Nilsen
Paperback: ISBN: 978-3-7481-5161-6
E-Book: ISBN: 978-3-7438-8699-5

WOLF (Sandra Kopta und 4Rouven Larsson)
Paperback: ISBN 978-3-7481-3861-7
E-Book: ISBN 978-3-7438-9946-9

Bibliografische Information der Deutschen Nationalbibliothek:
Die Deutsche Nationalbibliothek verzeichnet diese Publikation in der Deutschen Nationalbibliografie; detaillierte bibliografische Daten sind im Internet über http://dnb.dnb.de abrufbar.

Herstellung und Verlag: BoD – Books on Demand, Norderstedt

ISBN: 978-3-7557-5228-8

Inhaltsverzeichnis

Vorwort

Kurioserweise schreibe ich dieses Mal das Vorwort nach dem Beenden des letzten Kapitels und muss deswegen auch ein wenig auf meine Wortwahl achten, um nicht zu viel vorweg zu nehmen. Ich durfte Morgan nun gut ein-dreiviertel Jahre begleiten, wenn ich die Recherchezeit mit einrechne sogar noch um einiges länger. In den Wochen und Monaten ist er anhand meines Blei-stiftes gewachsen und hat sich teilweise in Richtungen entwickelt, die ich vor-her so nicht vermutet hätte. Deswegen finde ich genau das immer sehr span-nend, den Char einfach nur selbständig reagieren zu lassen und mir seine Ent-wicklung dabei anzuschauen, ohne vorher für jedes Kapitel ein grobes Raster zu entwerfen. Natürlich gab es so zwei bis drei Punkte, die ich in der Geschich-te unterbringen wollte, weil sie wichtig für die Handlung waren, aber ansonsten durfte er einfach nur 'leben'. Und um ehrlich zu sein, ich bin mit dem Ergebnis mehr als zufrieden. Und ich wünsche ihnen viel Vergnügen beim Lesen. Auf eine gute Reise...

Prolog

Ein Meter neunzig groß, ansonsten eine durchtrainierte und schlanke Figur. Dunkelbraune Haare, ein längliches Gesicht mit vorwitzig dreinblickenden grün-braunen Augen. So sieht mir der Mann im Spiegel entgegen. Ein zufriedenes Grinsen ist zu sehen, heute ist ein guter Tag.

Mir ist durchaus bewusst, dass ich optisch ein Frauenmagnet bin, dennoch nutze ich das nicht böswillig aus. Und doch ist es eindeutig eine kleine Schwäche von mir, schönen Frauen nicht widerstehen zu können. Im Gegensatz zu einigen anderen Männern, gehe ich damit aber recht offen um. Keine falschen Versprechungen. Denn das gibt nur Ärger. Oh ja, das hatte ich auch schon erleben dürfen. Ja, es gibt durchaus Frauen, die mir das übel nehmen und noch übler darauf reagieren. Wie ich das meine, genauso wie ich es sage!

Während ich meinen Gedanken noch etwas nachgebe, werden nebenher die Hände gewaschen und noch einmal durch die luftig frisierten Haare gestrichen, ehe ich mit dem Koffertrolley den Toilettenbereich des Flughafen Heathrow verlasse.

Mein anderes Gepäck ist schon aufgegeben und bis zu meinem Flug noch massig Zeit, das ruft gerade zu danach einen gemütlichen Kaffee zu genießen. Eine aufregende Zeit liegt hinter mir, und ich bin gespannt was mich an meinem Reiseziel noch erwartet. Also suche ich mir einen freien Sitzplatz, stelle den kleinen Businesstrolley so beiseite dass er nicht im Weg steht und es dauert nicht lange, bis eine freundliche Bedienung an meinem Tisch auftaucht und nach meinen Wünschen fragt.

Beim Anblick der gertenschlanken Rothaarigen tauchen allerlei Wünsche in meinem Kopf auf. Doch die Vernunft lässt nur ein „Einen großen Kaffee, bitte" über meine Lippen kommen.

„Sehr gerne", entgegnet sie mit freundlichem Lächeln und verschwindet flinken Fußes Richtung Thekenbereich.

Mein Blick schweift ruhig über die geschäftig daher eilenden Reisenden im Abflugbereich des Flughafens. Groß und klein tummeln sich dort mit Taschen und Koffern, die noch aufgegeben werden möchten. Mürrische Kinder, die es kaum abwarten können in das große Flugzeug zu steigen. Oder das Gegenteil, lautstarker Unmut darüber fliegen zu müssen.

Andererseits sind auch viele Geschäftsleute zu sehen, Männer und Frauen, in Anzügen und Kostümen, Businesstrolleys wie ich bei sich, Mappen oder Handtaschen am Arm, flinken Schrittes zielstrebig den Raum durchquerend. Das kenne ich noch gut!

Hier sitze ich gerade in bequemer Jeans, Shirt, Lederhalbschuhe; ganz das Gegenteil von noch vor einigen Jahren, als ich ab und an genauso wie besagte

Geschäftsmenschen unterwegs war. Zumindest vom Kleidungsstil, nicht in Bezug auf die gesammelten Meilen. Das glauben sie mir nicht?

Meine Aufmerksamkeit richtet sich wieder auf die herbei strebende Bedienung, die mir mit gewohnt freundlichem Lächeln den Kaffee hinstellt. „Danke sehr", lächle ich sie ebenso an und warte ab, bis sie sich wieder entfernt hat, ehe ich ihr einen meiner typisch verschmitzten Hasen-Schmunzler folgen lasse.

Oh, entschuldigen sie bitte, wo waren wir stehen geblieben? Genau, ich wollte ihnen etwas erzählen. Nun, bis zum Abflug habe ich noch Zeit, wie sieht es bei ihnen aus?

Oh, sie ebenfalls?

Das trifft sich gut! Nun, lassen sie mich beginnen …

Kapitel 1

Der Wecker meines Handys klingelt ohne Erbarmen und es dauert eine gefühlte Ewigkeit, ehe ich mich im Bett rühre. Verschlafen und völlig zerknautscht drehe ich mich um, taste mit der Hand nach dem Gerät und als ich endlich die Pause-Taste finde, gibt der Quälgeist Ruhe. Erleichtertes Aufseufzen, ich drehe mich mehr im Bettzeug ein.

Fünf Minuten später geht der Terror wieder los! Mir ist klar, dass ich langsam aufstehen sollte. Die Vernunft siegt und dieses Mal verstummt der Alarm endgültig. Die Bettdecke wird weg geschoben und ich setze mich auf die Kante. Bekleidet mit der üblichen Schlafshorts bietet sich ein recht angenehmer Anblick.

Ein gut definierter Oberkörper, kräftige Rückenpartie, vorne sichtlich geformte Bauchmuskeln. Es ist nicht zu übersehen, dass ich sportlicher Natur bin, soweit es Zeit und Wetter zulassen. Bei üblem Wetter weiche ich auf Fitnesscenter oder Hallenbad aus.

Ein wenig wach werden, ehe die Schlafmütze sich erhebt und den Weg ins Bad findet. Immerhin schafft es die kalte Dusche die Augen mehr zu öffnen und den morgendlichen Blindflug so zu beenden. Abtrocknen, das Handtuch um die Hüften geschlungen, und ab zum Zähne putzen, rasieren, das übliche Morgenprogramm, was wohl viele kennen dürften.

Schon wacher führt mich mein Weg ins Schlafzimmer. Am Stillen Diener hängt bereits ein frisches Hemd, ebenso eine schwarze Stoffhose und die Krawatte. Davor stehen Halbschuhe in der gleichen Farbe. Noch eben Unterwäsche und Strümpfe aus dem Schrank gefischt und dann verwandelt sich die zerknautschte Schlafmütze langsam aber sicher in den schicken Bürohengst, den man auf der Arbeit erwartet. Vor dem großen Spiegel des Kleiderschrankes wird noch eben die Krawatte umgelegt und sorgfältig gebunden, ehe ich in die Halbschuhe schlüpfe, sie auf dem Bett sitzend binde und im aufstehen die Hand schon gezielt nach der Anzugjacke greift.

In der Küche folgt ein schnelles vitaminreiches Frühstück, ganz das Gegenteil von der uns sonst so eigenen englischen Mahlzeit. Schnell noch einen Thermobecher Kaffee vorbereitet, zusammen mit ein paar Sandwichs in die Aktentasche verstaut und los geht es. Von meiner Wohnung aus ist es nicht all zu weit bis zur Arbeit und so gehe ich bei entsprechendem Wetter auch gerne zu Fuß.

Fünfzehn Minuten später erreiche ich den Firmenkomplex. Das Logo mit den beiden kleinen Flügeln ist nicht zu übersehen. Auf dem Weg zur Tür ziehe ich schon die Magnetkarte hervor, die bald darauf an der Zeituhr mit einem kurzen Ton meine Ankunft bestätigt. Ein freundliches Nicken zum Mitarbeiter am Empfang, ehe ich durch eine andere Tür Richtung Bürobereich verschwinde.

Hier und da eine freundliche Begrüßung, kurz ein paar Worte gewechselt, dann habe ich auch schon meinen Schreibtisch erreicht. Die Aktentasche ist bald verstaut, die Anzugjacke findet ihren Platz auf einen Bügel an der kleine Garderobe und mein Augenmerk fällt auf das Skizzen-Bord. „Okay, Baby, heute ist es soweit, heute bekomme ich dich fertig." Sanft fährt mein Blick über die geschwungenen Linien. Ich greife zum Stift, korrigiere hier und da noch eine Kleinigkeit, ehe ich ihn zufrieden beiseite lege.

Bis zur Mittagspause bastle ich im Büro weiter und die Skizzen nehmen dreidimensionale Formen an! Kurz noch einige telefonische Absprachen mit dem Materialbereich, ob es so machbar ist wie ich es gerade denke. Grünes Licht in allen Punkten! Zufrieden lege ich auf, setze entsprechende Produktnummern ein und speicher alles ab.

Fürs erste ist meine Arbeit hier beendet, wird in den nächsten Bereich geschickt. Jetzt heißt es vorerst, sich mit anderen Aufträgen beschäftigen.

„Hallo Morgan, was macht dein Baby?" Ein Mitarbeiter der Produktion grüßt mich schon von weitem, als ich in der Pause über das Gelände streife und ich geselle mich für einen Moment zu ihm: „Bald ist der Kleine bei euch auf dem Band." Das Grinsen auf meinem Gesicht zeigt deutlich, wie zufrieden ich mit dem Ergebnis bin. „Darfst du schon was verraten?" Sein Blick wird neugierig und entlockt mir ein schmunzelndes Kopfschütteln: „Nur dass es ein JWC in Pepper White wird. Alles andere musst du leider abwarten." - „Pepper White, da halte ich glatt die Augen auf. Hab einen schönen Tag", er hebt grüßend leicht die Hand und unsere Wege trennen sich.

Wir liegen gut in der Zeit! Heute endlich ist es soweit! Aufgeregt stehe ich in einem Büro der Fertigung und schaue durch das große Glasfenster. Unten ist ein dezent cremefarbener Mini Cooper zu sehen, Pepper White, um genau zu sein. Das schwarze Faltdach ist offen, genauso wie auch die Motorhaube mit den beiden schwarzen Zierstreifen. Gerade ist Hochzeit! Der Moment, wo der Motor ins Chassis eingebaut wird.

170 KW, die das Gewicht von knapp 1,4 Tonnen spielend bewegen können und dabei noch richtig Spaß machen. Der Blick von oben in das Innere zeigt eine durchgehend dunkle Einrichtung. Runde Elemente, die auf der Mittelkonsole den Bordcomputer und hinter dem Lenkrand Tacho und ähnliches beherbergen. Von der Innenpolsterung der Türen glänzen polierte breite Zierleisten in schwarz hervor, die es noch deutlich sportlicher erscheinen lassen. Als eine Tür geöffnet wird, kommt unten eine schwarz-grau-rote Fußleiste zum Vorschein,

mit der Aufschrift 'John Cooper Works'. Der Automatikhebel wird von zwei Becherhaltern und einem runden I-Drive-Drehknopf umringt, den wiederum noch einige kleine Bedienknöpfe umzingeln, alles in allem zur Steuerung des Bordcomputers gedacht. Eindeutig, er macht richtig etwas her und ich bin froh, ihn so realisiert zu haben.

Teils wohlwollendes Schulterklopfen, teils bestätigende Blicke, die mich und mein Team hier oben begleiten und es scheint endlos zu dauern, ehe ein Mitarbeiter unten ein Zeichen gibt, der Motor sitzt! Nun würden sie ihn weiter verarbeiten, bis er dann zum ersten Mal zum Leben erweckt wird!

Für mich bedeutet das erneut, mich erst einmal anderen Dingen zuzuwenden.

Und ja, ich spüre innerlich die Aufregung hoch wallen, als der Anruf mich erreicht! Er ist fertig! Zusammen gehen wir hinunter.

Unter einem Tuch verbirgt sich meine Arbeit von Wochen, nein Monaten. Denn es sollte doch genau der Mini werden, den sich jeder in seiner eigenen Garage wünscht. Wenigstens war dies mein Ansporn, während ich die Skizzen fertigte. Ich greife nach dem edlen schwarzen Tuch, das nur durch das große silberne Flügel-Emblem verziert wird und ziehe es dann von dem auf Hochglanz polierten 'John Cooper Works-Mini ala Morgan Sheldon'!

Die ersten offiziellen Fotos werden gemacht, dann folgt der Moment! Ich setze mich hinter das Lenkrad und darf 'meinem Baby' das erste Mal Leben einhauchen! Okay, natürlich lief der Motor schon zu Testzwecken in den entsprechenden Arbeitsschritten. Aber hier und jetzt ist es der Goldflitter meiner Arbeit! In meinem Magen spüre ich die Schmetterlinge Purzelbäume schlagen, ich bin verliebt! Mit einem kurzen Zittern bewegt sich meine Hand an die Mittelkonsole, drückt auf den Start-/Stopp-Hebel und der kräftige Motor springt an! Selbst im Leerlauf hört man es genau, es klingt nach Spaß und Kraft! In Deutschland würde man nun sagen: „Das ist unser kleinster BMW, aber er ist nicht zu unterschätzen!" Nein, unterschätzen sollte man den kleinen Rennwagen wirklich nicht!

Den Beifall drum herum nehme ich erst richtig wahr, als ich meine Augen wieder öffne, die ich genießend geschlossen habe und in die strahlenden Gesichter sehe. Die nächsten Fotos werden gemacht, wobei die öffentliche Präsentation ja erst noch erfolgt.

„Der Kleine ist echt ein Glanzstück geworden. Die Kontraste zwischen dem Schwarz und Perlmutt sind einmalig. Sorry, Pepper White, ich weiß." Die Stimme gehört zu einem Mitarbeiter, mit dem ich auch privat öfter ausgehe. Paul ist zwar schon ein älteres Modell, aber wen stört das? Ja, er kennt das Werk schon zwanzig Jahre länger, hat auch nicht so gute Zeiten dort erlebt. Mini hat hier in

Oxford schließlich schon eine lange und sehr bewegte Geschichte. Aber hier ist vermutlich nicht der beste Zeitpunkt darauf einzugehen. Denn nun wird tatsächlich erst einmal mit einem Glas Sekt angestoßen. Also umringen wir den kleinen Wagen und genießen das kühle prickelnde Luxuswasser.

„Muss ich extra erwähnen, dass der Wagen auf meiner persönlichen Wunschliste steht?" grinse ich frech in die Runde. Natürlich nicht, damit haben wohl schon einige gerechnet. „Viel Spaß beim putzen", grinst Paul und nippt höflich an seinem Glas, kein Getränk nach seinem Geschmack, ihm wäre ein Bier oder Cider lieber. Doch er hält tapfer durch, bis sich jeder wieder der eigenen Arbeit zuwendet.

Fast schon schweren Herzens schließe ich die Fahrertür des Wagen wieder, eine Hand streichelt beinahe sanft über die rundliche Wölbung auf dem Frontscheinwerfer, dessen LED-Leuchte einem Auge ähnlich sieht, meiner Meinung nach, denn sie hat oberhalb eine Abdeckung, die einem Augenlid gleich kommt, nur unbeweglich, auch wenn es natürlich eine ganz andere Aufgabe hat. Und es zaubert ihm einen frechen Blick! „Ruh dich von dem Trubel aus, Kleiner, die nächste Zeit wird noch stressiger." Ich murmle es fast nur vor mich hin, damit es niemand hört. Sie würden mich wohl sonst noch für verrückt erklären. Paul kennt diesen kleinen Spleen von mir, er macht es doch auch.

Für mich ist mein großes Projekt beendet und es heißt nun wieder, mit im großen Team schwimmen.

Kapitel 2

Nachdem der kleine Mini fertig gestellt ist, verläuft auch mein Leben wieder in geordneten Bahnen, mal ganz überspitzt dargestellt. Zu oft habe ich die letzten Monate die Arbeit mit heim genommen, hat es sich auch Zuhause weiter in meinem Kopf um Windkanalwerte, Farbnuancen und Zierleisten gedreht, um nur einen winzigen Teil des großen Gedanken-Chaos zu nennen. Doch jetzt darf ich auch gedanklich einen Schlussstrich ziehen und mich auf die Präsentation freuen, bis zu der es aber noch etwas dauert, die Vorbereitungen laufen jedoch schon auf Hochtouren!

Doch ich selbst darf endlich meine Freizeit genießen und mache mich auf den Weg in die Bibliothek. Das alte Gebäude strahlt einen eigenen Charme aus und ich spüre die Ruhe, die mich immer mehr einfängt, sich aus den hohen und weitläufigen Räumen förmlich überträgt. Leger in Jeans, Shirt und einer leichten Jacke bekleidet, durchstreife ich mit gemächlichen Schritten die Gänge, halte mich absichtlich von fachbezogenen Büchern fern. Meine Suche ist heute auf leichten Lesestoff für zwischendurch fokussiert. Ganz gemütlich abends, mit einem Glas Cider. Mein Blick huscht über die verschiedenen Buchrücken, erhascht mehr oder weniger komplett die Titel und tatsächlich greife ich zwischendurch zu und ziehe mir ein Buch heraus, werfe einen Blick hinein, um es dann wieder zurück ins Regal zu schieben.

Aus den Augenwinkeln sehe ich eine Bewegung, die meine Aufmerksamkeit auf sich zieht. Eine junge Frau gerät in meinen Fokus, ein Stück kleiner, braune Haare, die offen und in dicken fülligen Wellen ihren Rücken hinunter wallen, eine schlanke Statur, die von einer eng sitzenden Jeans und einem die Figur betonenden Pulli geschmeichelt wird. Auf ihrer Nase sitzt eine rundliche Brille mit einer auffälligen Fassung, perfekt dazu gemacht ihre braunen Augen zu betonen. Ja, ich bin mir sicher, dass sie braune Augen hat, als sie meinen Blick wohl spürt und ihren hebt, um mich erstaunlich schüchtern anzusehen, die Lippen dabei etwas zu schürzen.

Ich lächle sie an, höflich, nicht zu aufdringlich, und sie wendet errötend den Blick wieder gen Regal, doch bin ich mir sicher ein leichtes Lächeln zu erkennen. Dezent lasse ich immer wieder meine Augen zu ihr hinüber schweifen, allerdings würde ich selbst so wohl kaum Lesefutter finden, aber das ist für den Moment nebensächlich. Irgendetwas an ihr fasziniert mich und das obwohl sie so ein scheues Reh ist, und nicht unbedingt in mein Beuteschema passt.

Sie ist recht klein und schlank, ihre Hand wandert immer wieder langsam die Buchrücken entlang, streift fast schon mit sanfter Fingerspitze über die Titel und ich bekomme bei dem Anblick eine wohlige Gänsehaut. Wie würden sich diese Fingerspitzen wohl auf meinem Gesicht anfühlen, auf meinen Lippen...

auf selbige beiße ich mir kurz bei dem Gedanken und erst der leichte Schmerz lässt mich in die Realität zurück kehren. Wobei mein Blick genau in ihre Reh braunen Augen fällt!

Ich habe es nicht einmal registriert, wie sie hinüber gekommen ist und mir gerade mit hoch gerichteten kugelrunden Seelenspiegeln ein Buch hin hält: „Entschuldigen sie bitte, ich wollte sie nicht aus ihren Gedanken reißen, sie sahen so verträumt aus." Nervös huscht ihr Augenmerk kurz umher, während ich mich nach ihren leisen Worten endlich wieder soweit im Griff habe, dass meine Hand das angebotene Buch annimmt, ich kurz über den Titel schweife und sie dann wieder anschaue: „Kein Problem, machen sie sich keine Gedanken. Oh, das ist aufmerksam, danke. Ich bin immer neugierig auf gute Buchempfehlungen." Meine Stimme klingt dabei leise und sanft und nur kurz berühre ich ihre Hand unter dem Buch, ehe sie dieses los lässt. Ein kurzes Räuspern ihrerseits, dann folgt ein fast schon verschwörerischer Blick: „Dann sollten sie sich Seite 20 anschauen und entscheiden wie es ihnen gefällt." Und während ihr gerade das Herz vor Aufregung bis zum Hals klopft, dreht sich die junge Frau auch schon um und verschwindet mit flinken Schritten.

So schnell kann ich gar nicht mehr reagieren und bleibe einige Sekunden ziemlich verdattert stehen, ehe mein Blick wieder auf das Buch in meiner Hand fällt. Seite 20? Schmunzelnd und neugierig schlage ich den Anfang auf, blättere dann einige Seiten weiter, bis ich ihn entdecke. Auf Seite 20 liegt ein Ausleihe-Bon! Darauf ein Smiley mit Brille, der Name 'Bonnie' und eine Handynummer! Damit habe ich jetzt eindeutig nicht gerechnet und mein Schmunzeln wird zu einem frechen Grinsen. So nehme ich mir das Buch 'Der Zeitreisende' und gehe mit wippenden Schritten los, um es mir glatt als Lesefutter auszuleihen. Damit habe ich dann auch schon für eine spätere Unterhaltung einen Aufhänger. Natürlich rufe ich sie an, aber nicht sofort, denn das macht den Eindruck als hätte ich es furchtbar nötig. Ich würde ein paar Tage warten, so schwer es mir auch fällt.

Tja, ich bin wohl halt ein kleiner Casanova, und doch auch genug 'englischer Gentleman' um ehrlich zu der Frauenwelt zu sein. Ich mache für gewöhnlich keine Versprechungen die ich nicht einhalten kann oder möchte und eine feste Bindung steht nicht zur Debatte. Was soll ich einer Schönheit etwas festes versprechen, wenn die Gefahr besteht, dass sie mich mal mit einer Anderen sehen könnte? So bin ich nicht. So halte ich mir auch die meisten Schwierigkeiten vom Hals.

Und ja, es gibt so einige schöne Käfer die mich umwerben. Für ein paar gemeinsame Stunden, eine erotische Nacht, ehe sich die Wege dann vorerst wieder trennen. Sie stellen keine Fragen wegen den Anderen und ich vorher nur die eine, die grundlegend wichtig ist: Ob sie gebunden sind. Meistens hat nach der

Frage das Treffen ein ziemlich schnelles Ende. Doch ich habe keine Ambitionen mich da in bestehende Beziehungen jeglicher Art zu drängen und nachher den gehörnten Partner, Verlobten, Ehemann vor der heimischen Haustüre vorzufinden! Den Stress muss ich mir tatsächlich nicht machen. Das überlasse ich den Anderen, die ihre Finger nicht von verbandelten Frauen lassen können.

Meine Mutter meint immer, ich war schon als Kind ein richtiger Charmebolzen, dem keiner widerstehen konnte. Keine Ahnung was da im einzelnen war, daran kann ich nicht mehr gut erinnern.

Nein, ich bin nicht eines dieser Muttersöhnchen, jeden Sonntag brav die Füße unter dem Esstisch gestellt, das ist nicht meine Welt. Ich liebe meine Eltern, wie man es von einem 25jährigen jungen Mann wohl erwarten kann.

Zwar fällt es meiner Mutter immer noch schwer zu verstehen, dass ich einen eigenen Haushalt habe, um den sie sich nicht kümmern muss. Und doch weiß sie genau, spätestens mit ihrem Plumpudding verzaubert sie mich jedes Jahr aufs neue. Ich selber schwinge auch gerne den Kochlöffel und manchmal artet es fast in einen kleinen Wettbewerb aus, wenn wir zusammen in ihrer Küche stehen. Mein alter Herr ergreift dann regelmäßig die Flucht und verschanzt sich bestenfalls in der Wohnstube hinter einer Zeitung oder vor den Fernseher. Schlimmstenfalls flüchtet er zu einem Nachbarn, bis wir alles fertig haben und Entwarnung geben.

Früher saß ich lieber auf der Küchenbank und träumte vor mich hin. Doch in Wahrheit beobachtete ich genau wie meine Mutter alles machte, wollte es nur nicht zugeben, denn welcher Junge interessierte sich schon fürs Kochen? Aus meiner Klasse kannte ich niemanden, vermutlich gaben sie es ansonsten ebenso wenig zu wie ich. Dafür interessierte ich mich aber für Autos!

Geboren wurde ich 1980 hier in Oxford, als Einzelkind, doch mitnichten verwöhnt. Soweit ich denken kann, liebte ich diesen Mini-Wagen, wie ich ihn als Kind immer nannte. Das lag wohl auch daran, dass mein Vater ihn mitbaute. Und so oft es ging, nahm er mich zu den Firmenveranstaltungen mit, oder erklärte mir unterwegs etwas, wenn ein Mini an uns vorbei fuhr, oder am Straßenrand stand. Ich saugte es auf wie ein Schwamm und sagte ihm, dass ich auch dort arbeiten und Autos bauen werde.

Meistens belächelte er es und meinte, ich solle mir besser keinen Beruf suchen wo ich den ganzen Tag am Band stehen müsste. Nein, trotz aller Widrigkeiten, die es im Hintergrund gab, machte er seinen Beruf in meiner Anwesenheit nicht schlecht, es gab auch bestimmt noch schlimmeres, und er verdiente immerhin damit sein Geld, auf legale Weise, wenn auch körperlich und zum Ende hin psychisch sehr fordernd und kräftezehrend. Doch all das konnte ich aus meinem kindlichen Blickwinkel nicht sehen.

Die Jahre brachten Veränderungen, doch noch hatte mein Vater Glück, baute nachher statt den Mini den Rover. Im Jahre 1994, ich war 14 Jahre jung, schlossen zwei Werke von Rover, die auch zu dem Zusammenschluss gehörten, nachdem 1992 in East Oxford der größte Teil der Autowerke aufgab. Mit meinen 14 Jahren, nahm ich wohl zum ersten Mal wahr was das bedeutete. Denn diese Firmen waren quasi Standbeine Oxfords und oft hörte ich in der Schule von anderen Mitschülern, dass ihre Väter oder Mütter keine Arbeit mehr hätten!

Es machte mir Angst, furchtbare Angst! Doch wie sollte ich, ein gerade heran wachsender Teenager, damit umgehen? Jahre lang hegte ich diesen Traum, diesen Wunsch, dort zu arbeiten. Nicht bei Rover, aber bei Mini. Bei der British Motor Company, British Leyland, Rover Group, oder wie auch immer sie sich nennen würde!

Zuhause wurde ich teils unausstehlich, in der Schule hing ich durch! Doch Mr. Perkins, mein Klassenlehrer, erinnerte mich immer wieder daran was ich ihm erzählt hatte. Er kannte meinen großen Traum und anscheinend schätzte er die Chancen immer noch gut genug ein, dass er mich ermutigte daran fest zu halten, auch wenn bei meinen Eltern alsbald die Predigten einsetzten, dass ich mir genau dieses Vorhaben aus dem Kopf schlagen sollte!

Nein! Auf keinen Fall! Ich bekam tatsächlich die Kurve, lernte, ließ mich nicht davon abbringen und schaffte trotz jeglichem Gegenwind einen guten Abschluss! Für meine Eltern zählte eh nur das Ergebnis, nicht die Motivation wofür. Mir war es Recht!

War es unbewusstes Wissen, oder nur mein persönlicher Dickkopf, ich ließ meinen Traum nicht los! Meine Noten erlaubten ein Studium! Unser Geldbeutel eher nicht... Ich vergrub mich in meinem Zimmer, verbrauchte Bleistifte und Papier ohne Ende, was ich von meinem Taschengeld finanzierte und irgendwann hatte ich einfach nur Glück! Eine meiner Skizzen wurden in einem Wettbewerb, bei dem ich mich heimlich anmeldete, angenommen. Ein sportlicher Mini aus verschiedenen Blickwinkeln, mit allerlei Accessoires, wie ich ihn mir in der Zukunft vorstellte.

Mein Vater arbeitete immer noch dort, sah für mich allerdings keine Zukunft in dem Bereich und versuchte bei allerlei Gelegenheiten es mir auszureden. Meine Mutter stand zwischen den Stühlen, wollte mir meinen so lange gehegten Traum nicht nehmen und dennoch keine Probleme mit meinem Vater bekommen. Sie sagte immer wieder: „Geh deinen eigenen Weg und der Herr wird dir dabei helfen, egal wo dich dein Ziel auch hinführt."

Und ich ging meinen Weg! Die Zeichnung ermöglichte mir ein Stipendium! Bis heute weiß ich nicht genau, wie das alles möglich wurde, doch ergatterte ich einen der begehrten Plätze! Autodesign, von vielen belächelt, auch wenn es ein ernst zu nehmender Bereich in der Autoindustrie darstellt. Aber wie sollte ich bitte gegen den Rest der klugen Köpfe unserer Zeit ankommen?? Also fing ich im Oktober als Frischling, was auch sonst?! Manchmal war es am Anfang noch schwer, die verschiedenen Kurse zu finden. Ich bereitete mich dort durch technische, mathematische und künstlerische Studiengänge vor. Zugleich war es auch ein Ausgleich innerhalb der Fächer, nicht immer nur mit Zahlen und Maßen zu jonglieren, sondern auch zwischendurch Stifte und Zeichenpapier zur Hand zu nehmen, und damit der eigenen Kreativität den freien Lauf lassen zu können.

Nun, ich konnte mich über mein Leben dort nicht beklagen. Die Zimmer reichten vollkommen aus, mit zwei oder vier Betten. Wenn wir in den Vorlesungen waren, je nachdem wann sie stattfanden, wurden die Zimmer gereinigt, gesaugt, die Mülleimer geleert, soweit es die eigene Ordnung dort zuließ. Unordentliche Mitstudenten hatten da eindeutig Probleme, mit unseren normal sehr emsigen Putzfrauen, die aber keinesfalls auch noch ein gewisses Chaos aufräumten, was ihren Weg mit Staubsauger und Putzlappen störte. Dann wurde das Zimmer halt so gelassen. Und glaubt es mir, viele lernten Ordnung halten.

Ich selbst sorgte meist dafür, dass bei mir soweit alles frei zugänglich war und ersparte mir damit eindeutig das selbst putzen. Ich war in dem Punkt sicherlich nicht faul, wählte nur den angenehmeren Weg!

Dafür gab es genug andere Regeln, an die wir uns zu halten hatten, um dann im Großen und Ganzen ein angenehmes Studentenleben zu haben.

Wie das ablaufen konnte, wurde mir beim 'Freshers Blind' gezeigt, eine Feier zur Ankunft der Frischlinge. Wir bekamen von den zweiten und dritten Jahrgängen die Drinks spendiert und wurden darüber aufgeklärt, wie wir uns das Leben hier am angenehmsten gestalten und trotzdem unsere Leistungen erreichen könnten. Priorität lag da in einer klugen Auswahl an Vorlesungen und Freizeitaktivitäten, damit die Zeit nicht nur zum lernen drauf ging und das Leben auswärts genießen werden konnte.

Und solange wir uns pünktlich und aufmerksam zu den entsprechenden Zeiten in den Lesungen einfanden und nicht durch Trunkenheit oder asozialen Verhaltensweise auffielen, war soweit alles im grünen Bereich. Selbst Besuch war erlaubt, allerdings fiel auch von ihm das Fehlverhalten direkt auf den einladenden Student zurück, also war Vorsicht angesagt.

„Lass dich nicht mir der Flasche erwischen", hörte ich eine fremde Stimme aus meinem Zimmer, ehe ich es betrat. Mein Zimmernachbar und ich waren zwar beide schon volljährig, trotzdem galt die Hausordnung auch für uns, ohne sie beugen zu können. „Hi", grüßte ich kurz die Hand hebend das unbekannte Gesicht und ließ mich auf mein Bett sinken. „Hey, möchtest du auch? Brad hat den guten selbst gebrannten von seinem alten Herren mitgebracht." George, mein Zimmernachbar, hielt die Flasche kurz hoch und ich schaute etwas skeptisch aus der Wäsche. „Na ja, lass mich mal probieren", ich nahm ein Glas aus meinem Schrank und ging zu ihnen rüber, wo es mir viertel voll gefüllt wurde. „Aufs lange Wochenende", George hob sein Glas in die Mitte, wir stießen leise an, ehe er mit der anderen Hand an der Anlage einen kleinen Knopf drückte und Musik zu dudeln begann, irgendein Radiosender, klang nicht schlecht und reichte als Untermalung unserer Runde aus. Immerhin war hier von 13 bis 17 und 19 bis 23 Uhr Musik laute Musik gestattet.

Mit kleinen Schlucken genossen wir dass doch recht kräftige und scharfe Getränk, das eine leichte Anis-Note hatte. Und es blieb nicht bei dem einen Glas, die Flasche wanderte noch weitere Male herum. „Der is' echt gut", grinste ich frech mit hoch roten Wangen.

Allerdings musste ich dann am nächsten Morgen feststellen, dass ich weder wusste wie viele Gläser es bei mir waren, noch wie ich mein letztes leerte, der Besuch das Zimmer verließ oder ich in mein Bett kam! Dort wurde ich nämlich erst am nächsten Morgen auf dem Bauch liegen und angekleidet wach! Mein Kopf fühlte sich fast noch schlimmer an wie nach unserem Freshers Blind!

Ein Glück war mein Zimmernachbar eindeutig fitter und weckte mich beharrlich, bis ich aus meiner Schlaf-Starre auftauchte. „Los, wach auf Morgan, ab unter die Dusche und los, das Frühstück wartet in einer halben Stunde auf uns." George zog mir das Kopfkissen unter dem Brummschädel weg, so dass dieser meiner einer auf die Matratze plumpste. Mein dunkelbraunen Haare standen kreuz und quer ab und ich brauchte eindeutig zuerst einmal eine Dusche, um halbwegs wieder Mensch zu werden.

Also mühsam aus dem Bett gekrochen, aus den Sachen raus und mit frischen Sachen los getigert. Kaltes Wasser, die Augen geschlossen und eine Weile einfach nur abgewartet. Irgendwann ließ das Pochen in meinem Kopf langsam nach und ich beendete die Dusche, so schnell es ging noch abgetrocknet und rein in die Klamotten.

George grinste, als ich das Zimmer betrat: „Hey, du lebst ja wieder, dann schwinge die Hufe, ich habe Hunger!" Es war mir schlichtweg schleierhaft, wie er nach dem Abend gerade so wach und dazu noch hungrig sein konnte! Doch man sollte es nicht meinen, wenig später waren wir dann auf dem Weg!

Nein, so verlief natürlich nicht jeder Tag, aber einige, wenn ich ehrlich bin.

18

Kapitel 3

Ich habe das Studentenleben echt gemocht, und auch meine Ziele soweit erreicht. Bei manchen musste ich mich zum Ende hin noch etwas auf den Hosenboden setzen, doch auch das hat funktioniert. Meine erste Bewerbung ging natürlich Richtung BMW Gruppe, zum Leidwesen meines Vaters, der immer hoffte ich würde eine kaufmännische Ausbildung machen und entsprechend einen Beruf wählen. Doch hatte ich das bekanntermaßen ja nie vor, ebenso wenig wollte ich so wie er am Förderband landen, ich hatte ein anderes Ziel. Nur behielt ich das die ganze Zeit für mich. Erst als ich den Abschluss in der Hand hielt, registrierten sie es!

Ich feierte diesen Meilenstein meines Lebens mit meinen Freunden im 'Goose', einem gemütlichen Pub in der Nähe vom Bahnhof. Halbrund angelegt, eine verwinkelte Inneneinrichtung, günstig und mit guten Portionen. Immer Sommer ist der Biergarten rappel voll. Als wir dort waren, fanden wir drinnen noch ein paar gemütliche Plätze in einer Ecke. Dann ging es los, wir sortierten unsere Wünsche, zwei zogen dann zur Theke los um zu bestellen. Da wir alle volljährig waren, gab es dabei keinerlei Probleme. An der Theke wurde eine Nummer ausgehändigt und dann hieß es warten.

Es dauerte etwas, bis diese aufgerufen und uns die Getränke ausgehändigt wurden, die dann mit Hilfe eines ausgeliehenen Tabletts bei uns am Tisch landeten. Zur Feier des Tages gab es einen guten Whiskey, ehe dann wohl einige Runden Bier folgten. Oh ja, wir feierten unsere Abschlüsse feucht fröhlich und in bester Stimmung!

Zwischendurch half uns eine gute Portion Cornish Pasty, den Pegel im Zaum zu halten. Eine Mischung aus Kartoffeln, Zwiebeln und Fleisch, in Blätterteig. Eine gute Entscheidung, ehe es dann munter weiter ging.

Wir philosophierten über unsere Zukunft, wo es uns hin treiben würde, welche Pläne wir hatten. Und als ich erzählte, wo ich mich beworben hatte, erntete ich nur doofe Blicke.

„Möchtest du etwa wie dein alter Herr am Fließband versauern, nach deinem guten Studium?" Wieder war es George, von dem die Frage kam. „Nein, natürlich nicht, ich habe mich für den kreativen Bereich beworben! Autodesign, die Vorarbeiten, ehe der Wagen in die Produktion gehen kann", erklärte ich und erntete als Antwort dann eher erstaunte Blicke.

Nicht dass jetzt jemand auf unsere Worte hin auf die Idee kam, dass die Firma hier einen schlechten Ruf hätte. Nein, denn sie resultiert aus einer langen Geschichte, die ich eventuell an anderer Stelle zusammen tüfteln könnte, hier und jetzt eindeutig zu viel.

Für den Moment feierten wir, genossen den Abend und unterhielten uns, schauten uns die restlichen Anwesenden neugierig an, zumindest wenn sie eindeutig weiblicher Natur waren.

Ich trug mittlerweile einen sauber gestutzten Drei Tage-Vollbart, der mein längliches Gesicht etwas weicher erscheinen ließ. Mit meinen 22 Jahren schien ich glatt vernünftig geworden zu sein. Wie weit der Schein nun trug, das war dahin gestellt, die Wahrheit kannte wohl nur ich.

Allerdings flogen die Mädchen immer noch auf mich, oder schon wieder, nachdem die stressige Teenager-Zeit geschafft war. Mancher unserer Lehrkräfte fragte sich allen Ernstes, wie ich so einen guten Abschluss geschafft hatte, da ich ja anscheinend nur müde daher schaute. Aber da irrten sie sich, es gab genügend mündliche Beteiligung und ansonsten holte ich mir meine Noten über den schriftlichen Weg, der mir noch am einfachsten fiel.

Deswegen durfte ich auch echt mit ruhigem Gewissen hier meinen Abschluss bei einigen Pints und zur Abwechslung zwischendurch einen kleinen Whiskey und ganz viel guter Laune feiern. Immer mal wanderten Blicke der anderen Besucher zu unserem Tisch hinüber, aber nicht weil wir aufdringlich laut waren, es lag wohl eher an unserer gelösten Stimmung.

Nun, die meisten Engländer kamen eher etwas 'steifer' oder verkniffener daher, doch denke ich unsere Generation war da schon viel offener. Meine Eltern zeigten da noch andere Verhaltensweisen. Deswegen klammerten wir uns wohl die Zeit im Pub auch nicht nur an einem oder zwei Gläsern fest. Allerdings würde niemand von uns hier sturzbetrunken raus getragen werden müssen. Deswegen bestellt ich auch immer wieder mal eine Runde 'Shandy', eine Mischung aus Bier und Zitronenlimonade.

Als der Pub dann um 23 Uhr schloss, machten wir uns fröhlich auf den Weg Richtung Uni-Wohnheim. Dort hieß es nur leise über die Flure, rein in die Zimmer und kurz danach lagen wir selig schlummernd in den Betten.

Nach dem kleinen Ausflug in meine Studienzeit, kehren wir zurück, zu dem kleinen Bücherwurm. Tatsächlich rufe ich sie zwei Tage später an, nachdem sie mir das Buch mit der sehr interessanten Seite 20 zukommen lassen hat. Bin ich nervös, nein, das bin ich Frauen gegenüber selten.

Deswegen sitze ich auch ganz gemütlich nach dem Frühstück, es ist Samstag, mit meinem Kaffee auf dem Sofa und tippe ihre Nimmer in mein Handy, ehe ich die Wahltaste drücke und aufmerksam auf die Töne lausche...

Es dauert einige Male, ehe sie abnimmt! „Hallo?" Ihre Stimme klingt fragend und zögerlich. „Hallo Bonnie, ich bin es, Morgan. Du hast mir letztens ein sehr interessantes Buch empfohlen." Ich schmunzle vor mich hin, warte ab ob es bei ihr klickt. „Ah, jetzt weiß ich, die besondere Seite 20, stimmt. Ich freue mich", ihre Stimme wechselt von zögerlich auf erfreut und etwas nervös. „Ja, genau so war es. Magst du dich mal bei einem Kaffee mit mir über das Buch austauschen?" Vielleicht falle ich gerade etwas ungestüm mit der Türe ins Haus. Nun es wird sich ja zeigen, wie sie damit umgehen kann. Schlimmstenfalls macht der Bücherwurm einen strategischen Rückzug. Aber nein, zwar stockt sie kurz, doch dann höre ich ihr leises Kichern, ehe sie antwortet: „Das können wir gerne machen. Wie wäre es im G+D's?"

Ich grinse frech, ist sie eine kleine Schleckerschnute? „Klingt gut. Wann hättest du denn Zeit?" hake ich nach. „Unter der Woche ist es bei mir immer etwas kompliziert. Wäre dir heute Nachmittag zu kurzfristig?" Ihre Worte überraschen mich doch etwas und wir verabreden uns spontan dafür.

Immerhin ein recht gängiges und nicht zu altmodisches Ambiente. Da es mehrere G+D's gibt, wählen wir das naheliegendste, nicht dass wir noch Gefahr laufen an verschiedenen Örtlichkeiten zu warten.

Bis dahin ist noch einiges an Zeit und ich trinke in Ruhe meinen Kaffee weiter, während ich mir das Buch wieder schnappe und mich gemütlich auf die Couch setze, die Beine lang gestreckt hoch lege und zu lesen beginne. Es dauert nur ein paar Minuten, ehe ich komplett in die Geschichte eintauche. Für die nächsten Stunden wird dieser Zustand nur von zwei Tatsachen unterbrochen, wenn meine Tasse leer ist oder die Natur ihr Recht verlangt. Alles andere wird komplett ausgeblendet, ist unwichtig, für den Moment.

So fliegt die Zeit dahin und ehe ich es glaube habe ich die letzte Seite erreicht! Nun, es ist auch kein dicker Schmöker, dafür locker weg zu lesen, eine abwechslungsreiche und doch abenteuerliche Geschichte. Langsam klappe ich das Buch zu, hänge noch eine Weile meinen Gedanken nach, ehe das dezente Piepsen meines Handys diese unterbricht. Ich habe es mir vorsichtshalber zwischendurch gestellt, um die Zeit nicht komplett zu vergessen. Aber es hat ja auch so gut funktioniert. So drückt mein Zeigefinger mit der Spitze sanft den roten Knopf, um den Alarm zu beenden, ehe ich das Buch auf den Wohnzimmertisch lege und mich kurz aber genüsslich strecke.

„Na, dann werfen wir uns doch mal in Schale, Mr. Sheldon." Ich grinse, über die Leserei habe ich natürlich nicht vergessen, dass es da noch eine Verabredung gibt. So schlendere ich los, in den Flur und die Treppen hoch, um mir im Schlafzimmer eine frische schwarze Jeans und ein braunes Hemd aus dem Schrank zu holen, Unterwäsche und Socken dürfen auch nicht fehlen und schon sammelt sich alles auf meinem Bett.

Pfeifend stromere ich ins Bad hinüber, die getragenen Sachen landen dort im Wäschekorb und ich unter der Dusche. Schrubbdidubdidu, eine frische Duftwolke hüllt mich ein, ich genieße es eine Weile, ehe das Wasser den Schaum an meinem Körper hinunter spült. Einerseits bin ich groß und schlank, eine schmale Taille und lange Beine. Und doch sieht man es selbst an den Oberschenkeln und auch am Oberkörper und den Armen, dass die Muskulatur gut definiert und ausgebaut erscheint. Nicht zu übertrieben, doch sichtlich trainiert. Doch wenn jetzt jemand meint, dass ich mir darauf etwas einbilde, ist das eindeutig eine Fehleinschätzung. Natürlich achte ich auf mein Äußeres, doch gehöre ich nicht zur Gattung 'Eitler Pfau'.

Ich mag Sport, als gelungenen Ausgleich zu meiner Arbeit, wo ich oft stehe oder sitze, was sich irgendwann in Rückenproblemen zeigen würde. Da kann dann mit etwas Krafttraining, schwimmen und gesunder Ernährung entgegen gewirkt werden und schadet sicherlich nicht. Gleichzeitig oute ich mich nun auch, durch die darauf resultierende bessere Verbrennung gerne auch mal etwas zu schlemmen und es dabei auch zu genießen. Es hat also alles seine Vorteile.

Und nun, raus aus der Dusche, ehe ich noch Schwimmhäute bekomme. Ich stelle das Wasser ab, angle nach dem bereit gelegten Handtuch, um mich dann von oben bis unten flink abzutrocknen. Mit strubbeligen Haaren und das Badetuch um die Hüfte gebunden, tauche ich aus der Dusche auf, gehe zum Waschbecken. Die Haare werden frisiert und auch der Bart sieht kurz einen Kamm. Dann über alles drüber geföhnt, wieder mit dem Kamm sortiert und ich bin zufrieden mit dem Ergebnis.

Wieder pfeife ich leise vor mich hin, während mein Weg ins Schlafzimmer zurück führt und ich dort nacheinander in die bereit gelegten Sachen schlüpfe. Ich wähle noch die dunkelbraunen Lederschuhe, die ich mir bei Duckers&Son anfertigen ließ. Klar, maßgeschneiderte Schuhe sind nicht gerade günstig, dafür passen sie optimal und sind handgefertigt und guter Qualität. Immerhin gibt es dieses Geschäft ja schon seit 1898. Wobei ich 10 Wochen Geduld brauchte, doch das Warten hat sich mehr als gelohnt! Der Meinung bin ich übrigens wohl jedes Mal, wenn ich in die Schuhe hinein schlüpfe.

Noch ein prüfender Blick in den Schlafzimmerspiegel und ich bin zufrieden. Die Krawatte bleibt zuhause, der oberste Knopf leger offen, nicht zu Business mäßig, ist schließlich eine private Verabredung. Ein Blick auf die Uhr, ich liege gut in der Zeit. Der Bus fährt jede 10 Minuten Richtung Oxford Stadt. Ich selbst wohne in einem schicken kleinen Haus in Cowley, nahe an der Arbeit und gut drei Meilen vom Stadtzentrum entfernt. Mir dem Rad bin ich bei nettem Wetter in knapp 20 Minuten da. Mit dem Wagen fahre ich heute nicht, erspare mir so die Parkplatzsuche und komme meiner Meinung nach auch entspannter an.

Eben eine leichte Jacke über gezogen, Handy, Brieftasche und Schlüssel eingesteckt und schon mache ich mich auf den Weg. Während ich das kurze Stück bis zur Haltestelle 'Horsepath Road Shops' gehe, grinse ich immer wieder vor mich hin, denke an das erste Treffen mit Bonnie. Tja, auf so eine Idee mit

Seite 20 muss man auch erst einmal kommen, ohne mit der Tür ins Haus zu fallen. Die Kleine könnte durchaus als stilles Wasser bezeichnet werden, sagt mir wenigstens mein Instinkt. Mal sehen wie das Treffen heute so wird.

Als ich an der Haltestelle ankomme, brauche ich nur ein paar Minuten warten, ehe die 10 ankommt und ich gut gelaunt einsteige. Ein Platz ist auch schnell gefunden. Wieder hänge ich meinen Gedanken etwas nach, während es nun Richtung Stadtzentrum geht, noch eine kleine Schlaufe dazwischen gedreht wird, aber das macht mir nichts aus, ich komme ans Ziel, habe heute frei und alles ist gut. In 20 Minuten erreiche ich so mein Endziel Stockmore Street und nach dem Aussteigen nur ein paar Häuser weiter auf der Cowley Road 'George&Delila', eines von vier Häusern dieser Sparte, dafür das nächste an meiner Hausadresse. Mit dem Wagen hätte ich etwas mehr als 10 Minuten gebraucht und dann vermutlich ewig nach einem Parkplatz gesucht.

Sie öffnen von acht morgens bis Mitternacht, wobei es vormittags meist eher ruhiger ist, abends tut sich dort eindeutig mehr. Jetzt nachmittags sind immerhin noch genug Plätze frei, das sehe ich bei einem Blick durch das Schaufenster. Genau die gerade von ein paar Kunden belegten Plötze dort, kann man am Wochenende als etwas Besonderes bezeichnen. Denn dann finden sich auf den entsprechenden Thekenbereichen Aufsteller, auf denen zu lesen ist, dass an Samstagen und Sonntagen dort eine 'Laptop freie Zone' herrscht, es auf der rechten Seite drinnen aber 'Laptop freundliche' Tische gibt, wo dann diese mit anderen 'Laptop-Freunden' geteilt werden können. Ich finde es übrigens eine klasse Idee. Und außerdem sieht es nicht unbedingt einladen aus, wenn man am Wochenende ins Schaufenster blickt und dort alle ihre Nasen in die Geräte stopfen. Kein netter Anblick, erst Recht wenn wer an den beiden Tagen einfach nur ausspannen und nicht an die Büroarbeit erinnert werden möchte. Ich versuche meine Arbeit selbst gedanklich nicht mit ins Wochenende zu nehmen, auch wenn es in der kreativen Phase des JCW echt schwer war.

Apropos netter Anblick, der bietet sich mir gerade, als da eine dunkelhaarige Schönheit auf mich zu kommt! Die langen Haare wie kastanienbraune Wellen offen über die Schultern fallend, am Kopf nur von ein paar Haar-Kämmchen zu den Seiten hin gezähmt und auch der etwas längere Pony mit einer Spange halbwegs Am Ohr gebändigt. Die schlanke Figur wird von einer dunklen Jeans und einer Petrol farbigen Bluse umschmeichelt, die am Kragen mittig zu einer längeren herunter hängenden Schleife gebunden ist. Nicht unbedingt stylisch modern, aber was macht das aus, sie fühlt sich darin wohl und es ist mitnichten geschmacklos, es kleidet sie echt gut. Abgerundet wird es von schwarzen Halbschuhen und einer kleinen schwarzen Handtasche.

„Hallo Bonnie, schön dass du da bist", begrüße ich sie lächelnd und als sie mir die Hand reicht, spüre ich dabei doch ihre Nervosität. Ruhige und tiefe

Worte perlen über meine Lippen: „Keine Sorge, ich habe noch niemanden auf gefuttert." Und sie lacht schüchtern. Ich befürchte fast schon, dass sie Angst vor ihrer eigenen Courage bekommt und flüchtet. Aber nein, als ich ihr die Türe aufhalte, nickt sie mit einem leisen „Danke" leicht und huscht hinein.

„Dann such uns doch erst einmal einen Platz aus, oder?" schlage ich vor, um sie ein wenig aus der Reserve zu locken. Immerhin gibt es hier einige Möglichkeiten. Angefangen von einer Eckbank aus Holz, über ein Ledersofa mit niedrigem Tisch, bis hin zu ganz gewöhnlichen kleinen Holztischen mit je zwei bis vier Stühlen.

Sie lässt einen Moment den Blick schweifen und zwinkert mir grinsend zu, ehe sie sich dann auf das Ledersofa zubewegt: „Das sieht gemütlich und einladend aus, findest du nicht auch?" Und schon setzt sie sich leicht schräg dort hin, so dass sie sich zu mir drehen kann. Ich nehme auf der anderen Seite Platz und schmunzle etwas vor mich hin, denn mit dem Sofa hätte ich am wenigsten gerechnet. Aber wie deutete ich es mit den stillen Wassern schon an, genau. Noch kenne ich die genaue Tiefe des stillen Gewässern ja nicht...

„Möchtest du zuerst bestellen gehen?" fragt sie mich und ich wiege langsam den Kopf leicht hin und her, ehe ich dann antworte, „Ich kann auch für uns beide etwas holen." Die Idee wird von ihr mit einem Lächeln beantwortet: „Dann hätte ich gerne einmal Eiscreme&Espresso. Ich verteidige dafür diesen gemütlichen Platz." schmunzelnd ziehe ich los Richtung Theke.

„Hallo, was darf es bei ihnen sein?" begrüßt mich die Mitarbeiterin dahinter. Mein Blick huscht kurz über die großen dunkelgrünen Wandtafeln, auf denen tagesaktuell die entsprechenden selbst hergestellten Eissorten auf passend dazu verzierten länglichen bunten Schildern präsentiert werden, und ich bald im Bilde bin: „Einmal bitte im Waffel-Becher regulär Cookies Revenge und einen großen Schokolade Orange. Und einmal Eiscreme&Espresso, bitte." Sie nickt „Gerne" und beginnt hinter der ovalen Theke seitlich von mir mit der Zubereitung der Bestellung. Es dauert nicht lange und bald stehen mein Waffel-Becher und eine Tasse vor mir. Ich zahle beides, stelle es auf ein kleines Tablett, lege noch Löffel und Servietten dabei, ehe ich mich auf den Rückweg zum Tisch mache.

Dort stelle ich das Tablett mit einer fast schon eleganten Bewegung ab, platziere die Tasse vor Bonnie und den Waffel-Becher auf einer Serviette vor meinen eigenen Sitzplatz. „So, dann lassen wir es uns mal schmecken." So sitze ich dann auch wieder neben ihr und langsam genießen wir für einen Moment unsere Köstlichkeiten, auch wenn ich immer mal einen neugierigen Blick zu mir sehen kann, nur ganz kurz und verstohlen.

Irgendwann unterbreche ich das Schweigen, ehe es zu peinlich werden kann, mit einem unverfänglichen Thema: „Das Buch was du mir empfohlen hast, war wirklich interessant. Ich fand dieses Doppelspiel in der Handlung kam unheimlich gut zur Geltung und hat neugierig gemacht, bis zum Ende. Ich habe vorhin die letzten Seiten noch zu Ende gelesen und bin wirklich begeistert." Sie muss ja nicht unbedingt wissen, dass ich das Buch erst heute auf einmal verschlungen habe.

Sie schaut zuerst fragend, ehe ihr einfällt welches Buch ich meine: „Na, da hatte ich ja Glück. Ich gebe zu, ich habe nur schnell ein nicht zu umfangreiches Exemplar heraus gefischt, dessen Titel auf dem ersten Blick interessant erschien. Allerdings weiß ich nicht, worum es darin geht. Für mich war es einfach nur ein stummer Bote."

Auf ihre Antwort hin müssen wir doch beide lachen, denn damit hätte keiner gerechnet. Andererseits wäre auch eine gezielte Auswahl kein Garant dafür, dass es mir auch gefallen könnte. „Na, dann nennen wir es ein gutes Händchen dafür, dass es trotzdem positiv aufgefallen ist", nicke ich und mein Blick huscht über ihr Gesicht. Es ist oval, aber nicht so länglich wie meines, und als sie lacht werden ihre braunen Rehaugen von unzähligen kleinen Lachfältchen und einem vergnügten Funkeln geschmückt. Dazu das leichte Erglühen ihrer Wangen, was einen fantastischen Akzent zu ihrer Erscheinung bildet.

Ihre zarten Lippen bewegen sich, während ihre dunklen Augen mich fragend anschauen, hat sie mich etwas gefragt?! „Magst du mir noch etwas über das Buch erzählen? Morgan? Träumst du?" Und ich zucke leicht zusammen, erröte kurz sichtlich, was mich dann doch etwas verlegen zur Seite schauen lässt: „Tut mir leid, ich war gerade minimal abgelenkt, von dir... Was bitte meintest du?" Oh Mann, eiskalt erwischt, aber so was von!

Sie kichert leise, ehe sie antwortet: „Eigentlich habe ich dich gefragt, ob du mir noch etwas mehr über das Buch erzählen möchtest. Jetzt finde ich aber viel interessanter zu erfahren, was dich gerade so abgelenkt hat." Oh ja, das nutzt sie gerade aus, um der Sache auf den Grund zu gehen. Ich wische mir mit der Daumenspitze einen Eisrest aus dem Mundwinkel und versuche nicht schon wieder zu erröten. Von wegen ich werde Frauen gegenüber nicht verlegen, sieht man ja, ist klar. „Naja, ich war gerade so fasziniert von deinem Lächeln, es ist dein schönster Schmuck. Weißt du das?"

Jetzt ist es an ihr mehr Farbe zu zeigen und sie winkt halbherzig ab: „Du bist ein schrecklicher Charmeur. Hätte ich das geahnt, hätte ich dir niemals meine Handynummer gegeben." Doch trotz des Versuchs eine ernste Miene aufzusetzen, kann sie sich das Schmunzeln kaum verkneifen, das deutlich signalisiert, dass sie es nur als Scherz meint. Wohl deswegen spring ich auch darauf an und antworte mit verschwörerischem Blick: „Rate mal, warum ich dir das vorher nicht verraten habe."

25

So geht es eine ganze Weile, während Kaffeebecher und Waffel sich weiter leeren und ich letztere dann noch genüsslich vor mich hin knuspere. Immer mal ist leises Lachen zu hören, ja wir pflegen über sehr amüsante Themen zu reden.

„Ich bin froh, dass ich dir dort die Seite 20 empfohlen hatte, auch wenn es mich echt einiges an Überwindung kostete", kommt es dann etwas leiser von Bonnie und sie nestelt mit einer Hand an ihren Haarspitzen herum. „Und ich hätte echt was verpasst, wenn ich dich heute nicht angerufen hätte", gibt es von mir in ruhigem Ton als Antwort, ehe meine Hand sanft ihre davon abhält, ihre Haare weiter zu malträtieren, was sie schlagartig inne halten und in meine Augen sehen lässt. Oh wie schön ist es einfach in ihren dunklen Seen zu versinken! Und für einen Moment herrscht Schweigen auf dem Sofa. Vom Rest der Welt haben wir uns ja eh schon fast ausgeklinkt.

„Hast du eigentlich eine Freundin? Also etwas Festes? Entschuldige bitte meine Indiskretion, doch die Frage ist mir wichtig und ich hoffe auf eine ehrliche Antwort", kann ich sie hören und brauche wohl so zwei weitere Sekunden, ehe meine grauen Zellen das Gesagte verarbeiten. Ich hebe doch etwas überrascht leicht die Augenbrauen, um dann sachte den Kopf zu schütteln: „Nein. Und da du mich so offen darauf ansprichst, werde ich ebenso offen sein." Mal sehen wie sie reagiert, schlimmstenfalls trennen sich jetzt unsere Wege wieder. „Ich bin nicht der Typ für eine feste Beziehung. Ich bin eher wie ein kleiner Schmetterling und flattere von Blume zu Blume, genieße mein Leben und die Zeiten mit so schönen Blumen wie du eine sein könntest. Allerdings weiß ich auch, dass nicht jede Frau dazu bereit ist, dass akzeptiere ich und sage es deswegen auch anfangs rechtzeitig." Mit einem fragenden Blick beende ich meinen kurzen Monolog.

Die junge Frau nickt langsam: „Das kann ich verstehen, so macht sich zumindest niemand falsche Hoffnungen, oder dir Vorwürfe dass du geschwindelt hättest. Nun, ob ich auch eine dieser Blumen werde, das dürfte die Zeit zeigen. Wie du siehst renne ich zumindest nicht schreiend davon, also ist es soweit für mich in Ordnung." Und sie schenkt mir einen sehr tiefen Blick ihrer braunen Rehaugen, der mir gerade dezentes Bauch-Flattern beschert. Ich atme doch kurz hörbar ein, ehe ich antworte: „Wenn du mich weiter so anschaust, versuche ich schneller als du denkst deinen Blumenstatus ins Positive zu ändern."

Oh Mann, was labere ich hier für einen Mist? Und doch weiß sie genau was ich meine, denn Bonnie lacht hell auf: „Ich nehme dich beim Wort!" Zack, treibt es mir die Hitze in den Kopf, und in den Schoss! Doch dass lasse ich mir dann glücklicherweise nicht anmerken. Nur ein kurzes Räuspern, um meine Stimme in den Griff zu bekommen: „Na, dann sollten wir entweder jetzt zahlen, oder uns mit einer zweiten Bestellung ablenken." Damit überlasse ich ihr die Wahl wie sie den Verlauf dieses Tages bestimmen möchte. Und ja, es ist ihr anzusehen, dass sie kurz doch mit sich ringt, dann die Vernunft siegt und sie antworten lässt: „Dann such dir mal etwas von der Karte aus, und ich zahl. Du hast die erste Runde ja schon übernommen."

Der kleine Hoffnungsschimmer in mir verpufft lautlos wie eine schillernde Seifenblase, doch ich weiß, es ist die richtige Entscheidung. Nicht dass es nicht schon erste Treffen gab, die an neutralem Ort begannen und dann woanders im Rausch der Sinne endeten, klar was ich meine? Nein, ich bin kein pietätloser Lustmolch, ich genieße die Nähe einer Frau in vollen Zügen. So unterschiedlich wie sie selbst, sind auch die daraus resultierenden Treffen. Und mitnichten lege ich es jedes Mal darauf an, dass es mit einer Frau in trauter Zweisamkeit enden wird. Nun, damit sind hoffentlich alle gerade aufkeimenden Gerüchte schnell wieder erstickt. Danke für ihre Aufmerksamkeit.

Richten wir diese bitte zurück auf das Café und die beiden Personen auf dem Sofa. Nach der doch recht deutlichen Aussage von ihr wartet Bonnie ab bis ich etwas ausgewählt habe und tigert dann zur Theke hinüber. Mein Blick folgt ihr, während die Gedanken abschweifen. Sie ist wohl so zwischen 1,60 und 1,70 Meter groß, gut proportioniert und sehr schlank, doch nicht etwa dürr. Nein, das passt alles noch gut zusammen. Ihre dunklen Haare fallen fast schon wie schwere Wellen ihren Rücken hinunter und bezaubern mit einem leichten Schimmern. Oh ja, mir gefällt sehr gut was ich dort sehe. Ein gerader Rücken, in eine schlanke Taille mündend und darunter ein wohl gerundetes Hinterteil! Und als mein Augenmerk dieses erreicht, wirft sie mir einen verschmitzten Blick über die Schulter zu, als ob sie es gemerkt hätte. Von mir kommt ein leichtes unverfängliches Schmunzeln zur Antwort.

Die Warteschlange vor ihr schrumpft, unsere Bestellung wird bearbeitet und kurz darauf trägt sie das Tablett hinüber. Zwei große Kaffeebecher darauf balancierend erreicht sie die Couch. Ich sehe auf, nehme ihr die Becher ab, um sie auf den Tisch zu stellen. „Glaube ja nicht, dass ich deinen Blick gerade nicht gesehen habe", raunt sie mir leise ins Ohr, ehe sie sich setzt und grinst, weil ich nur leise lache.

Oh ja, das wird noch eine sehr vergnügliche Zeit und als sich unsere Wege trennen ist klar, dass bleibt nicht unser einziges Treffen.

Kapitel 4

Ich liebe es, mich bei schönem Wetter auf eine Bank zu setzen und meinen freien Tag dort eine Weile zu genießen. So wie heute. Das Treffen mit Bonnie ist schon ein paar Tage her und momentan halten wir es auf den Stand von hier und da mal einer Kurznachricht per Handy, um weiter in Kontakt zu bleiben. Gerade jetzt wo ich mir einen gemütlichen Platz gesucht habe, direkt an den alten ehrwürdigen Mauern des Schlosses von Oxford, da summt es wieder in meiner Tasche. Ich gebe zu, sie ist nicht das einzige weibliche Wesen in meiner Kontaktliste, deswegen weiß ich auch nicht vorher wer sich meldet. 'Hallo Morgan, bei so schönem Wetter erblüht sicherlich jede Blume zu voller Pracht. Ich wäre einem zweiten Treffen nicht abgeneigt. Gruß, Bonnie.'

Ihre Worte lassen mich doch etwas in mich hinein lächeln, denn bis zum Ende unserer Zeit bei G+D's hatte sie sich in dem Punkt bedeckt gehalten. Immerhin verlangt das Thema auch eine gewisse Diskretion und ist von daher nicht für die umliegende Öffentlichkeit bestimmt. Umso neckischer finde ich es, dass sie den Blumen-Faden weiter spinnt, der eigentlich von mir nur als neutrales Beispiel gewählt wurde, um das alles unverfänglich zu erklären.

Für einen Moment lasse ich meinen Blick etwas schweifen. Immerhin sitze ich hier am zweitältesten Gebäude von Oxford. Die Burg wurde 1071 erbaut und dann von 1166 bis 1996 als Gefängnis genutzt. Mittlerweile kann dort 'Urlaub im Knast' gemacht werden, denn aus dem Gefängnis-Bereich ist ein Vier-Sterne-Hotel geworden und aus dem Rest ein Einkaufs- und Kulturzentrum, nachdem die Queen es 2006 schließen und für 12 Millionen Euro umbauen ließ. Vielleicht noch als I-Tüpfelchen eine kleine wahre Schauergeschichte? In dem alten Gefängnis sollte die Strafe an einer sehr bekannten Dame namens Anne Green vollstreckt werden, die dort am Galgen erhängt wurde. Makaberer Weise erwachte sie eine halbe Stunde danach wieder und auch die Kolben-Schläge der Henker vermochten nicht sie zu töten! So durfte sie den schon bestellten Sarg mit heim nehmen. So ein exklusives Möbelstück hat allerdings auch nicht jeder in seinem Haus.

Nun, wenn ich schon das zweitälteste Gebäude erwähne, dann erweise ich auch dem ältesten Gebäude meinen Respekt. Damit ist der Carfax Tower gemeint. Dieser wurde schon 1040 gebaut und fand 1086 noch als komplettes Gebäude als Kirche die erste Erwähnung. Von der daraus entstandenen Sankt Martin-Kirche aus dem 13.Jahrhundert ist nur noch der Turm übrig geblieben, der auch als Dreh- und Angelpunkt der Stadt bezeichnet werden kann. Jede Viertelstunde erscheinen unter der Uhr zwei Ritterfiguren und das Glockenspiel erklingt. Außerdem ist eine Aussichtsplattform erreichbar. Doch ist der Aufstieg für Kinder unter sechs Jahren nicht geeignet, da die 99 Stufen ihrem Alter gemäß uneben sind.

Es ist wohl unschwer zu merken, dass ich hier in Oxford aufgewachsen bin und mich auch für meine Heimatstadt interessiere. Von daher erlaube ich mir ab und an den Reiseführer zu spielen und davon zu berichten. Doch wie schon anfangs erwähnt, befinde ich mich gerade auf einer Bank nahe der Burg und nach kurzer Überlegung zwecks der Kurznachricht von Bonnie bezüglich der Blumen und einem weiteren Treffen, huschen meine Finger über den Bildschirm meines Smartphones: 'Hallo Bonnie, selbst bei schlechtem Wetter ist es durchaus möglich zarte Blumen zum erblühen zu bringen. Es freut mich und ich werde mich sicherlich in den nächsten Tagen bei dir melden. Gerade bin ich unterwegs und genieße das Wetter.' Ich schicke die Nachricht ab und es dauert nicht lange, ehe ihre Antwort kommt, ein lächelnder Smiley. Ich schiebe das Handy in meine Hosentasche und schließe die Augen. Es ist so herrlich gerade, die warme Sonne schmeichelt meiner leicht gebräunten Haut und einige Zeit sitze ich nur so dort.

Schritte sind zu hören, leise schlurfend oder doch eher trippelnd, eine Mischung aus beidem und deswegen auch der Grund wieso ich meine Augen öffne und dezent nachsehe woher das Geräusch kommt. Ich kann es einer älteren in Tweed gekleideten Dame zuordnen, mit einem aufgespannten hellen Schirm in der Hand, der ihren Kopf vor der Sonne schützt und von einem Muster aus Aprikosen farbigen Rosen geschmückt ist. Sie geht geradewegs hier auf die Bank zu, vermutlich um sich etwas auszuruhen. Gerade spiele ich mit dem Gedanken beiseite zu rücken, als sich ihr Schirm etwas hebt, sie erkennt dass die eine Hälfte der Bank schon besetzt ist und sie den Sonnenschutz deswegen noch etwas höher hebt, um mir einen entschuldigenden Blick zu zuwerfen: „Oh entschuldigen sie bitte." Ich winke nur leicht ab, rücke beiseite und lächle sie dabei freundlich an: „Bitte sehr, setzen sie sich doch." Zuerst schaut sie ein wenig erstaunt, dann setzt sie sich neben mich, wohl darauf bedacht mir ihren Schirm nicht an den Kopf zu stoßen: „Das ist sehr freundlich von ihnen, junger Mann. Bitte entschuldigen sie meinen Schirm, doch den benötige ich wegen der Sonne." Mit einem leichten Kopfschütteln winke ich ab: „Keine Sorge, der stört mich nicht." - „Ich bin erstaunt, wie unvoreingenommen sie das sehen", antwortet sie eher leise. Jetzt bin ich es wohl, der etwas erstaunter schaut: „Oh, wieso denn dass? Ich finde, man sollte den Mitmenschen doch immer eine Chance zur eigenen Entfaltung geben." - „Das sehen sie in ihrer Jugend schon ganz anders, wie wir alteingesessenen Engländer."

Ja, ich erkenne ihre Art genau wieder. Denn normalerweise kümmert sich jeder nur um die eigenen Angelegenheiten, das ist einer der größten Grundsätze, den ich auch von meinen Eltern her kenne. Wobei ich bei dem Wort 'Jugend'

29

schon ein wenig schmunzeln muss, denn die habe ich doch schon ein paar Jährchen hinter mir gelassen. Ich weiß, dass Gespräche dieser Art nur oberflächlicher Natur sind und doch gerne gepflegt werden. Deswegen genieße ich die Anwesenheit der alten Dame einfach.

„Ich denke, die jüngeren Generationen haben sich da in dem Punkt etwas verändert, ohne komplett mit der Tradition zu brechen", versuche ich es ihr dann auch nahe zu bringen. „Das mag sein und ist vermutlich auch nicht das Schlechteste. Solange die alten Traditionen nicht komplett verloren gehen", pflichtet sie mir bei, fährt dann fort, „nun, damit ich ihnen nicht wie ein übertriebenes 'altes Fräulein' erscheine, die Bezeichnung hat ein Bekannter von mir bei einem Besuch in Deutschland aufgeschnappt. Also, um genau dieses zu vermeiden, werde ich ihnen etwas erzählen." Während sie spricht, blinzelt sie immer wieder unter ihrem Schirm zu mir hoch. Und ich hebe die Augenbrauen und höre ihr aufmerksam zu, wie sie weiter redet: „Dieser Schirm ist nicht nur ein nettes Accessoire. Hauptsächlich ist er ein Schutz gegen die Sonne, da meine Haut überaus empfindlich darauf reagiert. Da heißt es einen guten Sonnenschutz auftragen und mit dem Schirm schmücken, dann kann ich durchaus meine Spaziergänge genießen." Mit einem freundlichen Lächeln spricht sie den letzten Teil des Satzes und er bringt fast einen jugendlichen Charme auf ihre Gesichtszüge.

Ich nicke verstehend und rechne ihr diese Offenheit hoch an, denn das ist nicht unbedingt an der Tagesordnung. „Ich danke ihnen für ihr Vertrauen und kann es nur bewundern, wie gut sie damit umgehen. Und ich finde es eher charmant, wie sie sich nach außen hin mit dem Schirm schmücken." - „Sie sind ein wirklich netter und charmanter junger Mann. Ich werde mich jetzt allerdings wieder auf den Weg machen. Vielen Dank für das angenehme Gespräch. Haben sie noch einen schönen Tag." Und damit steht sie auch langsam auf, schenkt mir noch ein letztes Lächeln, ehe sie langsam und dennoch immer noch mit recht grazieler Gestalt weiter geht.

Mittlerweile ist auf der Arbeit der erste Höhenflug nach Fertigstellung 'meines' JCWs etwas abgeklungen und ich widme mich wieder meinen üblichen Aufgaben. Von daher habe ich Zeit sich die Firma etwas genauer vorzustellen:

Ganz am Anfang gab es einen Herren Namens William R. Morris, der 1891 Lehrling in einer Reparaturwerkstatt im Oxforder Vorort Cowley war. Im Jahre 1910 entschied er sich für einen Schritt in die Selbständigkeit. In der Zeit von 1913 bis 1930 gehörte seine Firma 'Morris Oxford' zum bedeutendsten Automobilhersteller England und ermöglichte so jedem Bewohner der Stadt eine Arbeitsstelle. Zu seinem erfolgreichsten Modell gehörte 1945 der Morris Minor. Die erste Version, den Ur-Typen des Minis und damit auch des 'John Cooper

Works' für die Ralley Monte Carlo, entwickelte und baute Sir Alec Issigoris für das bekannte 24 Stunden Rennen!

1952 entwickelte sich die Idee weiter, einen aus der Not heraus geborenen Wagen zu bauen, möglichst viel Innenraum in so wenig Außenmaße wie nötig zu realisieren. Gleichzeitig zog sich Morris ins Privatleben zurück, die Firma fusionierte mit Austin Motor Companies zur British Motor Co-Operation, und damit zum viertgrößten Automobilhersteller der Welt.

Der Mini war der Liebling der Arbeiterklasse und verkaufte sich 1962 200.000 Mal im Jahr! Doch leider gab es auch für den kleinen Wagen keine krisenfeste Zukunft. BMC ging 1968 in die British Leyland über und nach internen Krisen in die Rover Group. Die glorreichen Zeiten von Mini und Minirock waren vorbei. Und doch gab es auch bekannte Gesichter unter den Fahrer*innen: Twiggy, George Harrison und David Bowie, um nur ein paar zu nennen.

Nachdem 1994 zwei große Rover Werke schließen mussten und auch im gleichen Jahr BMW das Restunternehmen erwarb, wurde mit nur mäßigem Erfolg der Luxuswagen Rover 75 produziert. BWM entwickelte darauf eine neue Version des Minis, allerdings doppelt so groß wie die Ur-Version. Und die daraus resultierende John Cooper Works Version sorgte dann auch namentlich für den Durchbruch! So kam es, dass BMW den Mini ab dem Zeitpunkt unter dem Namen 'Mini Cooper' verkaufte!

Die Wagen brachten im frühen 21.Jahrhundert den Aufschwung und waren auf dem Weltmarkt sehr begehrt. Allerdings sorgte der technische Fortschritt dafür, dass über 28.000 Beschäftigte überflüssig wurden, ein Zehntel der Gesamtzahl! Und trotz allem lag die Arbeitslosenrate nur bei Acht Prozent. Kurzfristig hatte die Fertigung nach Bayern in Deutschland gewechselt, wo BMW ja sein Mutterwerk hat. Dann wurden die Fertigungshallen hier in Oxford umgebaut und sie zog wieder in unsere heimischen Gefilde.

Mittlerweile sieht es so aus, dass die Produktion Hallenweise erfolgt, wenigstens von den Teilen die hier noch erstellt werden, es wird auch ausgelagert und dann nur wieder importiert. Die Bauteile aus den Nebenhallen bekommen dann eine Bimmelbahn-Fahrt in die Haupthalle mittig, um dort auf der Montagestraße komplettiert zu werden.

Und wie sieht nun meine Arbeit aus? Wir sind natürlich mehrere Designer in den Teams, die auf dem Reißbrett quasi einen ersten Entwurf erstellen. Anschließend arbeiten wir einen 3D-Entwurf aus, wo die entsprechenden Maße genutzt werden, und veränderbar sind. Danach gibt es das berühmte Tonmodell, an dem in Originalgröße die entsprechenden Modellteile getestet werden können. Sobald alles soweit stimmig passt, entwickeln wir ein original getreues Modell, dass allerdings im Gegensatz zum typischen Prototypen nicht funktionsfähig ist. Wenn diese Schritte komplett durchlaufen und alle Tests erfolgreich erledigt sind, geht der Wagen in die Produktion. Die Produktions-Straße in der Fertigung beherbergt 1.400 Roboter, die es schaffen pro Tag 1.000 Fahrzeuge fertig zu stellen. Also läuft dort alle 67 Sekunden ein Mini vom Band! Unglaublich, oder?! Der Parkplatz spricht Bände, wo die Wagen zwischengelagert werden.

Wer es immer noch nicht glaubt, kann sich alles anschauen, denn es werden verschiedene Werksführungen angeboten. Mit Sicherheitswesten, Schutzbrillen und Audio Führer ausgerüstet, kann ab Neunzehn Pfund Sterling durch die laufende Produktion spioniert werden. Wenn auf spezielle Fragen der Besucher eingegangen werden soll, empfehle ich die Führung für 120 Pfund. Und für 320 Pfund gibt es noch die Luxus-Version, bei der noch eine Stunde Aufenthalt im Hauskino inbegriffen ist. Zeitlich liegen die Führungen bei zwei und maximal dreieinhalb Stunden. Allerdings dürfen Besucher mit Herzschrittmachern oder Insulinpumpen nicht daran teilnehmen, da die Computersteuerungen diese beeinflussen könnten.

Müdigkeit kann Menschen auch durchaus beeinflussen. Ich merke es auf dem Rückweg eines Fortbildungs-Wochenendes, als ich über die M40 durch die Chiltern Hills fahre, knapp eine Stunde von Zuhause entfernt. Die zwei Tage waren vollgepackt mit Kopfarbeit, viele Seiten Notizen zeugen in meiner Mappe davon und gerade werden die Augenlider immer schwerer. Die Vernunft ruft nach einer Pause, um auf den drei Spuren meiner Seite auch ja nicht ungewollt vom Wege ab zu kommen. Die Logik zeigt mir noch eine andere Lösung. So schere ich mich hinter einem LKW ein und schwimme mit ihm mit. Vorteil ist, das schwere Gefährt braucht eine längere Bremszeit und so kann ich selbst auch schon eher reagieren. Auf die Art und Weise komme ich unbeschadet und in etwas über einer Stunde heim und weiß, damit bietet sich eine Möglichkeit, die ich auch in Zukunft bedenken würde.

Kapitel 5

„Hey Morgan, was machst du über die Feiertage?" Cynthia, eine Mitarbeiterin aus dem Büro nebenan kreuzt meinen Weg und für einen Moment bleiben wir an der Wand im Flur stehen. Ich begrüße sie mit einem freundlichen Lächeln, mehr erlaube ich mir auf der Arbeit bei den Frauen nicht, um weder sie noch mich in Schwierigkeiten zu bringen: „Ich bin morgen wie jedes Jahr bei meinen Eltern. Die Gans von meiner Mutter ist unschlagbar. Keine Ahnung wie sie die Füllung immer hin bekommt, denn meistens ist es nur Brot und Gewürze. Wobei sie das Brot noch mit Hackfleisch mischt und es damit herzhafter macht." Cynthia lacht: „Das klingt ja schon echt lecker, meine Güte! Dann hab schöne Feiertage und eine schöne Zeit mit deiner Familie." Sie lächelt mir zu und doch meine ich da so etwas wie Wehmut in ihrer Stimme zu hören, ganz hinten versteckt. „Danke, das wünsche ich dir auch. Bist du auch die Feiertage unterwegs, zur Familie oder Freunden oder so?" Auf die Frage hin senkt sie nur kurz den Blick und schüttelt den Kopf: „Ich werde wie die letzten fünf Jahre gemütlich daheim vor dem Kamin sitzen und ein gutes Buch mit viel Punsch genießen."

In dem Moment merke ich, dass ich viel zu wenig über sie weiß, und bin damit ziemlich direkt in ein mächtiges Fettnäpfchen gesprungen! „Tut mir leid, ich hatte nicht vor dich irgendwie zu kränken. Magst du, ich meine nur wenn du möchtest. Magst du heute oder am 'Boxing Day' zu mir kommen?" Eine sehr spontane Idee, ich weiß, aber irgendwie widerstrebt es mir, dass sie auch dieses Jahr alleine bleiben soll. Immerhin kann ich es ihr nur anbieten.

Cynthia schaut zuerst doch etwas verunsichert, erstaunt und schließlich legt sich ein Lächeln auf ihr Gesicht: „Das ist wirklich lieb gemeint von dir, aber ich möchte da nicht zu aufdringlich sein." Ich selbst winke nur kurz ab: „Zu aufdringlich? Nun, dann hätte ich es dir nicht angeboten. Ich würde mich wirklich freuen." - „In Ordnung, dann vielleicht lieber heute? Dann hast du am zweiten Weihnachtstag (Boxing Day) noch etwas Erholung von morgen." Es kommt etwas zögernd und doch mit einem hoffnungsvollen Blick.

Ich grinse frech: „Magst du dann nachher gegen sechs vorbei kommen? Bis dahin kann ich noch ein wenig zaubern." - „Ich kann ja zuhause noch etwas kochen, wie wäre das?" schlägt das gerade schon nicht mehr ganz so schüchterne Wesen vor mir vor, denn wenn es schon spontan ist, möchte sie sich zumindest auch daran beteiligen. „Wie wäre es, wenn wir einfach zusammen etwas kochen? Muss ja kein Fünf Gänge-Menü sein, einfach nur etwas leckeres", schlage ich vor, denn das ist doch bestimmt auch angenehmer, so muss sie nicht alleine in der Köche stehen. „Das ist natürlich auch eine nette Idee", und sie gefällt ihr, das ist schon süß. „Gut, dann bringst du einfach dich und deine gute

Laune mit und ich sorge für den Rest." Schnell schnappe ich mir einen Notizzettel, um ihr meine Adresse aufzuschreiben und dann trennen sich vorerst unsere Wege.

Ich selbst kehre grinsend an meinen Arbeitsplatz zurück und überlege mir, was ich alles in der Truhe habe, was ich spontan daraus zaubern könnte. Natürlich erwarte ich nicht, dass sie mit mir kocht, aber das muss ich ihr ja nicht schon vorher sagen, oder? So vergehen dann auch die nächsten Stunden des letzten Arbeitstages vor den Feiertagen und ich schaffe noch einiges zu erledigen, was das allgemeine wohlige Gefühl umso mehr verstärkt, so dass ich dann auch mit ruhigem Gewissen zusammen packen kann. Leise pfeifend stromere ich los, schaue noch auf dem Flur, ob ich Cynthia sehe, doch sie scheint schon schnell heim zu streben.

Ich bin auch nach zehn Minuten daheim, ist es ja nur eben über die Straße und ein Stück durch den Schleichweg zu Fuß. Dann plündere ich schnell die Gefriertruhe, lege das Fleisch zum auftauen in den Backofen, denn sonst dauert das ja ewig. Dazu noch Gemüse, das gewaschen und geschnitten werden möchte. Im Kühlschrank lacht mich noch der Salat an und ehe ich darüber nachgedacht habe, rühre ich einen schnellen Teig an, den ich mit Heidelbeeren, Erdbeeren und Brombeeren fülle und als Ergebnis dann kleine Päckchen werden, die gebacken und nebenher hingestellt werden könnten. Keine Mince-Pies, aber wenigstens ein kleiner Ersatz. Wobei es die berühmten Mince ja wirklich zu Weihnachten überall gibt. So lecker sie auch sind, nach den Weihnachtstagen kann ich sie dann auch bald nicht mehr sehen und doch freue ich mich im Verlauf des Jahres wieder auf die Nächsten und die restliche kulinarische Weihnachtszeit.

Nachdem ich dann soweit alles an Vorbereitung fürs Essen fertig habe, gehe ich noch eben in den Speicher und finde dort einige bunte Papiere, dich mich schmunzeln lassen. Mein Haus sieht ja schon weihnachtlich aus, ein paar Strohsterne an den Fenstern, Tannenzweige mit Lichtern auf den Fensterbänken, kleine bunte Gläser mit LED-Teelichter dazwischen, so dass auch keine Feuergefahr besteht. Das bunte Papier wandert mit mir ins Wohnzimmer, Schere und Kleber gesellen sich dazu und ich nutze die Zeit und mache mich ans Werk. Papier in dünne Streifen schneiden, dann in Stücke, daraus Ringe formen, die kettenartig ineinander kleben und schon bilden genug von ihnen eine Girlande! Durch das glänzende Papier funkelt sie im Licht und ich träume etwas vor mich hin, während ich weiter bastle und die Girlande an Länge gewinnt.

Weihnachten als Kind, was war das für eine aufregende Zeit! Am Heilig Abend wartete ich immer ganz geduldig, bis mein Vater von der Arbeit kam.

Meine Mutter schrieb vorher immer viele Karten, lustige Texte, liebe Grüße an unsere Freunde und Bekannte und Familie, die entfernter wohnten. Genauso häuften sich auch die ankommenden Weihnachtskarten bei uns, die meine Mutter heute noch in einem kleinen Körbchen sammelt, um dann im neuen Jahr ein paar liebe Briefe zu schreiben.

Mein Vater organisierte immer den schönsten Weihnachtsbaum, meiner Meinung nach. Wobei er im nach hinein meinte, mancher war so erbärmlich, dass der Verkäufer ihn für fast umsonst mit gab. Mir selbst kam es nicht so vor, ich liebte jeden Baum! Mit den Augen eines Kindes war jeder wunderschön! Auf unseren Tischen in Küche und Wohnzimmer stand immer ein traumhafter Weihnachtsstern, meistens im klassischen Rot, manchmal mit ein wenig Gold besprüht. Ich liebte es, wenn unser Haus sich nach und nach in einen dezenten klassischen Weihnachtstraum verwandelte. Ich konnte jeden Tag etwas neues entdecken, weil meine Mutter immer die Angewohnheit pflegte, Stück für Stück etwas neues hinzu zu fügen, was mir nicht entging!

Ich selbst schrieb jedes Jahr meinen Brief an den Weihnachtsmann. Zuerst malte ich, bis ich in die Schule kam und schreiben konnte. Ich gab mir mit den Buchstaben immer richtige Mühe, es war fast schon malen statt schreiben und saß oft deswegen stundenlang daran, was meine Mutter doch erstaunte. Dann versüßte mir auch noch der kleine Adventskalender die Wartezeit, den sie mir mit Schokoladen füllte. Meine Aufgabe am Heilig Abend war der Teller mit Plätzchen und das Glas Milch für den Weihnachtsmann.

Ich suchte natürlich jede Gelegenheit auch in den Einkaufszentren Santa Claus meine Wünsche zu unterbreiten. Denn es gab in jedem größeren Einkaufsbereich eine Abteilung, in der das gemütliche weihnachtliche Wohnzimmer von ihm nachgebaut war, inklusive des großen Lehnsessels, in dem der 'alte weise Mann' sich ausruhen konnte. Allerdings wusste ich nicht, dass es nur Schauspieler waren, für deren Besuch meine Eltern sogar etwas bezahlten. Ich selbst besuchte in meiner kindlichen Welt jeden einzelnen entdeckten Weihnachtsmann, berichtete von meinen Wünschen und dachte gar nicht darüber nach wie oft ich das schon vorher gemacht hatte. Immerhin war Santa Claus ein alter Mann, der viel reiste und vielleicht auch schon etwas vergesslich wurde, also kein Problem ihn immer mal daran zu erinnern, wenn sich die Gelegenheit bot.

Ich bastelte natürlich nach meinem Wunschzettel auch meinen obligatorischen Beutel, in den er dann meine Geschenke legen konnte. Mein Beutel war anfangs aus Papier, dass ich beklebte oder bemalte. Später gab es Stofffarben, die zu Weihnachten verstärkt in Aktion traten und mit denen ich dann meinen Stoffsack verzierte, was mindestens genauso gewissenhaft wie mein Wunschzettel ausgeführt wurde. Meine Mutter meinte später, sie hätte jedes dieser kleinen Kunstwerke aufgehoben.

Für uns Kinder stieg die Aufregung Stunde um Stunde, währenddessen verschwand mein Vater irgendwann, während meine Mutter sich um das Essen kümmerte. So war er nicht im Weg und sie konnte alles in Ruhe erledigen. Ich gesellte mich oft zu ihr in die Küche und wir sangen zusammen Weihnachtslieder, manchmal konnte ich ihr auch mithelfen. Es war so eine fröhliche und unbeschwerte Weihnachtszeit!

Wenn meine Mutter dann soweit fertig war, schickte sie mich los und ich machte mich auf den Weg zum Pub, um meinen Vater abzuholen. Wenn ich den Schankraum betrat, schlug mir immer eine gelöste und heitere Stimmung entgegen und es war selbst für mich erkennbar, dass hier schon einige Biere über die Theke gewandert sein dürften.

In freudiger Zweisamkeit machten mein Vater und ich uns auf den Heimweg, ehe wir Zuhause dann gespannt auf das Essen meiner Mutter warteten. Wir verbrachten zu dritt einen gemütlichen Nachmittag und Abend, an dem ich wohl noch sehr oft fragte wann es denn endlich soweit wäre bis Santa Claus käme. Im Nachhinein bewundere ich die Geduld meiner Mutter! Meistens schlief ich irgendwann auf dem Sofa ein und wurde von meinem Vater mit mildem Lächeln ins Bett getragen. Wir Kinder waren am Heilig Abend immer SO schrecklich aufgeregt, dass die Erwachsenen das aber auch nicht verstehen konnten. Wobei, sie konnten es doch, nur wir Kinder bemerkten es nicht direkt. Immerhin besuchten wir bis Heilig Abend auch die umliegenden Weihnachtsmärkte, die allerhand Leckereien und Attraktionen boten. Zu gerne erinnere ich mich an diese Zeit zurück.

Kapitel 6

Als Erwachsener verläuft Weihnachten natürlich anders. Und dieses Jahr Heilig Abend sowieso, da mir ja die Idee gekommen ist Cynthia einzuladen. Von daher springe ich nach den ersten Vorbereitungen und den kleinen Basteleien schnell unter die Dusche. Es ist noch genug Zeit und frisch duftend, den Bart auf zwei Millimeter getrimmt und die Haare frisiert, schlüpfe ich in meine Sachen, wobei diese eher aus einer leger schwarzen Jeans und einem gemütlichen Pullover in Schneeflockenmuster bestehen.

Die Schürze wird darüber gezogen und weiter geht es. Fleisch und Gemüse landen zuerst geschichtet in einer Auflaufform und dann komplett im Backofen. Der Salat macht Bekanntschaft mit Wasser, Schleuder und Messer und wartet dann getrennt von der Sauce in einer geschlossenen Schüssel. War es das? Ich schaue mich um, mein Blick fällt auf die Orangen und Zimtstangen auf der Küchen-Anrichte und siedend heiß fällt es mir ein, der Punsch! Den wollte ich theoretisch als Ersten ansetzen! Jetzt aber! Rotwein und Saft vermischt, Orangen in Scheiben geschnitten und mit den Zimtstangen in einen großen Topf, ehe sich noch das eine oder andere aus meinem Gewürz-Vorrat dazu gesellt. Zusammen darf es nun langsam vor sich hin sieden, ohne aufzukochen, um die richtige Temperatur zu bekommen und die Zutaten zu verbinden. Noch gerade rechtzeitig um gut zu ziehen.

Gedanklich ziehe ich auch dahin, male mir aus wie sich der Abend gestalten könnte. Wobei das auch von meiner Besucherin abhängt. Doch wer hat nicht gerne so einen hübschen Käfer zu Gast? Für mich ist heute allerdings eher der Grund wichtig, dass sie die Weihnachtstage nicht alleine verbringt. Ich kenne nicht jeden meiner Bürokollegen so gut, dass ich weiß wie es familiär da gestellt ist, deswegen war es heute wohl auch eher Kommissar Zufall, dass es sich so entwickelt hat. Und wieso auch nicht?

Schneller als erwartet klingelt der Wecker an meinem Handy, so dass ich den Auflauf aus dem Ofen befreien kann. Er bekommt noch etwas Käse drüber gestreut und wird in die Restwärme zurückgestellt. Ein Blick auf die Uhr, es wird Zeit den Tisch zu decken. Tischsets, Teller, Besteck, Servietten und Gläser finden ihre zugewiesenen Plätze. Den Punsch fülle ich in eine dickwandige Glasschüssel mit Deckel und Schöpfkelle und stelle ihn auf ein stabiles Stövchen. Und dann klingelt es auch schon! Gerade rechtzeitig fertig!

Grinsend wusel ich in den Flur, werfe noch einen Blick in den Spiegel, perfekt! Oh, die Schürze! Zu spät, denn meine Hand hat bereits an den Griff gelegt und die Haustüre geöffnet. Zuerst sehe ich ihren blonden Schopf, von einem Ohrenband gegen die Kälte etwas gebändigt. Die leichten Locken umranden ein schlankes Gesicht, dezent geschminkt und mit fast schon aufgeregt großen Augen: „Hallo Morgan. Meine Güte, du wohnst richtig schön ruhig, trotz der Durchgangsstraße in der Nähe. Die hört man hier ja kaum mehr." Oh ja, da ist wer aufgeregt und plappert munter drauf los. Und während sie dabei die paar Treppenstufen zu mir hinauf kommt, wandert mein Blick auf das Bonbon förmige Geschenk in ihren Händen: „Hallo Cynthia, schön dass du da bist, ja, das stimmt, es ist echt paradiesisch hier. Tz, was hast du denn da dabei? Musst du doch nicht. Das Essen ist auch schon fast fertig. Komm doch herein."

Damit bitte ich sie auch schon komplett in die Wohnung hinein, wo sie sich im Flur doch gleich ein wenig neugierig umschaut: „Schön hast du es. Und die Dekoration ist toll!" Na, da hat es sich doch gelohnt noch schnell die Girlanden zu basteln, vermutlich würde sie den frischen Klebegeruch noch bemerken, doch wenn dann sagt sie nichts dazu. „Danke, na ja, die gehören für mich zu Weihnachten dazu." Auch wenn ich dieses Jahr spät dran bin. Ich lächle sie dabei sanft an und nehme ihr den Mantel ab: „Mach es dir doch bequem. DU kannst zwischen einem Begrüßungspunsch oder gleich essen wählen." Als sie aus dem Mantel schlüpft, kommt ein naturfarbener kuscheliger Pulli zur schwarzen Hose zum Vorschein und schnell verstaut sie noch das Haarband in einer Manteltasche, ehe dieser von mir aufgehangen wird.

Schmunzelnd schüttelt sie die Locken leicht auf: „Zuerst gibt es für dich ein kleines Präsent." Und damit überreicht sie mir auch schon das Bonbon förmige Geschenk: „Ich überlasse es allerdings dir, ob du es heute oder morgen öffnen möchtest." Ich selbst werde gerade doch ziemlich verlegen: „Und ich habe gar nichts für dich." Das fällt mir in dem Moment wie Schuppen von den Augen, doch sie wehrt nur leicht ab und schenkt mir ein liebevolles Lächeln: „Du hast mir doch schon deine Zeit zu Weihnachten geschenkt." Ihre Worte lassen mein Herz kurz heftig schlagen, denn ich weiß wie viel ihr das bedeutet, dass ist ihr anzusehen. „Ich finde es einfach wichtig, das Weihnachten eine glückliche Zeit ist. Und glaube mir, hätte ich es schon eher gewusst, wäre der Vorschlag schon letztes Jahr von mir gekommen", kommt es mir leise über die Lippen, ehe ich das Geschenk annehme und dann mit ihr zusammen Richtung Wohnzimmer gehe, um es dort heute schon auszupacken.

Es ist rechts und links mit zwei Schleifen zugebunden und als ich diese löse, fällt das Papier schon auseinander. Zum Vorschein kommt eine kleine Flasche Cider, ein kleiner Plumpudding und ein Buch mit alten Weihnachtsgeschichten. „Das ist ja klasse, danke!" Ich umarme sie liebevoll und ja, da hat sie mit allem ziemlich genau ins Schwarze getroffen. „Naja, du hast mal von deiner Cider Radtour erzählt und dass du so gerne Plumpudding magst. Und in der Pause habe ich dich in einem Buch mit alten Geschichten lesen sehen. Da war es nicht unbedingt schwer das Passende zu finden." Sie errötet bei ihren Worten leicht, zeigen sie doch deutlich, dass sie mich auf der Arbeit mehr wahrgenommen hatte als ich dachte.

„Du bist eine sehr aufmerksame Beobachterin, alle Achtung", nicke ich leicht und gehe dann zum Punsch hinüber, nachdem ich ihre Geschenke auf der Wohnzimmer-Anrichte drapiert habe, um bald darauf mit zwei gefüllten Gläsern zu ihr zurückkehre, „Auf deine gute Beobachtungsgabe und einen schönen gemeinsamen Abend." Die dickwandigen Gläser klingen leise aneinander, ein kurzer plumper Ton und wir genehmigen uns beide einen Schluck, wonach sie lachen muss: „Oh oh, der schmeckt so gut, eindeutig nach mehr und ziemlich stark. Davon darf ich echt nicht so viel, der geht mir sofort in den Kopf." Eine kleine Vorwarnung ihrerseits, die mich lächeln lässt: „Ich zwinge dich nicht und habe außerdem genug Platz auf der Couch, also keine Bedenken."

Die schiebt sie dann auch wohl beiseite und gönnt sich noch einen Schluck, ehe wir zusammen in die Küche gehen, wo sie doch sichtlich überrascht ist, weil ich auf die Schnelle so einen leckeren Auflauf gezaubert habe. „Naja, spontan geschaut was im Haus ist und dann ging es los. So hat meine Mutter es oft gemacht, wenn mein Vater ungeplanten Besuch mit heim brachte. Und ich habe es mir abgeschaut. Ich hoffe es schmeckt dir, ist heute etwas einfacher gehalten, doch die Gans hätte zeitlich nicht mehr geklappt." - „Das ist so lecker, könntest du mir das Rezept aufschreiben?"

Genießend und plaudernd sitzen wir eine ganze Weile am Tisch, wo sich auch noch der restliche Rotwein vom Punsch in unsere Gläser verirrt. Ich spreche das Thema Kindheit extra nicht an, möchte da heute bei ihr keine schmerzlichen Erinnerungen wecken. Und dann ist sie es, nachdem wir die Auflaufform restlos leer gefuttert haben und noch den Rest des Weines genießen, die mit merklich Alkohol erhitzten Wangen zu erzählen beginnt. Ich selbst schaue sie ruhig an und höre einfach nur zu.

Innerhalb der nächsten Stunde, weiterhin dort mit ihr am Küchentisch sitzend, erfahre ich wohl mehr über sie, als es die ganzen Jahre auf der Arbeit hätte passieren können. Manches ist ihr doch etwas unangenehm, doch sei es die heimelige Stimmung meiner Wohnung oder der zusammen genossene Alkohol, die überwindet ihre Scheu und redet weiter... Sechzig Minuten die mir zeigen, was für eine teils noch verletzte und sehr verletzliche Seele hinter ihrer freundlichen und zurückhaltenden Art steckt.

Danach sitzen wir schweigend da, doch ist es nicht dieses peinliche Anschweigen, dass möglichst schnell überwunden werden möchte. Nein, es zeigt nur, dass wir beide wohl genau den Moment brauchen, um unseren eigenen Gedanken nachzuhängen, die sich um das Gesagte und gehörte drehen.

Sie ist es dann auch, die nur vorsichtig den Augenblick unterbricht, indem sie ihre Hand sachte auf meine legt, die Wärme und der leichte Druck meine

Aufmerksamkeit auf sie zurück lenkt und unsere Blicke sich treffen. „Nachdem was ich dir erzählt habe, ist es wohl nicht schwer nachzuvollziehen, wieso ich meine Zeit außerhalb der Arbeit lieber alleine verbringe. Aber heute und hier fühle ich mich so sicher wie lange nicht mehr. Ich weiß, welchen Ruf du bei der weiblichen Belegschaft der Firma hast und es ist mir egal, denn so sehe ich dich nicht. Und wenn schon, schiebe es auf den Wein, verführe mich mit mehr Punsch, ich vertraue dir."

Okay, ich selbst brauche wohl einen Atemzug, damit dieses offene und überraschende Angebot auch noch die letzte meiner Gehirnzellen erreicht und zuerst sehe ich sie deswegen wohl auch nur mit leicht geöffneten Lippen und großen Augen an, ehe ich ein zweites Mal durchatme, meine Hand ihre umfasst und ich nur leise antworte: „Ich würde niemals ausnutzen, wenn du zu viel getrunken hast, so bin ich nicht."

Von ihr folgt ein lächelndes Nicken: „Ich weiß, deswegen erlaube ich es dir ja auch jetzt schon. Ich möchte dieses Jahr einfach nur mit jeder Faser meines Körpers dieses Weihnachtsfest genießen, ja, wenn du es mir erlaubst, nahe bei dir. Denn ich weiß, dass ich dir damit kein ewiges Versprechen geben muss, sondern wir es völlig zwanglos genießen könnten und ohne dass es jemand ahnt oder weiß." Und jetzt errötet sie doch etwas, als sie sich über die Ernsthaftigkeit ihrer Stimme in Bezug auf dieses Angebot bewusst wird.

„Nun, wenn ich dir damit ein besonderes Weihnachtsgeschenk machen kann, ist es mir eine Ehre. Allerdings überlasse ich dann den Punsch-Pegel bei dir deiner eigenen Kontrolle. Verwöhnen werde ich dich auf jeden Fall." Auf meine Lippen legt sich ein sinnliches Lächeln und als sie nun aufsteht, meine Hand dabei weiter fest hält, folge ich ihr einfach hinüber auf die Couch.

„Ich denke nicht, dass es an so einem Tag anzüglich ist. Viele Kinder entstehen aus Liebe an den Feiertagen", beginnt sie leise und sieht gleich darauf wie ich hart schlucke. „Kinder? DU möchtest...", beginne ich und sehe dann den Schalk in ihrem Blick, „nein, dass war nur ein Scherz, oder?" Sie lacht heiter auf: „Ja, glaube mir, das war ein Scherz, aber deine Reaktion darauf war perfekt! Nein, ich möchte natürlich keinen Nachwuchs. Hoffentlich habe ich dich jetzt nicht zu sehr geschockt." Sie nimmt unsere Punsch-Gläser und füllt sie, ehe sie mir meines reicht: „Durchatmen Mr. Sheldon." Oh ja, ein guter Rat übrigens, denn das habe ich für einen Moment echt vergessen.

Mit doch schelmischen Blicken leeren wir die Becher, füllt sie diese erneut und ich grinse: „Möchtest du mich abfüllen, dir Mut holen, oder umgekehrt?" Aber sie lacht nur wieder, schon sehr gelöst: „Weder noch, er schmeckt einfach nur himmlisch gut!" Oh ja, das entgeht mir selbst auch nicht und die Wärme nimmt merklich zu.

40

Schweigend sitzen wir dort, nur unsere Augen reden miteinander, tauschen Versprechen für diesen Abend und diese Nacht aus, nicht mehr und nicht länger. Um ehrlich zu sein verliere ich dabei irgendwann vollkommen den Überblick und stelle meinen Becher beiseite, als der Punsch mir deutlich in den Kopf steigt: „Ich sollte nichts mehr davon trinken." Die Worte kommen mit einem leisen Lachen über meine Lippen und ihr Blick verliert sich in meinem, trunken vor Punsch und der Sehnsucht nach den Versprechungen. Nur kurz huschen meine Augen Richtung der kleinen Uhr dort drüben an der Wand, die jedoch schon ziemlich verschwommen aussieht. So kann ich nicht einmal sagen, wann wir uns der Sehnsucht hingeben, die wie ein Buschfeuer in uns auflodert.

Meine Schürze liegt auf der Lehne der Couch, die Haare von ihren Fingern durcheinander, ihre Lippen heiß und rot pulsierend von meinen leidenschaftlichen Küssen. Nur vage legt mein Verstand ein Veto ein, als ihre Hände meine Hose öffnen möchten und ich raune leise: „Lass uns hinüber gehen..." Nur ein stummes Nicken von ihr, der Versuch ihrerseits auf die Beine zu kommen und schon sinkt sie mir kichernd in den Arm: „Huch!" - „Schwebst du, kleine Weihnachtselfe? Wir sollten schlafen... gehen", vermutlich mein letzter Versuch der Vernunft in meinem benebelten Kopf, doch sie schüttelt ihren nur sachte, wirft damit das nächste Karussell an und wohlig aufseufzend schmiegt sie ihr Gesicht an meinen Hals, höre ich die Worte ihrer schon Punsch schweren Lippen: „Du hast mir etwas versprochen. Das weiß ich noch ganz genau. Oder möchtest du kneifen?"

Belustigt funkeln ihre Augen mich an, während ich sie einfach nur im Arm halte, damit sie mir nicht komplett zusammen sinkt. „Nein, ich kneife nicht, ich möchte nur, dass du es selbst auch noch genießen kannst. Und ich befürchte, wenn ich die Punsch-Schüssel ansehe, da ist kaum mehr was drin, oder?" Und damit stehe ich selbst auch schon etwas unsicherer auf, schaffe dennoch sie auf meine Arme zu nehmen und mit schwankenden Schritten geht es aus dem Wohnzimmer, langsam Stufe für Stufe die Treppe hoch und ins Schlafzimmer: „Hier haben wir es eindeutig gemütlicher." Ich lege sie auf dem Bett ab und schon greifen ihre Hände wieder nach mir. Ihr Blick zeigt deutlich, dass die Welt sich noch durch das hochheben und hier niederlegen heftig dreht, aber das scheint ihr nichts mehr aus zu machen, sie liegt ja sicher. Ich lasse mich zu ihr hinunter ziehen und in heiße Küsse verstricken, während meine Hände beginnen sie zu entkleiden.

Seufzend und keuchend biegt sich ihr Körper mir entgegen und als ich ihr Höschen über ihre Beine abstreife, kann ich sehen wie gut sie schon vorbereitet ist. Ohne Worte sprechen unsere Körper miteinander. Ab und an habe ich das Gefühl mir fehlt eine Sekunde in meiner Erinnerung, springt es hin und her, aber selbst das ist nicht mehr wichtig, ob es ihr wohl genauso geht? Gerade noch habe ich mich zu ihr hinunter gebeugt, im nächsten Wimpernschlag liege ich auf dem Rücken und spüre die Leichtigkeit in mir, während sie sich über mich beugt. Immer wieder schwankt ihr Körper im Rausch des Alkohols und der Erregung und ich lasse ihn kurz darauf vor Wollust erschüttern, als meine Hand in ihre Mitte wandert und ihre Perle findet! Sie stöhnt laut auf, windet sich kurz über mir, ehe sie den Kopf einen Moment nach unten sinken lässt, was ihr das Blut in selbigen sinken lässt, so dass ihr der Blick heftig verschwimmt. Kurz verliert sie die Kontrolle, verdrehen sich ihre Augen und mein Verstand hegt die leise Befürchtung sie könnte ohnmächtig werden. Doch reißt sie sich zusammen, bietet mir dafür ihren Schoß förmlich an, nachdem sie sich wieder aufgerichtet hat. Doch noch gebe ich nicht nach. Meine Finger treiben sie dort unten weiter in den Rausch der Leidenschaft, Hitze schießt ihr ins Gesicht und keuchend macht sie sich Luft. Ihre Arme erzittern, geben immer wieder leicht nach, während sie etwas sagen möchte, aber kein verständliches Wort mehr zustande bringt. Mit einem lauten Stöhnen sinkt ihr Kopf hinunter und ihre Arme geben komplett nach, so dass ich sie auffange, doch ich weiß, sie ist noch nicht am Ende, deswegen raune ich ihr mit lustvollem Ton ins Ohr: „Lass dich fallen, meine Schönheit." Sie beginnt sich leicht zu bewegen, ohne wirklich noch die Kontrolle darüber zu haben und ich spüre die Nässe an meinen Fingern, ihren heißen und schnellen Atem an meinem Hals, als ihr Kopf an diesen sinkt und sie beginnt ihre Lust ungezügelt hinaus zu stöhnen! Es dauert nicht mehr lange, bis ich spüre wie sie sich kurz verkrampft, an meinen Fingern pulsiert und leicht einnässt, ehe sie einen kurzen spitzen Schrei ausstößt und mit rasendem Herzen auf mir zusammen sinkt. Erst jetzt ziehe ich meine Hand zurück, überlasse sie ihrem Flug.

Cynthia selbst hat kaum realisieren können, was passiert, als ihr Körper durch meine Berührungen komplett die Kontrolle verliert. Es dauert etwas, ehe ihr Verstand zögerlich zumindest teilweise wieder einsetzt. „Das war unglaublich...davon möchte ich mehr..." nuschelt sie mir ins Ohr und sie hebt langsam den Kopf, so dass ich das Lächeln auf ihren Lippen sehe, auch wenn ihr Blick noch verschleiert ist. „Davon kannst du so viel haben wie du magst, wie du es schaffst", schmunzle ich sie an und gebe ihr ein paar Minuten, um sich etwas zu sammeln, ehe meine Hand sich erneut wieder ans Werk macht, nicht zum letzten Male in dieser Nacht!

„Mehr!" perlt es schwer über ihre Lippen, kaum dass sie ihren Flug beendet hat und sie genießt die neu entdeckte Frucht vielmals, verfällt der Ekstase und ihr Körper lässt den Alkohol durch ihre Blutbahn rauschen. Nass geschwitzt liegt sie mittlerweile auf dem Rücken unter mir, ihre Augenlider flattern und ich kann sehen wie sich ihre Augen darunter verdrehen. „Mehr?" frage ich leise und sie nickt nur noch sachte, öffnet die Lippen, aber kein Wort schafft es hinüber. Ich lege meine Hand flach auf ihre Mitte und schon räkelt sie sich mir wieder entgegen, doch dieses Mal ist Morpheus stärker und legt seinen Mantel schwer über ihren Körper, so dass sie wohlig keuchend abdriftet und das Erzittern ihrer Mitte mehr und mehr nachlässt.

Ich schaue sie sanft lächelnd an, beobachte ihre sich entspannenden Gesichtszüge und langsam werdenden Atembewegungen des Körpers, der gerade vollkommen ausgepowert nach Ruhe lechzt und sie wohl auch nicht mehr mitbekommt wie ich sie zudecke. Dann stehe ich zögernd auf, wanke um das Bett herum, eindeutig genug intus und verschwinde im Badezimmer, um mich dort unter die Dusche zu stellen. Als das nichts bringt, verschaffe ich mir dort selbst Erleichterung, denn der kleine hübsche Käfer hat mich sicherlich nicht kalt gelassen, wobei ich mich da doch ziemlich zurück genommen habe. Wieder setzt meine Wahrnehmung leicht aus, bin ich gerade noch in der Dusche, lehne mich an die Wand und gebe mich einen Moment der Leichtigkeit hin, ehe ich mich dann außerhalb wieder finde und versuche eine Schlafshorts anzuziehen, ohne mich abgetrocknet zu haben, was auch irgendwie gelingt, denke ich, denn so richtig bekomme ich den Weg ins Bett nicht mehr mit, lege mich auf die zweite Bettseite und bin auch sofort wohl abgedriftet.

Der nächste Morgen dürfte für Cynthia vermutlich unerwarteter als für mich kommen. Denn ich selbst werde gegen sieben Uhr zum ersten Mal wach, weil die Natur ihr Recht verlangt. Noch ziemlich verschlafen tapse ich ins Bad, kehre etwas später erleichtert wieder zurück und kuschel mich wieder zu ihr ins Bett, noch nicht bereit auf zu bleiben. Für ein paar Minuten beobachte ich sie, ihr entspanntes Gesicht, das leichte Lächeln auf ihren Lippen, ihre sich bewegenden Augenlider, als sie träumt und merke nicht, wie ich selbst auch wieder einschlafe.

Erst gegen acht werde ich wieder wach, strecke mich genüsslich und sehe zu ihr hinüber, tiefe ruhige Atemzüge heben ihren Brustkorb und zeugen von ihrem tiefen Schlaf. Ich stehe leise auf, gehe hinunter in die Küche, um mir einen ersten Kaffee zu machen. Mit dem gefüllten Becher kehre ich zu ihr zurück, kuschel mich wieder unter meine Decke und nippe ab und zu an dem heißen Getränk. Gestern auf der Arbeit hätte ich mir den Verlauf des Abends so sicherlich nicht träumen lassen, auch wenn ich damit natürlich meinen Ruf vollkommen bestätige. Doch nicht ich habe sie verführt, sondern sie hat darum gebeten, das macht schon einen Unterschied, meiner Meinung nach. Nicht dass ich etwaige Gelegenheiten verstreichen ließe, aber mit Cynthia, nein. Nun, ich wurde eines besseren belehrt und bleibe verträumt lächelnd neben ihr, während ich meinen Kaffee genieße.

Selbiges Getränk dürfte wohl auch dafür sorgen, dass die junge Frau schneller wie gewollt aus dem Reich der Träume hervor kriecht. Auch wenn sie selbst die Schwerelosigkeit und Dunkelheit des Schlafes nur ungern los lässt, denn je mehr Morpheus sich zurück zieht, desto stärker ist das Pochen hinter ihren Schläfen, in ihrem Schoß und auch das flaue Gefühl in ihrem Magen. Das gerade noch entspannte und verträumte Gesicht verzieht sich leicht und ein Seufzen perlt über ihre Lippen. Die Augen wollen sich noch nicht öffnen, der Verstand weigert sich über die vergangene Nacht Report zu geben und doch weiß sie, es war einfach nur unbeschreiblich!

„Hallo Murmeltier...", die leisen Worte einer sanften Männerstimme klingen an ihr Ohr, als ich sie vorsichtig anspreche. „Mor-gan?" Sie stöhnt kurz auf, hält sich den Kopf, „Ich habe das nicht geträumt, oder? Uh, mein Kopf..." Oh weh, da hat sie aber der Kater erwischt! „Hmmmm, nein, hast du nicht, warte, ich beweise es dir", ich stelle meinen halb geleerten Kaffeebecher beiseite, meine Hand wandert langsam unter ihre Decke und legt sich behutsam in ihren Schoß. Sofort atmet sie merklich schneller und schiebt sich den Lust spendenden Fingern entgegen. „Da scheint jemand nicht genug zu bekommen, hm? Es ist übrigens das beste natürliche Schmerzmittel was es gibt", raune ich ihr leise zu.

Es dauert wirklich keine fünf Minuten, ehe ihr lustvolles Keuchen das Schlafzimmer erfüllt, allerdings gefolgt von meinen eigenen Lustlauten. Denn während sie sich nach ihrem ersten Flug einen Moment erholt hat, habe ich mir ein Präservativ übergezogen und der Morgen beginnt mit einer erotischen Vereinigung! Danach schnell das schlüpfrige Teil vorsichtig gegen meine Shorts getauscht und sich wieder an sie gekuschelt, um noch ein wenig zu dösen.

Zumindest sieht so mein Plan aus. Nein, er scheint nicht geklappt zu haben, denn ich selbst werde erst durch mein gestern vorsorglich gestelltes Handy wach, dass um elf Uhr klingelt! Ich bin nach unserem Stelldichein tief und fest eingeschlafen! Als ich nun den Wecker-Ton höre, werde ich schlagartig wach und realisiere, dass es nicht nur beim dösen geblieben ist. Mein Blick wandert hinüber, doch die andere Seite des Bettes ist leer! „Oh verdammt!" Ich sehe zu, dass ich auf die Füße komme, ziehe mir schnell Shirt und Jeans an und hege die Hoffnung sie noch in meinem Haus zu finden. Ein Blick ins Bad, leer, die Treppen hinunter und ins Wohnzimmer geschaut, niemand, auch in der Küche keine Spur von ihr! „Cynthia?" Ein fragendes Wort, die Antwort folgt bei dem Blick auf die Garderobe, wo der Platz leer ist, an dem gestern ihr Mantel aufgehängt wurde. „Tja, weg ist sie", seufze ich leise, gehe ins Schlafzimmer zurück, um mein Handy und den Kaffeebecher zu holen und damit wieder in die Küche zu gehen. Während die Pressfiltermaschine mir einen frischen großen Schwarzen zubereitet, entdecke ich endlich das blinkende Lämpchen an meinem Handys, das eine angekommene Nachricht anzeigt! Da hat sie mir doch glatt ihre Handynummer eingespeichert und mir von ihrem Handy eine Nachricht geschickt! Und ich habe es nicht einmal gemerkt!

Ich öffne den Messenger und da lächelt sie mich zerknautscht an, meinen Kaffeebecher in der Hand und neben ihr liege ich in tiefsten Träumen. 'Hallo Murmeltier! Na, aufgewacht? Du hast so süß ausgesehen, da wollte ich dich nicht wecken. Ich habe mir noch schnell die Gelegenheit einer Dusche und eines Kaffees gegönnt und würde mich über eine Wiederholung freuen. Dein kleiner Nimmersatt.'

Während ich ihre Worte lese, grinse ich vor mich hin, sie ist also nicht irgendwie böse auf mich, sehr gut. Und nach einem großen Schluck Kaffee, flitzen meine Fingerspitzen über die Buchstaben: 'Hallo kleiner Nimmersatt. Ich hoffe dein Kater ist nicht mehr so schlimm wie anfangs. Du siehst im Schlaf übrigens so Zucker aus, dass ich dich auch schlafen gelassen habe. Pssst, das bleibt unser Büro-Geheimnis, Wiederholung sicher nicht ausgeschlossen.' Ich schicke die Nachricht ab und trinke noch gemütlich meinen Kaffee, ehe ich Jeans und Shirt gegen weihnachtlichen Rentier-Pulli und der Hose aus Tweed tausche, der alten Zeiten wegen.

Kapitel 7

Ach ja, die gute alte Zeit. Während ich mich umziehe und frisiere, gehen die Gedanken zurück. Als Kind war der heutige 1.Weihnachtstag immer der Tag, wo wir schon früh aus den Betten krochen, einfach vor lauter Aufregung, denn traditionsgemäß bringt der Weihnachtsmann die Geschenke in der Nacht nach Heilig Abend. Wie schon erwähnt war ich für den Wunschzettel, meinen Weihnachtssack und Milch mit Keksen als Wegzehrung für Santa Claus zuständig. Als Kind dachte ich nicht über die Folgen nach, wenn er in jedem Haus die Portion auf den Tellern und in den Gläsern verzehren würde. Dann käme er sicherlich nach einer kompletten Straße schon nicht mehr durch den Schornstein. Doch soweit dachte ich zu der Zeit gar nicht. Umso mehr wanderten meine Gedanken um die gewünschten Geschenke herum und hielten mich damit vom einschlafen ab. Manchmal schlich ich mich um sechs Uhr vollkommen übernächtigt zum Baum hinunter, um ihn und die darunter liegenden Päckchen zu bestaunen. Meistens war das allerdings nur von kurzer Dauer, weil meine Mutter mich hörte und ich mindestens bis sieben noch zurück in mein Zimmer musste. Ab und an schlief sie so tief, dass ich unbemerkt unten bleiben konnte und ich genoss den Zauber des Weihnachtsbaumes! Niemals hätte ich alleine eines dieser Päckchen geöffnet, egal wie sehr es mir auch unter den Nägeln brannte! Und manchmal, wenn ich die Nacht kein Auge zubekommen hatte, fanden meine Eltern mich im Schlafanzug eingerollt schlummernd vor dem Baum! Ja, es gibt Beweisfotos...

Der schönst Moment war danach, wenn ich mit Erlaubnis meiner Eltern endlich die Geschenke anschauen und meinen Weihnachtssack hervor holen durfte. Dieser war meist gut gefüllt, mit Obst, Keksen und Crackers! Ich liebte diese Knallbonbons! Sie wurden an beiden Zipfeln auseinander gerissen und mit einem Knall enthüllten sie ihre Geheimnisse. Spielzeug, ein Papier mit einem Spruch darauf und eine Weihnachtsmütze waren darin versteckt. Letztere wurde dann auch sofort aufgesetzt und erst abends wieder abgenommen!

Den Vormittag war ich meistens mit meinen Geschenken beschäftigt. Meine Mutter bereitete das Federvieh zu, entweder Pute oder Gans. Dazu eine Füllung aus Brot und Gewürzen, oder aus Mett, was dann auch noch mitgegessen wurde. Mein Vater verbrachte die Zeit meist mit den Männern im Pub, damit sie ihren Frauen daheim und den aufgeregten Kindern nicht im Weg waren. Ab Mittags fing dann auch die feucht-fröhliche Zeit an.

Genauso wird es auch heute sein, wenn ich zu meinen Eltern hinüber gehe, die nur ein paar Häuser weiter wohnen. Und langsam wird es Zeit. Deswegen schnell die Schuhe angezogen und in den Mantel geschlüpft, Haustürschlüssel und Handy eingesteckt und ab hinaus! Es ist nass und kalt, so dass ich den Mantelkragen hoch stelle und ein wenig schneller gehe, meine Füße den Weg schon automatisch finden. An der Haustüre klopfe ich die Schuhe etwas sauber, öffne die Türe mit dem Schlüssel und betrete den Flur: „Hallo?"

Aus der Küche höre ich die Singsang-Stimme meiner Mutter: „Ich bin hier, Morgan. DU kommst gerade rechtzeitig zum probieren. Dein Vater hat soeben die Gans aus dem Ofen befreit." Der tiefe Bass meines alten Herren erklingt und ich frage mich wie viel Wein er schon vom Punsch erstellen abgezweigt hat: „Hallo mein Junge. Wie jedes Jahr frage ich mich, wen deine Mutter mit dem riesigen Vogel noch alles abfüttern möchte." Der mittelgroßen und etwas rundlichen, merklich ergrauten Frau entlockt das ein helles Lachen: „So könnt ihr Zwei zumindest nicht verhungern." Was liebe ich diesen Trubel und mitten drin schaffe ich es endlich zu probieren!

Und es dauert nicht lange, bis die Gans dann von mir tranchiert auf dem Esstisch steht und munter vor sich hin dampft, ehe wir uns dann auch einfinden. Meine Mutter spricht ein kurzes Tischgebet und das muntere Schlemmen geht los!

Hin und wieder kann ich sie sehen, die schweigend gewechselten schmunzelnden Blicke, ehe mein Vater mir möglichst beiläufig zu raunt: „Was war das eigentlich für ein hübsches blondes Ding, das heute aus deinem Haus kam?" Ich hätte mich beinahe an meinem Bissen verschluckt, greife beherzt zu meinem Punsch und schaffe es ihn mit einem ordentlichen Schluck hinunter zu zwingen, ehe ich dann nicht einmal mehr zu Wort komme, denn meine Mutter rügt ihren Gatten: „Musst du denn immer so direkt sein?" Doch die Neugier steht ihr ebenfalls ins Gesicht geschrieben. Nachdem ich mich soweit sortiert habe, antworte ich lächelnd: „Das war Cynthia, eine Arbeitskollegin von mir. Ihr hatte mein Punsch zu gut geschmeckt, deswegen trennten sich unsere Wege erst heute früh." Mehr gehe ich natürlich nicht ins Detail und auch mein Vater hakt nicht mehr nach, auch wenn sein wissender Blick alles sagt. Der Gentleman genießt und schweigt, ihr wisst schon. „Sie sieht nett aus", ist dann wohl auch das Einzige, was noch von meiner Mutter kommt, ehe wir erneut in gefräßiges Schweigen verfallen.

Die Gans ist einfach ein Gedicht und selbst die gut durchgezogene Füllung bleibt nicht vor uns verschont, ehe sich dann zuerst meine Mutter, mein Vater und schlussendlich auch ich zurück lehnt und aufseufzt: „Das war so gut." Es folgt ein wenig Smalltalk, während die grauen Zellen durch die Verdauung bedingt träger werden. Nach einer gemütlichen Viertelstunde erhebt sich meine Mutter, um den Tisch abzuräumen, ich ihr dabei zur Hand gehe und mein alter Herr das schon arg geplünderte Federvieh im Backofen in Sicherheit bringt. In der Küche geht während dessen die muntere Plauderei weiter. Ich erzähle von

47

dem kleinen Wagen, der endlich fertig ist und in Produktion gehen kann. Und auch von der ganzen Werbe-Sache, die dafür auf die Beine gestellt wird. Allerdings haben selbst die professionellen Modells sich geweigert, bei dem Wetter Außenaufnahmen zu machen und unser Chef sich nicht bereit erklärt den Wagen innen ablichten zu lassen. Weiß der Kuckuck wo das Problem liegt, Werksgeheimnisse, oder was auch immer. Von daher verschiebt es sich alles ein wenig, immerhin muss ja auch der Wagen noch ein wenig getestet werden, also klappt das trotz allem mit dem Zeitplan.

„Darfst du wenigstens mit aufs Bild, wenn die Bikinischönheiten den Mini präsentieren?" kommt es fast schon trocken daher, während mein Vater das nasse Geschirr abtrocknet, das ich ihm spüle und anreiche, ehe es von meiner Mutter dann entsprechend weggeräumt wird. „Die berühmte Viertelstunde gönne ich dem Kleinen alleine", schmunzle ich, „immerhin kann ich mich auch danach noch mit ihnen unterhalten." Mittlerweile dürfte deutlich sein, von wem ich die Vorliebe für hübsche Frauen habe, oder? Mein Vater ist da um kein Deut besser, allerdings wurde er meiner Mutter nie untreu! Wenn dann hatte er vorher schon genug gewildert!

„Das ihr Kerle immer nur Frauen im Kopf haben müsst", meine Mutter knufft ihren Mann sanft gegen die Seite und er lacht auf, „Ich habe immer nur eine einzige Frau in meinem Kopf herum spuken." Und sein sanfter Blick zu ihr sagt mehr als jedes weitere Wort. Würde ich wohl auch nach dreißig, vierzig oder fünfzig Jahren Ehe mit meinem Schatz so reden? Ein befremdlicher Gedanke, denn noch zieht mich nichts in dieses heilige Versprechen.

Das Mittagsgeschirr ist weg geräumt und es dauert nicht lange bis meine Mutter mich leicht zu sich winkt und wir beide den Kaffeetisch decken, während mein Vater gerade ein kleines Nickerchen in seinem Lieblingssessel hält. „Heute ist ein schöner Tag", lächelt sie mich an und leise stelle ich Tassen und Teller auf, legt sie das Besteck dabei. Zusammen verschwinden wir in der Küche, wo ich den Weihnachtskuchen von seinem üblichen Stammplatz hole. Selbst jetzt, wo ich kein vernaschtes kleines Kind mehr bin, stellen sie ihn oben auf den Kühlschrank, wo ich mittlerweile problemlos hin reiche, da ich meine Eltern doch ein Stück überrage.

Ich kann schon den Duft von Rosinen und Sukkade wahrnehmen, schummelt er sich unter der durchsichtigen Haube hindurch. Überzogen mit Marzipan und als Dekor kleine Weihnachtsfiguren, perfekt! Dafür hat meine Mutter sicherlich wieder Tage vorher und Stunden in der Küche gestanden! I love mom's Christmas cake creations! (Ich liebe Mamas Weihnachtskuchen-Kreationen!) Die berühmten drei C, die Weihnachten nicht fehlen dürfen! Genauso wie die schon erwähnten Mince Pies, eine Mischung aus Früchten im Teig. Alles in allem ein wilder Gaumenschmaus, der da über die Festtage genossen wird.

Und man sollte es nicht glauben, aber das war seit ich denken kann schon so, sobald der Schwarztee durchgezogen ist, wird auch mein Vater wieder munter, reckt und streckt sich kurz, ehe er sich dann mit wohligem Seufzen aus seinem Sessel erhebt und zum Kaffeetisch getigert kommt.

Die alte Tradition des Nachmittagstees verstaubt leider immer mehr. Auch ich selbst erwische mich eher bei einem Kaffee, als dass ich beizeiten den Tee vorbereite, Doch, an freien Wochenenden kommt es durchaus vor, wenn es draußen kalt und regnerisch ist, dass ich lieber einen gemütlichen Tee mache. Meine Eltern brühen selbst ihren Kaffee noch mit der Hand auf, auch wenn es heute schon Maschinen gibt die es auch so gut schaffen, es technisch gesteuert Schwall weise über brüht. Nein, es ist viel gemütlicher den Wasserkocher zu starten, dann das Pulver mit einem ersten kleinen Heißwasserschluck vorzube-reiten, ehe nach und nach dann das restliche Wasser den Filter füllt, um schlus-sendlich leise tröpfelnd in die Kanne zu gelangen.

Als Kind war das heiße Wasser im Topf, oder später im Wasserkocher, im-mer das Zeichen dafür dass es Frühstück gab und ich soweit fertig sein musste. Mittlerweile ist in meinem Haushalt eine dieser kleinen Siebträgermaschinen eingezogen, die mir innerhalb von einer Minute einen großen Becher zaubert. Deswegen starte ich sie vor der Arbeit auch erst, wenn ich die Küche zum Früh-stück betrete, ehe ich etwas dafür zubereite und dann gut in den Tag starten kann.

Morgenmuffel bin ich eh, das dauert immer etwas, da kennen sie mich auf der Arbeit schon, dass ich morgens meist erst noch so gut es geht für mich selbst und vor mich hin bastle, ehe es dann gegen zehn eindeutig besser wird. Frühe Besprechungen sind da verständlicherweise überhaupt nicht mein Ding, dennoch leider nicht vermeidbar.

Doch jetzt und hier am Kaffeetisch meiner Eltern haben wir Zeit und Muse. Meine Mutter schenkt den dampfenden Tee aus, während mein Vater einen Teil des Kuchens anschneidet und anschließend auf unsere Teller verteilt. Weih-nachten ist die Zeit, in der wir aus dem Schlemmen nicht mehr heraus kommen und danach wohl jeder kugelrund durch die Gegend wankt. Denn auch dem Ku-chen können wir trotz des leckeren Gänse-Schmaus nicht widerstehen und fut-tern genüsslich weiter, hier und da noch einen Schluck Tee, die Tassen und Tel-ler erneut gefüllt und weiter geht es. Begleitet übrigens vom neuesten Nachbar-schafts-Tratsch, auch wenn dieser meist nur dezent hinter verschlossenen Türen weiter getragen wird. Und wieder wundere ich mich darüber, was in der letzten Zeit alles in unserer Straße passierte ist und was ich gar nicht mitbekommen habe. Aber meine Eltern unterhalten sich ja auch ab und an mit ihren direkten Gartenzaunnachbarn, die zugegebenermaßen die größten Tratscher sind, die mir je begegnen durften.

So schmälert sich beim Austausch Kuchen und Tee und wir bleiben sehr gut gesättigt über. „Ich könnte jetzt noch ein Verdauungsschläfchen gebrauchen", gähnt mein Vater mit schelmischem Blick und meine Mutter lacht. „Du könntest den ganzen Tag schlafen, olles Murmeltier." Darauf weiß er natürlich zu kontern: „Dafür bin ich auch morgens als Erster auf und mache dir deinen ersten Kaffee. Noch etwas zu meckern?" Doch bei diesem kleinen Schlagabtausch ist zu erkennen, dass es nur herum Geschäker ist.

„Was hältst du davon, wenn wir stattdessen einen kleinen Spaziergang machen?" schlägt meine Mutter vor. „Du weißt schon, wie das am heutigen Tag meist endet?" Unser Ältester schmunzelt und ja, ich kann mich da sehr gut dran erinnern. „Du musst ja nicht zwingend jede Einladung annehmen, die dir unterwegs entgegen getragen wird, mein Schatz", schlägt er zwinkernd vor und spielt damit den Ball wieder meiner Mutter zu. „Das sagt der Richtige", sie kann sich vor Lachen kaum halten und wischt sich eine kleine Träne aus dem Augenwinkel. „Ich bin ja auch noch dabei, kann also nicht so eskalieren", schiebe ich mit breitem Grinsen hinterher und fast im Chor erklingt die Antwort von beiden: „Das meinst DU!"

Tja, und wer von uns soll nun Recht behalten? Nicht ich, soviel sei beschämt zugegeben. Nach dem Kaffee geht es dann eingepackt zu Fuß los. Und abends erreichten wir drei dann mehr oder weniger schwankend wieder das heimische Refugium. Mein Vater lässt sich in seinen Sessel sinken und sinniert leise vor sich hin murmelnd über die nachbarschaftlichen Neuigkeiten nach, meine Mutter kümmert sich um das Abendessen und ich setze mich zu ihr in die Küche, die Wangen erhitzt und schon ziemlich angeheitert: „Ich habe früher nie mitbekommen, wie sehr ihr Erwachsenen am Tag wie heute die Sau raus lasst." - „Tja, Morgan Sheldon, vergesse deine gute Kinderstube nicht. Naja, wenn du dabei warst, habe ich meist nur Wasser oder Kaffee getrunken und dein Vater stromerte später heim. Aber, dir hat es heute auch gut geschmeckt, wie es mir scheint", vergnüglich zwinkert sie mir zu, ohne jeglichen Vorwurf in der Stimme. „Der Sherry bei Peter war grandios und woher hat Gerald nur den leckeren Rotwein?" bestätige ich ihre Worte und schiebe mir die Ärmel des Pullis hoch, um nicht in Sekundenschnelle den gemeinen Hitzetod zu sterben. „Hättest mal nachgefragt. Wenn ich ihn das nächste Mal sehe, kann ich ja mal fragen", sie beginnt leise vor sich hin zu pfeifen und ich erkenne die Melodie eines Weihnachtsliedes, singe leise und nicht mehr ganz melodisch mit.

So geht es weiter, bis wir zum dritten Male den Tisch decken und mein Vater zum zweiten Mal aus seinem Schläfchen erwacht, in das er dann doch irgendwann versunken ist. Schmausend zieht die Zeit dahin, wird zu dritt noch eine Portwein-Flasche geleert und auch der im Sommer selbst angerichtete Aufgesetzte probiert, für das linke Bein, für das rechte Bein und einen natürlich auf die Queen.

Draußen ist es bereits stockdüster, als ich umständlich in meinen Mantel schlüpfe und meine Mutter noch mit vor die Haustüre kommt: „Die übernächste Laterne abbremsen und du bist daheim." Ich kicher los: „Danke, ich finde schon nachhause zurück." Und mit Ausnutzung der vollen Gehweg-Breite und der kurzen Überlegung ob es die zweite oder dritte Laterne war, bremse ich noch rechtzeitig ab, stoppe leise polternd an der Haustüre und brauche so lange wie für den Weg um scheel grinsend das Schlüsselloch zu treffen. Wer hat sich denn da bitte erdreistet noch zwei weitere anzubringen, die auch noch tanzen können und in die der Schlüssel nicht hinein passen möchte! Gedanklich bin ich schon auf dem Weg hoch ins Bett, real schaffen meine Füße es noch bis ins Wohnzimmer, ehe ich auf dem Sofa lande, in voller Montur und kaum in der Waagerechten Promille schwer wegtrete!

Der zweite Weihnachtstag wird meist genutzt noch die Reste weg zu futtern und sich zu erholen.

Ich gehe allerdings besser nicht darauf ein, wie ich ihn verbracht habe. Doch selten waren Augenmaske, Ohrenstöpsel und ein Eimer bessere Freunde...!

Kapitel 8

Die Zeit nach der Konstruktion, Erstellung, Werksveröffentlichung und was noch alles passierte, vergeht schnell. Und es kommt zu einem für mich sehr angenehmen Teil. Das Wetter ist besser geworden und endlich können die Werbefotos erstellt werden. Zuerst dachte ich, ich bleibe nur außen vor, doch mein Chef meint, wenn schon dann könnte ich auch für firmeninterne Gelegenheiten ein Foto mit mir machen lassen. Also tauche ich am Morgen fein geschniegelt und gestriegelt im Büro auf. Frisch rasiert, schwarze Jeans, um sportlicher auszusehen, ein Petrol farbiges Poloshirt, die Haare locker frisiert und von einer zarten Duftwolke umweht. Unseren Mitarbeiterinnen schummeln diese Tatsachen ein freches Lächeln in die Gesichter, was mich wiederum nur schmunzeln lässt.

Ich arbeite meine gestern aufgestellte Liste ab, gedanklich schon bei heute Nachmittag. Trotz allem erledige ich meine Emails gewissenhaft und bin erstaunt, als ich tatsächlich noch vor der Mittagspause den letzten Punkt abhaken kann.

„Na, dann schauen wir doch mal, ob sich der Kleine auch sein Sonntagsschleifchen umgebunden hat", grinse ich, als ich durch unseren Flur gehe und auf die Halle mit den fertigen Wagen zu steuere. Draußen sehe ich einen schwarzen Van mit verdunkelten Scheiben auftauchen. Die Seitentür wird aufgeschoben und ich sehe Beine... Beine... und was für Beine!!! Lang und schlank! Lang wie unendlich, leicht sonnengebräunt, um diese Jahreszeit und unten in einem zierlichen Pumps mündend, oben in einem kurzen Rock! Rock, Röckchen, schlanke Taille, wohl gerundete Oberweite, und ein strahlendes Lächeln und das in vielfacher Ausführung und Haarfarbe! Oh verdammt! Ich habe ja mit allem gerechnet, aber nicht mit solchen Schönheiten!!! Wo in ganz England versteckten sie sich bis jetzt? Ich weiß, dass wir uns heute noch begegnen werden, denn sie haben ja eine Verabredung mit dem kleinen Wagen!

Ich setze mein Pokerface auf, mein typisches Morgan-Hasengrinsen und gehe weiter, bis ich das Gefährt finde, blank poliert in der Nähe eines Außentores wartend. Nicht ein einziges Staubkörnchen ist zu erkennen, weder auf dem schwarzen Cabrio-Dach, oder auf der Inneneinrichtung. Zufrieden umrunde ich ihn und richte mir selbst noch einmal den Kragen des Poloshirts in der Spiegelung der verdunkelten Scheibe.

Hinter mir sehe ich plötzlich das Bild einer der Schönheiten in der Scheibe auftauchen, die sanft lächelnd den Blick über das polierte Chassis schweifen lässt: „Der Wagen sieht richtig charmant aus, da freue ich mich gleich auf die Fotos." Ich drehe mich langsam zu ihr um und lächle: „Ich denke, bei so gut aussehenden Besuch freut sich der Kleine genauso, wie ich ihn kenne." Zuerst schaut sie mich etwas irritiert an, ehe sie glockenhell lacht, was mir einen wohligen Schauer über den Rücken treibt: „Sind sie auch gleich dabei?" lächelnd mit fragendem Blick hakt sie nach. „Ja, auf das ein oder andere Bild darf ich mit mich schummeln", antworte ich leicht nickend und mein Blick wandert über das glänzende Chassis, zeigt doch einen gewissen Stolz, auch wenn die Dame vermutlich nicht weiß, dass ich den Kleinen entworfen habe. Ich hänge es auch nicht an die große Glocke.

„Hey Morgan, dann fahr ihn doch mal raus auf die Bühne", ein Mitarbeiter aus der Fertigung reicht mir den Schlüssel und ich grinse frech: „Gerne." Und damit zwinkere ich der langbeinigen Schönheit kurz zu, wende mich der Fahrertür zu, die ich dann öffne und mich elegant auf den Fahrersitz gleiten lasse, ehe sie die Türe hinter mir schließt und ich den Motor starte. Wummernd klingt er durch die Halle, während sich das Rolltor aufschiebt. Ich lasse den Kleinen langsam rollen, so dass er sich hinaus schiebt und schon geht es los, stehen zwei der Fotografen dort und machen die ersten Fotos! Nach und nach erreiche ich die Auffahrt der kleinen Bühne, rolle hinauf, ehe die Reifen auf Zeichen eines Mitarbeiters an den Markierungen ausrollen. Ich stelle den Motor ab, die Handbremse an und unten zieht besagter Mitarbeiter die Keile weg, damit sie nicht mit auf das Foto kommen. Selbst als ich aussteige werden Fotos gemacht und ich versuche dabei ein seriöses Gesicht aufzusetzen, halt der sportliche Typ der so einen Mini fährt. Ich möchte von der Bühne hinunter, doch mein Chef schüttelt mit dem Kopf und gibt mir einige Zeichen, so dass ich mich etwas abseits am Heck hinstelle.

Nach und nach tauchen die langbeinigen Schönheiten auf, die auf Highheels und in frechen kurzen Röcken jeglichen Temperaturen zu trotzen scheinen, die Trägerhemdchen keine Gänsehaut erkennen lassen. Sie drapieren sich um den Wagen und die Fotos werden weiter geschossen.

Um ehrlich zu sein habe ich keine Ahnung wie lange das alles gedauert hat, dafür bin ich einfach zu beschäftigt mir dezent besagte Brünette, Blonde, Schwarzhaarige anzusehen. Deswegen reagiere ich auch nicht sofort, als ich angesprochen werde und zucke kurz, ehe ich etwas verlegen zu dem Fotografen schaue, der mich fragend ansieht: „Möchten sie nicht auch mit aufs Bild, oder habe ich eine falsche Information bekommen?" wiederholt er seine Frage und ich ziehe leicht meine Augenbrauen hoch, „Gerne." Er platziert mich vorne zwischen die Scheinwerfer, neben das Emblem mit den Flügeln, so dass es noch gut erkennbar ist. Sachte lehne ich mich hinten an, versuche einen lässigen Eindruck zu erwecken, selbst als sich links und rechts eine der Schönheiten außen neben die Scheinwerfer stellt, als ob sie den Wagen polieren würde. Totaler Macho-Typ, au weh, worauf habe ich mich da eingelassen?

Ein sachte Lüftchen kühlt mir die Stirn und lässt die leichten Röcke sachte fliegen! Für die Bilder ist das ein auflockerndes Detail ohne groß mit einer Windmaschine nachhelfen zu müssen, die Beleuchtungsscheinwerfer reichen schon aus. Ich vermute, es sind eindeutig mehr als ein paar Fotos, die gemacht werden, hier und da werde ich noch etwas korrigiert und vermutlich verpasse ich gerade meine reguläre Mittagspause, doch dass ist es mir wert!

„So, fertig", erklingt es plötzlich und uns ist fast eine kleine Enttäuschung anzusehen. Dennoch muss irgendwann auch dieser Fototermin zu Ende sein und ich setze mich wieder in den Wagen, nachdem noch eine Solofotoserie nur von ihm gemacht wurden, Verdeck offen, Verdeck zu, Türen auf, Motorhaube auf... Dabei entdecke ich eine Stelle, die durch den Lichteinfall auf den ersten Blick gar nicht zu erkennen ist und hoffentlich deswegen auch auf den Fotos nicht auffallen wird. Aber mir fällt sie auf und als die Fotografen sich dann zurück gezogen und die Modells auch aus meinem Blickwinkel verschwunden sind, werfe ich ein genaueres Auge drauf. Da zieht sich eine kräftige Schramme über den linken Kotflügel. Sieht verdächtig nach einem abgerutschten Absatz aus! Aber wieso hat sich niemand deswegen gemeldet? Ich grummel leise vor mich hin, lasse die Fingerspitzen darüber gleiten, sie ist eindeutig zu tief fürs 'Smart Repair'.

„Alles in Ordnung?" erklingt eine Stimme neben mir, es ist die Schönheit vom Anfang. „Naja, da scheint jemand unvorsichtig gewesen zu sein", ich deute auf die Schramme. „Da stand Alicia, die ganze Zeit, soweit ich weiß", antwortet sie nachdenklich, „brauchen sie da irgendwelche Daten für die Versicherung?" Ich seufze und schüttle den Kopf: „Darum wird sich mein Chef kümmern." Sie streicht liebevoll mit den Spitzen ihrer schlanken Finger über den spiegelglatten Lack über dem Scheinwerfer, während sie den Kleinen mitfühlend ansieht: „Viel Glück und gute Fahrt." Und während sie mit der einen Hand ihre Handtasche umfasst, schiebt mir die andere etwas in die Handfläche, ehe sie mir einen viel sagenden Blick zuwirft und anschließend mit wiegenden Hüften verschwindet. Dezent senke ich den Blick und erkenne was ich vermutet habe, einen Zettel, mit ihrer Handynummer... Innerlich jubiliere ich, äußerlich kümmere ich mich darum, dass der Kleine abgeholt und ausgebessert wird.

Anschließend hole ich mein verpasstes Mittagessen nach, wobei ich schon vermisst wurde, weil ich sonst immer eher da bin. Ich wähle das einfache Gericht zum Lunch und verzehre es viel zu nachdenklich, um danach an meinen Arbeitsplatz zurück zu kehren. Dort wird natürlich nachgefragt wie es war. Zuerst ist ja auch alles glatt gelaufen, bis ich dann von der Schramme erzähle. Die Meinung dazu schwingt von nervig bis ärgerlich, weil die Kleine nicht aufgepasst hat. Ich selbst weiß, dass so etwas passieren kann, auch wenn es trotz allem etwas im Magen grummelt, ich mag den Kleinen.

Kapitel 9

Endlich ist es soweit, der Wagen wurde lackiert und braucht nur noch in die Trockenkammer! Da noch etwas abgeklärt werden muss, mache ich mich auf den Weg und schaue ihn mir noch einmal an, kann aber nichts auffälliges finden. Frisch lackiert sieht man ihm den kleinen Unfall nicht mehr an! Ich hake die Notizen auf meinem Zettel nach und nach ab, die ich mir vorher gemacht hatte und schiebe den Kuli dann wie üblich an meine Gürtelschlaufe, während ich die Kabine verlasse. Als ich ein Geräusch höre halte ich inne und taste an den Gürtel, der Kuli fehlt, na klasse, da ist er irgendwo runter gefallen. Mein suchender Blick findet ihn zwei Schritte entfernt auf dem Boden. Ich gehe hinein, bücke mich nach ihm, um ihn aufzuheben, während es hinter mir ziemlich unschön knallt und scheppert!

Es braucht einen Moment, ehe ich das Brutzeln registriere und mich umdrehe. Nur langsam realisiere ich, was hier gerade passiert, die Technik scheint zu spinnen, die Tür lässt sich nicht mehr öffnen und die Anzeigen signalisieren den Anstieg der Temperatur, als die Heizmodule anspringen, die oben und seitlich angebracht sind. Sie trocknen den Lack bei 60-80°C, damit die Kunststoffteile des kompletten Wagen nicht beschädigt werden. Wobei ich mir gerade nicht mehr Sorgen um den Kleinen mache, sondern um mich und darum wie ich hier wieder heraus komme! Als ich an die Türe hämmere, die Hitze unaufhörlich steigt, kann ich hören wie sie von außen auch schon versuchen sie zu öffnen. Anscheinend funktioniert noch nicht einmal die Notabschaltung, verdammt, was ist hier passiert?!

Ich spüre die Hitze in mir aufsteigen, der Schweiß schießt mir aus den Poren und versucht meinen Körper abzukühlen, was aber nicht gelingen möchte, so dass mir bald sämtliche Kleidung auf der Haut klebt. Panik steigt in mir auf ich schlage gegen die Tür, die immer heißer wird. Langsam aber sicher geht mein Kreislauf in die Knie und ich suche am Wagen nach halt, gleite an ihm zu Boden und ringe nach Atem, er scheint mir die Lungen zu verbrennen! Das Thermostat kann ich nicht mehr erkennen, doch langsam verändern sich die Kunststoffteile, knirscht und knackt es im Chassis, was ich nicht mehr registriere. Mein Zeitgefühl stockt, es knirscht und knallt plötzlich und ich versuche mich noch mit den Armen zu schützen, ehe der barmherzige Schleier der Bewusstlosigkeit sich über mich legt und ich nicht mehr merke wie ich durch die kurze Druckwelle zur Seite gedrückt werde.

Es ist wohl nebensächlich, wie sie es endlich geschafft haben die Türe zu öffnen, die Heizmodule abzuschalten und zu mir zu gelangen. „Morgan! Hörst du mich? Bleib ganz ruhig liegen, wir holen dich raus!" Ich nehme die Worte kaum wahr, die zu einem als erstes erscheinenden Mitarbeiter gehören, doch er sieht anscheinend, dass ich noch lebe. In der Mitte der Kabine steht ein arg ramponierter JWC, der einiges an Einzelteilen verloren hat. Mich finden sie zusammen gekrümmt in der Ecke neben der Tür! Die Arme vor den Kopf gehalten, die Knie angezogen. Es dauert, bis ich reagiere und den Kopf leicht bewege, die Haut stark gerötet und das Kopfhaar verschmort ist. Arme und Beine sind förmlich mit meiner Kleidung verschmolzen und ich stöhne auf, kann nicht mehr identifizieren wo es überall schmerzt. Gleichzeitig spüre ich die Eiskälte um mich herum! „Sachte, nicht bewegen", höre ich und sinke wieder in mich zusammen. Sie bewegen mich so vorsichtig wie nur möglich, ich erzittere unter den Schmerzen und dem Schock und würde keine Stelle benennen können die noch unversehrt ist, so wie es sich anfühlt.

Das in der Zwischenzeit ein Notruf raus ging, das Notfallteam schon hier bei mir ist und mich untersucht, bekomme ich kaum mit. Zwar tasten Hände vorsichtig, decken Gliedmaßen mit steriler Gaze ab, versuchen Zugänge zu legen, lagern mich auf die Trage um, bringen mich in den Rettungswagen, alles nebensächlich und an mir vorbei schwimmend! Es geht in die Klinik, Schockraum, medikamentös ins Land der Träume und in den OP!

Schmerzmittel halten mich die nächsten Tage im Dämmerschlaf fest, Ärzte untersuchen mich, behandeln die Verbrennungen, Verletzungen an Armen und Beinen, die von herum fliegenden Metallteilen verursacht wurden. Die Zeit fliegt an mir vorbei, Geräte piepsen, meine Eltern sehen mich meist nur durch eine Scheibe... Ab und an schafft es die Anwesenheit der Ärzte mich nach Reduzierung der Medikamente kurz aus der Lethargie zu holen, ehe ich wieder in der Dämmerung versinke. Immerhin bringen die Untersuchungen gute Nachrichten. Zwar sieht es durch die Verbrennungen und Verletzungen schlimm aus, doch sind sie nicht so tiefgehend wie befürchtet. Keine Verletzung der Nerven oder Muskulatur, immerhin ein Lichtblick für meine besorgten Eltern, mich selbst interessiert das noch nicht.

Zwei Wochen dauert es, ehe ich die Intensivstation verlassen kann und endlich auf ein normales Zimmer verlegt werde. Ich schlafe immer noch viel, doch brauche ich zumindest nicht mehr die komplette Überwachung. Und ich darf Besuch empfangen. Oft werde ich wach und sehe meine Mutter oder meinen Vater neben mir auf einem Stuhl sitzen, leise Worte, die mich leicht lächelnd wieder abdriften lassen. Die Medikamente werden herunter gestuft, ich merke die Verletzungen mehr, bin aber auch öfter wach und kann so auch meinen Besuchern besser folgen. Es ist zwar anstrengend, aber es geht aufwärts!

Langsam setzt auch mein Zeitgefühl wieder ein. Die Polizei vernimmt mich zu dem Vorfall, aber was soll ich ihnen sagen? Ihre Untersuchung ergibt zumindest keine Fremdeinwirkung von außen, von daher sieht es nach einem bedauerlichen technischen Defekt aus, der mir beinahe das Leben gekostet hat... Mit Geduld und der weiteren Behandlung in der Klinik entspannt sich auch die verbrannte Haut wieder, und mit doch recht guten Chancen wird nichts davon mehr zu sehen sein, wenn es einmal komplett verheilt ist. Auch die Schnittwunden heilen gut und meine Haare wachsen zögerlich nach, auch wenn ich immer noch ziemlich verschroben ausschaue.

Endlich kommt dann auch der Tag meiner Entlassung und ich bin froh heim zu können, möchte die Zeit in der Klinik hinter mir lassen, deswegen gehe ich da auch nicht unbedingt groß darauf ein. Meinen Eltern missfällt es, dass ich nicht noch für zwei Wochen in ihr Gästezimmer ziehen möchte, doch ich kehre lieber in meine eigenen vier Wände zurück und bin froh darüber noch einige Wochen krank geschrieben zu sein.

Die Arme und Beine noch mit leichten Bandagen geschützt, kann ich dann doch wieder endlich auf die Arbeit zurückkehren. Widerstrebend schaue ich mir die Trockenkabine an, die wieder von der Polizei frei gegeben und komplett umgebaut wurde. Ein technischer Defekt... ausgerechnet mit mir und dem kleinen Wagen drin. Karma ist teils ein Ungeheuer. Für einen Moment habe ich dort gedacht, dass ich ausgerechnet mein kleines Meisterwerk als letztes sehe, ehe ich oben an der Himmelstür anklopfe. Nun, zum Glück ist es noch nicht soweit. Der Mini wurde auch untersucht, ohne Auffälligkeiten und selbst als ich mich endlich wieder an alles erinnern konnte und das noch einmal zu Protokoll gab, änderte es nichts an der Tatsache. Ich versuche wieder in mein altes Leben zurück zu kehren, was gar nicht so einfach ist. Denn es schwebt die ganze Zeit die Frage über mir im Raum, wie ich das alles lebendig überstehen konnte. Denn die Kammer ist nicht nur auf besagte maximal 80°C hoch geheizt... Der Mini soll wohl in Vollbrand gestanden haben! Die Ecke an der Tür war anscheinend weit genug, um nicht noch mehr abzubekommen, aber die Gase? Ich habe keine Ahnung, keine Erklärung dafür, denn mir ist immer noch nicht alles an Erinnerungen zurück gekommen. Es fehlt ein Stück nach der Explosion, bis sie zu mir rein konnten. Allerdings war ich wohl auch eine Zeit lang bewusstlos, laut Aussagen einiger Mitarbeiter.

Ich schrecke hoch, als ich meinen Namen höre und sehe in das forschende Gesicht meines Chefs, in dessen Büro ich längst am Schreibtisch sitze und von ihm auf den neuesten Stand gebracht werde. Verständlicherweise ist der Verlust des Wagens kein erfreuliches Thema, dennoch weiß er ja selbst, dass mir da kein Vorwurf gemacht werden kann. Keinerlei Sabotage-Anzeichen am Wagen oder an der Kammer innen und außen. Was sie allerdings klären konnten, dass nicht der Mini der Auslöser war, sondern die Kammer, wie ich es auch schon ausgesagt hatte.

„Ich möchte, dass du den Wagen noch einmal baust. Er war gut, er war perfekt." Die Worte meines Chefs lassen mich ihn doch etwas irritiert anschauen: „Wieso ich? Ich meine, er war doch fertig für die Produktion. Meine Arbeit war abgeschlossen." - „Mir fehlen die Daten dazu und ich habe keine Ahnung wo sie hin gekommen sind." Ich ziehe die Augenbrauen leicht zusammen, massiere kurz meine Nasenwurzel mit der Daumenspitze, weil sich wieder ein leichtes Brummen in meinen Kopf schleicht. „Ist alles in Ordnung, Morgan?" Er geht einige Schritte auf mich zu, beugt sich etwas zu mir hinunter. Ich winke ab, versuche mich an einem leichten Lächeln: „Geht schon. Kann ich von hier aus auf meinen PC zugreifen?" Auf sein Nicken hin öffnet er eine Maske zum einloggen und bittet mich hinter seinen Schreibtisch, so dass ich aufstehe, hinüber gehe und mit flinken Fingern die Zugangsdaten eingebe. „Hier ist der Email-Account von mir, normalerweise habe ich die Mail dann doch im Gesendet, wo ich die letzten Werte korrigierte." Der Mauszeiger wandert auf den Gesendet-Ordner, ich klicke kurz, scrolle mich durch die vergangenen Emails, von denen in den letzten Wochen ja nicht viele dazu gekommen sind, da während meiner Abwesenheit alles umgeleitet wurde. „Verflixt, das kann nicht sein, wo ist sie denn?" Kurz wechsle ich den Ordner, Postausgang, und schlucke hart, da sind tatsächlich zehn Mail drin, die überhaupt nicht gesendet wurden! „Verflixt, und im Hauptfenster sind sie mir alle als gesendet und zugestellt gemeldet worden", langsam dämmert es mir, „deswegen musste ich danach noch einiges nachhaken, weil die Empfänger nicht auf dem Laufenden waren." Während ich rede, greife ich schon auf den Ordner des Wagens zu und kopiere ihn auf seine Anweisung hin auf den PC meines Chefs. „Haben sie nicht auch Zugriff auf die Daten meines PCs?" kommt es dann fragend von mir, und er zuckt nur leicht mit den Schultern, „Ich wollte erst mit dir darüber reden. Durch die Polizeiermittlungen konnten wir eh nicht mit der offiziellen Produktion anfangen, aber nun wäre der richtige Zeitpunkt." Kurz lächle ich leicht und nicke: „Danke, ja, das war ein ziemlicher Bremsschuh. Aber, war das nicht in dem Zeitraum, wo es auch in anderen Bereichen im Softwaresystem Probleme gab und die Techniker kamen?" Nach kurzem Überlegen nickte er langsam: „Allerdings, das passt zeitlich überein, auch mit deinem Unfall. Ob das alles zusammen gespielt hat? Ein Virus war es allerdings nicht, sie haben nichts fremdes gefunden. Aber es waren wohl einige Komponenten im System durcheinander geraten."

Zusammen kommen wir so dem Grund des Problems auf die Spur und zehn Minuten später verlasse ich sein Büro um einiges erleichtert und kehre in mein eigenes zurück. Dort krame ich in meinem Schreibtisch nach einer Kopfschmerztablette, um sie mit etwas Wasser hinunter zu zwingen. Und es dauert noch zehn Minuten, ehe ich mich wieder in meine Arbeit vertiefe.

Kapitel 10

Es dauert eine Weile, ehe meine Freunde es schaffen mich wieder zu einem gemeinsamen Pub-Besuch zu überreden. Immerhin sind meine Haare auch wieder nachgewachsen, meine Arme und Beine entsprechend gut verheilt und beim letzten Kontrollbesuch wurden die Verbände gegen eine medizinische Creme ausgetauscht, um die Hautpartien auch ohne schützende Auflagen geschmeidig und widerstandsfähig zu bekommen. Und solange ich keine kratzenden Stoffe trage und mich regelmäßig einreibe, fühlt es sich auch schon recht gut an, auch optisch hatte ich schlimmeres erwartet.

Also ziehen wir los, in der üblichen bekannten Gruppe. Für heute haben wir uns das 'Chequers' ausgesucht. Ein gemütlicher Pub über mehrere Ebnen, mit kleineren Nischen und einiges an Dekoration an den Wänden und Durchgängen. Mit dem Bus brauche ich komplett vom Haus zum Pub dreißig Minuten. Und bald stehen wir dort versammelt vor der Eingangstür, eine herzliche Begrüßung untereinander, ehe wir nacheinander den Pub betreten, bald auch einen gemütlichen Platz finden und uns in der Nische um den Tisch verteilen. Wie meistens sammeln wir kurz unsere Getränkewünsche und einer geht dann zur Theke, um zu bestellen, und nach einer Wartezeit mit einem gut gefüllten Tablett wieder zu uns zurück zu kehren: „Die erste Runde geht heute auf mich."

Ich nicke ihm zu, schiebe ihm dann einen Schein hinüber, den er zuerst etwas irritiert anschaut und dann annimmt: „Für Runde zwei, ich verstehe." Der Schein verschwindet in seiner Hosentasche und die Getränke werden verteilt, ehe es dann doch viel zu erzählen gibt. Es bleibt nicht nur bei Runde Nummer zwei, die Stimmung wird immer gelöster und so gut wie heute habe ich mich schon lange nicht mehr gefühlt, seit dem Unfall. Klar, das liegt auch zum Teil an dem Alkohol, der mir schon zu genüge durch die Blutbahn rauscht. Aber da ich ja keine Medikamente mehr nehme, brauche ich mir deswegen zumindest in dem Zusammenhang keine Gedanken mehr machen. Deswegen genieße ich auch diese wohlige Stimmung aus geselligem Zusammensein und Rausch und viel zu schnell läutet die Glocke die letzte Runde ein. Zehn Uhr am Abend ist wie gewöhnlich Sperrstunde. Sollte es wirklich schon bald soweit sein?

Ich erhebe mich schon arg schwerfällig von meinem Stuhl und schnappe mir das Tablett, auf dem sich unsere leeren Gläser einfinden: „Ein letzter Whiskey?" Es folgt bekräftigendes Nicken der Anderen und ich mache mich mit merklich Seegang in den Beinen auf den Weg. An der Theke werden die leeren gegen volle Whiskey-Gläser getauscht, Geld wechselt den Besitzer und ich schwanke zurück, ein Wunder dass ich nichts verschütte. „So, bitte schön", damit verteile ich die Gläser, lege das Tablett beiseite und bleibe stehen, um einen kurzen Toast auf den heutigen Abend und uns auszusprechen, ehe wir eine Weile schweigend das bernsteinfarbene Getränk genießen. Die Wärme kriecht mir durch den Körper und ich träume mich von einem kleinen Schluck zum nächsten. Da ich dabei doch ziemlich zufrieden aussehe, werde ich von den Anderen auch nicht gestört, bis ich nach einer ganzen Weile das leere Glas abstelle, mich irgendwann in der Zwischenzeit auch hingesetzt habe ohne es zu merken. „Es war heute wieder ein schöner Abend. Ich werde mich nun langsam auf den Heimweg machen."

Die Verabschiedung ist mindestens so herzlich wie die Begrüßung und Schiff schaukelnd verlasse ich den Pub. Draußen an der Luft beginnt es sich heftig zu drehen und ich bleibe etwas unsicher stehen, warte bis es sich legt, ehe ich meinen Weg Richtung Bushaltestelle fortsetze. Zwei Häuser weiter brauche ich dann doch die stützende Hilfe einer Hauswand, weil es sich wieder dreht und ich meine Beine kaum noch spüre. Mein Körper schwebt innerlich und langsam verengt sich mein Gesichtsfeld, bis die Dunkelheit mich überwältigt!

Als ich wieder zu mir komme, liege ich in einem Gebüsch am Straßenrand, in einer für mich gerade unbekannten Gegend! Wie bin ich hier hin gekommen? Ich rappel mich aus meiner Seitenlage hoch, mir wird übel und kurz muss besagtes Gebüsch in dem Punkt zur Erleichterung herhalten, ehe ich auch meine Blase entleere, glücklicherweise mit noch rechtzeitig wenn auch umständlich geöffneter Hose, das hätte mir noch gefehlt!

Kurz darauf taumle ich los, einfach am Seitenstreifen die Straße in Fahrtrichtung entlang. Meine Kleidung ist dreckig und zerknautscht. Immer wieder schaue ich mich suchend um, aber ich kann kaum etwas erkennen. Helle Scheinwerfer bremsen mich aus, die mir entgegen kommen und ich reiße die Arme hoch, versuche mich vor dem Licht zu schützen, taumle zurück und sie ziehen an mir vorbei, doch hinter mir hält der Wagen an!

Eine Frauenstimme erklingt: „Hallo, was ist mit ihnen?" Sie kommt näher, das kann ich hören, drehe mich nur zögerlich um. Blinzelnd versuche ich sie zu fixieren, was nicht gelingen möchte. Ihre Silhouette kommt näher und ich bleibe vor mich hin schwankend stehen: „Wo bin ich?" Meine Beine geben nach, doch statt unten auf dem harten Asphalt zu landen, spüre ich ihren festen Griff! Ich habe keine Ahnung, wie sie es geschafft hat, aber als ich das nächste Mal die Augenlider aufzwinge sitze ich neben ihr auf dem Beifahrersitz und sie lenkt den Wagen durch die Straßen.

Ich döse ein, bis helles Licht auf mein Gesicht fällt und ich mich in die Welt blinzle! Ich liege im Behandlungszimmer, am Arm den Zugang einer Infusion und über mir das forschende Gesicht einer Krankenschwester: „Ah, da sind sie ja wieder. Hat es geschmeckt? Scheint wohl zu viel gewesen zu sein. Sie hatten echt Glück." Ihr Blick sagt alles und ich schlucke hart, ein leichter Dämmerschlaf fängt mich wieder ein und lässt mich erst eine Stunde wieder langsam los.

„Ihre Werte sehen wieder gut aus, sie sind der Alkoholvergiftung gerade noch so entronnen", dieses Mal ist es die Stimme des Arztes. Nur langsam rappel ich mich hoch, der Zugang an meinem Arm ist durch ein kleines Pflaster ausgetauscht worden: „Dabei war es noch gar nicht so viel, auf die lange Zeit gesehen. Ein Whiskey, zwei Pints, ein Shandy und einen Whiskey als Absacker." Ja, ich kann tatsächlich genau aufzählen, was ich getrunken habe und die Angaben scheinen sich auch mit dem zu decken, was er aus meinen Werten ersehen kann. Dennoch fehlt mir die Zeit kurz nach Verlassen des Pubs bis zum Aufwachen im Gebüsch!

„Das hat anscheinend bei ihnen ausgereicht. Vermutlich verpackt ihr Körper das noch nicht, immerhin hatten sie ja vor einigen Monaten erst diesen Unfall", versucht er mir zu erklären. Dann bin ich in der gleichen Klinik, gut zu wissen. „Muss ich hier bleiben?" hake ich vorsichtig nach und er schüttelt den Kopf. „Wenn ihre Werte so stabil bleiben, sehe ich dafür keinen Anlass", noch einmal schaut er sich den Monitor an, entfernt dann die Elektroden von meinem Oberkörper und ich knöpfe mir das Hemd zu, habe jetzt erst richtig realisiert, dass ich angeschlossen war. „Ich brauche hier noch eine Unterschrift von ihnen, und draußen wartet jemand auf sie", er reicht mir ein Klemmbrett mit Kuli und lächelt vor sich hin, während ich unterschreibe. Meinen fragenden Blick beantwortet er mit einem vielsagenden Lächeln.

Ich stehe auf, sachte spüre ich das Drehen im Kopf, was aber schnell wieder nachlässt. Zusammen verlassen wir das Behandlungszimmer und draußen erhebt sich jemand von einem der Besucherstühlen: „Hey, das sieht doch schon viel besser aus", ihre Stimme klingt zu mir und ich erkenne sie wieder. „Ja. Sie haben mich hier hin gebracht?" Ich bin doch etwas erstaunt. Kurz lasse ich meinen Blick über sie schweifen. Sie ist ein Stückchen kleiner als ich, mit sehr gut modellierter Figur, blonden langen Haaren. „Ja, sie waren ein ordentlicher Brocken, aber zu schaffen", lächelt sie mich erleichtert an. „Danke, ich habe wohl zu tief ins Glas geschaut, wobei ich die Menge noch überschauen kann. Tut mir leid, dass sie das ausbaden mussten", die Verlegenheit ist mir durchaus anzusehen. „Kann ich sie noch irgendwo absetzen?" hakt sie nach. Ich überlege kurz und nehme ihr Angebot dankbar an, denn so würde mich kaum ein Bus oder Taxi mitnehmen, geschweige ich mich hinein trauen.

Zusammen verlassen wir die Klinik und ich merke genau, dass ich es echt langsam angehen lassen muss, denn sonst fängt das Drehen wieder an, bremst es mich aus und ich bin froh als wir an ihrem Wagen ankommen. Auf der Fahrt tauschen wir dann doch noch Namen und Adressen aus, ehe wir an meiner ankommen. Ich ziehe eine Visitenkarte aus meiner Brieftasche und reiche sie ihr:

„Danke. Ich würde mich freuen, wenn wir uns unter besseren Umständen wieder sehen könnten."

Severin, so heißt die blonde Schönheit auf dem Fahrersitz, nickt: „Das würde mich freuen." Forschend schaut sie mir ins Gesicht, dass immer noch etwas blass aussieht: „Geht es wirklich?" Ich bin mir zwar nicht hundertprozentig sicher, nicke dennoch tapfer: „Ich schaffe es schon bis hinein, danke."

Und ehe mein Körper es sich noch einmal anders überlegt, lächle ich sie noch einmal an, steige dann langsam aus und gehe mit bedächtigen Schritten zur Haustüre, von wo ich ihr noch einmal kurz zuwinke, ehe ich drinnen verschwinde. Meine Güte, was für ein Abenteuer! Jetzt wird erst einmal noch etwas geschlafen...

Gesagt, getan...

Kapitel 11

Glücklicherweise erhole ich mich schnell wieder davon und das Wetter lädt einige Wochen später eindeutig dazu ein sich draußen aufzuhalten. Möglichkeiten gibt es viele, sogar eine kleine Strandbar, die das Ziel meiner Überlegung wird. So mache ich mich in Shorts und Shirt auf den Weg. Nur ab und an ist ein leichtes Lüftchen zu spüren, das für einen Moment die Hitze der Sonne auf der Haut vertreibt, ehe sie sich erneut wie ein wohliger Mantel um mich legt.

Die kleine Strandbar ist gut besucht, doch noch nicht überfüllt und ich suche mir spontan einen Platz auf einer der Lounge-Inseln. Dort gibt es Sofas, kleine Tische und viel Platz. Ich fläze mich natürlich nicht einfach so hin, dennoch sind die Kissen dort gemütlicher als auf einem Stuhl. Aus verteilten Lautsprechern erklingt entspannende Musik und wirkt sich merklich auf die Stimmung der Gäste aus, legere Freundlichkeit und Zufriedenheit.

Als die Sonne dann kräftiger durchbricht, wuseln die Mitarbeiter herum, um einige Schirme als Schattenspender aufzustellen, einen auch bei mir. Wohl gerade rechtzeitig, um einen Sonnenbrand zu verhindern. In der Luft vermischen sich Stimmengewirr und Musik zu einer wirren Hintergrundkulisse, in die ich mich einfach hinein treiben lassen kann, ohne von den Inhalten der Gespräche zwischen den anderen Gästen wirklich etwas wahrzunehmen. Hier genießt wohl jeder gerade seine eigene sommerliche Traumwelt, Blicke werden hinter abgedunkelten Sonnenbrillengläsern versteckt.

Manchmal spüre ich einen Blick, folge seinem Ursprung und mehr als einmal finde ich ihn in dunklen Hundeaugen. Manches der Tiere liegt nur faul unter dem Tisch, manchmal hebt sich eine Fellnase, schnuppert gierig dem Personal hinterher, ehe sie sich seufzend wieder auf Pfoten oder Boden zurück schmiegt.

Ich selbst genieße einen dieser leckeren süßen allerdings alkoholfreien Cocktails. Nach der Nacht in der Klinik bin ich doch etwas vorsichtiger geworden. Denn ich habe immer wieder zwischendurch kurze Blackouts, weiß teils nicht wie ich an einen Ort gekommen bin, als ob ich eine Weile wie in Trance vor mich hin gelaufen wäre. Mein Arzt hat mich in der Klinik komplett auf den Kopf stellen lassen, ohne Befund! Er geht davon aus, dass es stressbedingt sein kann, allerdings frage ich mich da von welchem Stress?! Ich könnte nicht behaupten Stress zu haben, ehrlich nicht.

An einem der Tische in der Nähe, scheinen sie sich zu dem Thema ebenfalls Gedanken zu machen, denn es klingen Wortfetzen zu mir hinüber. Zwei Paare unterhalten sich sehr angeregt darüber, wie weit sie körperlich oder seelisch auf der Arbeit gefordert und wohl teils auch überfordert werden. Als einer der Männer etwas lauter redet, kann ich hören, dass er oft körperlich an seine Grenzen kommt. Bei seinem Erscheinungsbild kaum zu glauben, sportlich groß, braun gebrannt. Sein Gegenüber scheint eine scherzhafte Bemerkung zu machen, erntet allerdings einen viel zu ernsten Blick, was wohl alles sagt. Ist es tatsächlich eine Schwäche, wenn man seine eigenen Grenzen zu gibt und damit anerkennt? Ich finde es eher stark, es ist mutig, erst Recht als Mann. Die Damen schaffen es dann schnell wieder auf ruhige Art die Wogen zu glätten, lenken das Gespräch strategisch günstig in eine andere Richtung.

An einem anderen Tisch sitzt eine Gruppe älterer Herrschaften, die eigentlich so gar nicht in eine Strandbar passen, es sie aber auch scheinbar nicht stört. Vor ihnen steht jeweils eine gute Tasse Tee. Wobei ich zu sehen meine, dass eine der Damen da eine kleine Flasche aus der Tasche zieht und diskret einen Schluck in den Tee versenkt. Ich registriere es mit einem leichten Schmunzeln und als sie meinen Blick sieht, beantwortet sie es mit einem verschwörerischen Lächeln, was ihr Wissen zeigt, dass ihre kleine Vorliebe diskret bei mir aufgehoben ist.

Ihre Gesprächsthemen drehen sich in vielfältiger Weise um ihre schon erwachsenen Kinder, die kleinen Enkel und auch um ihre lebenden, gesunden, erkrankten oder schon verstorbenen Ehemänner, God bless them all (Gott schütze sie alle). Allerdings lassen sie uns in ihrer persönlichen Lautstärke wohl im Umkreis von zehn bis zwanzig Metern ohne Probleme an ihren Gesprächen teilnehmen. Mancher Gast verwünscht sie vermutlich deswegen in eines dieser urigen kleinen Cafés, in die sie auch weitaus besser hin passen würden und nicht auf die Terrasse einer Strandbar. Mich selbst stört es nicht, im Gegenteil, es ist eine nette Abwechslung zur sonst sehr eigenwilligen Art der Engländer.

Während ich mich insgeheim darüber amüsiere, spüre ich erneut einen Blick, allerdings dieses Mal nicht von einer der anwesenden Fellnasen! Reh braune Augen, umrundet von leicht gewellten dunklen Haaren, die offen auf ihre Schultern fallen, die wiederum schmale Spaghetti-Träger halten, zu einem dunkelblauen Top gehörend. Ja, anscheinend habe ich eine Vorliebe für Dunkelhaarige. Meine Lippen ziert gleich nach meiner Entdeckung mein typisches Hasenschmunzeln. Wie das aussieht? Nun, mein längliches Gesicht wird von diesem schelmisch umwerfenden Lächeln geschmückt, was auch Zähne zeigt und die dabei verschmitzt halb geschlossenen Augen miteinbezieht. Halt so wie man es sich teils bei Comic-Hasen vorstellt. Ich selbst finde es herzerfrischend und lustig und nein, es ist keinesfalls aufgesetzt.

Für die nächsten zehn Minuten tauschen wir leicht grinsende Blicke aus, ehe ich dann die Initiative ergreife den Stuhl bei mir ein Stück beiseite ziehe und sie fragend anschaue, eine stumme Einladung. Für einen Augenblick scheint sie zu überlegen, nickt dann und kommt mit ihrem Cocktail-Glas hinüber, wobei ich mich zusammen reißen muss nicht nur auf ihre wiegenden Hüften zu schauen.

Nachdem sie unterwegs der Bedienung noch Bescheid gibt, dass sie sich umsetzt, erreicht sie meinen Tisch und lächelt mich an: „Vielen Dank für die Einladung." - „Gerne, bitte", meine Hand bietet ihr wahlweise die freien Plätze an und sie setzt sich mir gegenüber. Zuerst verfallen wir in ein wenig Smalltalk, über das Wetter, die Bar, ehe unsere Aufmerksamkeit wieder von den älteren Herrschaften angezogen wird, was uns leise amüsiert lachen lässt. Die Tatsache dass wir beide darüber lachen können, lockert die Stimmung sofort um ein Vielfaches auf. Deswegen dauert es auch nicht lange, bis wir in zwanglose Plauderei verfallen. Für die älteren Generationen ein totales Unding, für unsere Generation kein Problem.

Zwischendurch erscheint die Kellnerin um zu schauen ob alles soweit in Ordnung ist und bei Bedarf unsere Bestellungen aufzunehmen. Die Zeit vergeht, uns ist es egal. Wir fühlen uns beide wohl, genießen es und komischerweise gehen uns beiden auch nicht die Gesprächsthemen aus.

Vermutlich hätten wir hier noch ewig gesessen und über unsere Studienzeit, Oxford an sich und unsere Hobbys unterhalten, wenn es sich nicht merklich abgekühlt hätte, als die Sonne langsam untergeht. Erst da realisieren wir die Länge unserer Anwesenheit hier und kurz schaut Elena mich etwas verlegen an: „Ich hoffe, ich habe dich nicht von etwas wichtigem abgehalten." Von mir kommt nur eine leicht abwinkende Geste: „Ich hätte mich schon gemeldet. Danke für deine Zeit."

Elena lächelt sanft: „Ich danke dir und finde es auch schön, sonst wäre ich gar nicht so lange geblieben. Aber so langsam werde ich mich verabschieden müssen, denn der Wecker geht morgen sehr früh." Ein verstehendes Nicken meinerseits und ich hebe dezent die Hand, um die Kellnerin zu rufen, damit wir zahlen können, beziehungsweise ich. Zuerst sträubt Elena sich etwas, als ich die komplette Rechnung übernehmen möchte, stimmt dann mit einem verschwörerischen Lächeln doch zu: „In Ordnung, dann bin ich das nächste Mal dran." Ihre Worte lassen meinen Magen wohlig aufflattern, das klingt vielversprechend nach einem weiteren Treffen! Wer hört das nicht gerne? „Ist in Ordnung, abgemacht", schmunzle ich ihr zu und zahle. Vor dem Eingang der Strandbar trennen sich unsere Wege vorerst, nicht ohne schnell noch die Handynummern auszutauschen.

Kapitel 12

Mit beschwingten Schritten mache ich mich auf den Heimweg, lasse dabei die Zeit mit ihr noch einmal Revue passieren. Liegt es an der Wärme? Denn viel Alkohol habe ich ja nicht intus, und doch merke ich meinen Kreislauf, anscheinend der nächste Blackout, wobei ich mir in dem Moment schon nicht mehr darüber im Klaren bin. Die Welt verschiebt sich kurz etwas, der Boden scheint näher zu kommen und ich treibe dahin! In meinen Ohren klingt 'Shadows on the Wall' und verhindert anscheinend, dass ich komplett abtauche, auch wenn ich nicht weiß woher die Musik kommt.

Ich bewege mich vorwärts, das kann ich sehen, die Häuser ziehen an mir vorbei, doch meine Beine kann ich nicht spüren. Im letzten Schein der Sonne blitzen mir die Strahlen in einem verglasten Fenster entgegen und mir tanzen kleine Sterne vor den Augen.

Die Sonne wirft einen Schatten auf die spiegelnde Fassade und lässt den Umriss des Minis erkennen, als dieser dran vorbei fährt Der Motor brummt kräftig vor sich hin, die dunklen siebzehn Zoll-Reifen knirschen nur leise auf dem Asphalt und der Lichtkegel der LED-Scheinwerfer streift hell über den schwarzen Untergrund. Die rötlichen Sonnenstrahlen schmeicheln wie sanft streichelnde Finger über den leicht Eierschalen farbigen Lack. Lauer Sommerwind folgt der Sonnenspur, und der Wagen eigenen Aerodynamik, die in vielen Tests konzipiert und verfeinert wurde.

Mein Blick fällt aus den Augenwinkeln auf die verspiegelte Hausfassade und ich kann meinen Schatten sehen. Ich spüre mein Herz kurz stolpern, meinen Schatten?! An der Glaswand ist ein Auto! Ehe ich darüber nachgedacht habe, bin ich abrupt stehen geblieben, zumindest ist das mein Vorhaben. Denn in Wahrheit schlingert der Mini Cooper kurz und bleibt dann mit einem kleinen Drift stehen! Durch die Schräge kann ich nun einen genauen Blick in die Fensterfront werfen!

Vor mir steht kein 1,90m großer schlanker Mann, sondern ein Pepper White farbiger John Cooper Works Mini! Genau das Modell, das ich konzipiert habe und was mir quasi in der Trockenkabine um die Ohren geflogen ist! Ich lasse den Blick darüber wandern und nur ganz leicht bewegen sich die Scheinwerfer! Ich hebe den rechten Arm und der rechte Vorderreifen dreht sich etwas nach außen... mein linker Arm bewirkt den gleichen Effekt auf den linken Reifen! Die Bewegung der Beine überträgt sich auf die Hinterreifen!

Langsam dämmert es mir, dieser Wagen und ich sind eins! Und vermutlich waren die Blackouts Zeiten, in denen ich als Mini durch die Stadt fuhr und deswegen nichts mehr davon wusste. Nach dieser Erkenntnis kann ich es spüren, den harten Asphalt unter den Reifen, die Restwärme der Sonne und den leichten Wind auf dem Lack! Das flaue Gefühl in mir ist verschwunden! Schwer liegt mein Körper auf den Achsen auf dem Asphalt, der wummernde Takt meines Motor-Herzens wird merklich ruhiger und ich atme durch, was die Temperatur meines Kühlwassers wieder in den normalen Bereich bringt! Unglaublich! Es ist wirklich unglaublich! Ich bin ein Auto! Ich bin MEIN Auto! Kurz aber heftig überrollt mich eine Welle der totalen Euphorie, ehe sie sich in pure Panik verwandelt!

Wie soll ich so weiter leben? Wie komme ich in meine Wohnung? Wie werde ich wieder ein Mensch? Kann ich überhaupt noch wieder ein Mensch werden? Wie kann ich es vor den Anderen geheim halten? Wird es mein Leben lang so bleiben? Ähnliche Gedanken dürften wohl auch diversen anderen Comicfiguren in ähnlichen Situationen durch den Kopf gegangen sein, als sie ihr zweites Ich entdeckten. Nur mit einem großen Unterschied, dass sind alles fiktionale Figuren, ich bin eine real lebende Person! Mein Comicheft wird nicht einfach zugeklappt und gut ist es!

Mir wird schlecht! Zügig bewege ich mich instinktiv in eine Hauseinfahrt und dort im Schatten schrumpelt der große Chassis des Minis zusammen, bis ich auf den Knien am Boden kauer! Mit zitterndem Körper erhebe ich mich, schaue an mir hinunter, doch alles scheint vollkommen normal zu sein! Keine zerrissene Kleidung, keine körperlichen Verletzungen. Die Gedanken rotieren durch meinen Kopf, lassen sich weder fassen noch ordnen! Ich setzte immer noch leicht unsicher, einen Fuß vor den Anderen, gehe die Straße entlang und bekomme kaum mit wie ich so heimwärts finde, bis ich vor der Haustüre stehe! Mit zitternden Fingern finde ich das Schloss, schließe die Haustüre hinter mir und lehne mich dagegen. Mir ist flau! Meine Knie geben nach und ich sacke zu Boden, bin vollkommen ausgepowert!

Zwei Wochen ist es nun her, seit ich mein Autospiegelbild gesehen habe! Zwei Wochen in denen ich nach außen hin der Alte bin! Es vergeht kein Augenblick, in dem ich nicht darauf lauer dass etwas passieren könnte, oder in dem ich alles an mir überprüfe, ob sich etwas verändert. Doch es scheint alles normal zu sein, wobei normal sich schon fast wie Hohn anhört, denn was ist schon normal?!

Das sich vollkommen in Gedanken bin merke ich meist selbst erst, wenn ich aus selbigen heraus gerissen werde, so wie jetzt... Ich spüre einen Blick auf mir ruhen, während meiner sich gerade wieder in weite Ferne verloren hat, ehe er nun auf die Suche geht! Erst jetzt registriere ich die rote Ampel, an der ich wohl eher instinktiv stehen geblieben bin und neben mir einen Kinderwagen, aus dem mich ein kleines Mädchen anschaut, wohl so ein Jahr jung. Sie schenkt mir ein strahlendes Lächeln, dass mein Herz kurz schneller schlagen lässt und gerade alle negativen Gedanken aus meinem Kopf hinweg fegt, so dass ich einfach nur offen und ehrlich zurück lächle! Das wiederum bringt sie zum kichern und sie versteckt ihr Gesicht halb hinter ihrem Schnuffeltuch! Da möchte wohl jemand verstecken spielen? Kurz lege ich meine Hand über meine Augen, um mitzuspielen, was ihrer Mutter am anderen Ende des Kinderwagens auffällt und sie schaut mich zuerst fragend an, dann hinunter, ehe sie lächelt: „Wenn ich das Vati erzähle, dass du fremd flirtest." Ihre Stimme verrät nicht, ob sie damit eine diskrete Grenze setzen möchte, doch kommt die Botschaft bei mir an. Keinerlei Flirt-Versuche meinerseits bei Frau Mama, Morgan! Die Ampel beendet die kleine Konversation indem sie auf grün umspringt und wir uns in Bewegung setzen. „Einen schönen Tag", wünscht mir Mama und Töchterchen schenkt mir noch ein Lächeln, dann gehen sie auf der anderen Seite in die entgegen gesetzte Richtung. Die gelöste Stimmung in mir schafft es sich noch eine ganze Weile zu halten, erst Recht wenn sich das lächelnde Kindergesicht vor mein inneres Auge schiebt.

Als ich an einem Café vorbei komme, überlege ich kurz und betrete es dann doch. Wer kann schon zu einem Kaffee oder Tee nein sagen? Wobei ich viele alltägliche Punkte mittlerweile oft erst hinterfrage, statt wie früher spontan zu handeln, weil ich Angst habe ich könnte mich ungewollt wandeln oder sonst wie auffallen. Völlig untypisch für mich. Ich wähle erst einen ruhigen Platz und schaue aus dem Fenster hinaus, während ich langsam umrühre, nachdem eine nette Bedienung meine Bestellung aufgenommen und auch schnell gebracht hat. In einer Rehkitz braunen Flüssigkeit vermischen sich nun Kaffee mit Milch und Zucker.

Draußen geht eine junge Frau vorbei. Sie ist optisch eindeutig Richtung afroamerikanisch angehaucht, mit eher stark gebräunter Haut und langen braunen Haaren, die in kleinen Locken geringelt einen Wuschelkopf zaubern und einen leicht rötlichen Schimmer haben. Ob ein Elternteil von ihr wohl irisch ist? Nein, natürlich bedeuten rote Haare nicht sofort Irland, aber der Gedanke liegt nahe, oder? Ich kann mich natürlich auch irren. Auf jeden Fall ist sie eine wahre Schönheit!

Und das denke ich jedes Mal, wenn ich sie hier vorbei gehen sehe, denn heute ist nicht das erste Mal. Und wie sonst auch trägt sie eine Rose in der Hand! Heute ist es eine rote, manchmal ist sie auch weiß, andere Farben habe ich noch nicht bei ihr gesehen. Und anders wie sonst betritt sie heute das Café, lächelt kurz zu mir hinüber, ehe sie einen Kunststoff-Kaffeebecher aus der Tasche zieht, ihn sich füllen lässt und zahlt.

Ich selbst schaue ihr dabei über den Rand meines Kaffeebechers zu und wundere mich nicht im geringsten dass es ihr auffällt. Sie überlegt kurz und kommt dann hinüber, sieht mich lächelnd fragend und doch freundlich an. „Bitte entschuldigen sie meine neugierigen Blicke", kommt es nun doch leicht verlegen von mir. „Das habe ich gemerkt und bin nun auch neugierig", nickt sie und ihre Locken springen kurz munter. „Naja, ich habe sie nun schon oft hier vorbei gehen sehen, und jedes Mal haben sie eine dieser wunderschönen Baccara-Rosen dabei." Für einen kurzen Moment sehe ich die Traurigkeit durch ihren Blick huschen, sie verschwindet jedoch genauso schnell wieder und kurz schweifen ihre Augen zu dem Stuhl mir gegenüber. „Bitte", ich nicke und erhebe mich kurz sachte, um ihr den Platz anzubieten, so dass sie sich nieder setzt, Rose und Becher auf den Tisch platziert, ehe sie antwortet. „Das habe ich mir fast gedacht, wobei sie der Erste sind, der mich darauf anspricht. Nun, das ist eine Rose für meine beste Freundin. Ich bringe sie ihr jeden Tag nach der Arbeit vorbei, bis dahin erfreue ich mich selbst daran."

Wohlig warmes Kribbeln macht sich in mir breit: „Das ist eine sehr schöne Geste, bestimmt freut sie sich darüber." Ein leichtes Nicken: „Das denke ich schon. Ich vermisse sie sehr und so sind wir uns wenigstens noch etwas näher." Bei den Worten zieht es sich in mir plötzlich zusammen, denn die Tatsache ändert sich gerade schlagartig und ehe ich etwas sagen kann nickt sie: „Ja, es ist so wie sie vermuten. Sie starb bei einem Autounfall als Beifahrerin. Ihr Freund kam ins Schleudern, als er einem entgegen kommenden Wagen auswich." Zärtlich sieht sie die Rose an und dann mich, kann sich vorstellen, dass ich mit dieser Bedeutung wohl nicht gerechnet habe.

„Ich finde das eine sehr schöne Geste", wiederhole ich mich eher unbewusst. „Nun muss ich aber wieder los. Ich wünsche ihnen noch einen schönen Tag", mit den Worten erhebt sie sich wieder und ihre Hände nehmen dabei Rose und Becher auf. Ich erhebe mich ebenfalls: „Danke sehr, ihnen auch." Und kurz folgt ihr mein Blick, als sie durch den Raum hinaus geht, ehe ich mich wieder meinem Kaffee zuwende.

Es ist schon erstaunlich, wie sich ein Tag durch die Begegnungen mit Menschen ins Positive verändern kann. Bin ich vorhin noch völlig in Gedanken und Zweifeln durch die Straßen gegangen, geht es mir jetzt erstaunlich gut. Und es hält sich sogar noch, bis ich abends dann im Bett liege und ruhig einschlafe.

Kapitel 13

Wenn es auf der Arbeit auch so gehen würde... Es gibt Tage wie heute, an denen irgendwie alles schief geht! Heute werde ich eine Stunde nach meinem Wecker wach, obwohl dieser mich lautstark wecken sollte, was er wohl auch erfolglos versucht und dann aufgegeben hat. Von daher bleibt mir nichts anderes übrig als drei Gänge zuzulegen, um noch nach einem morgendlichen Sparprogramm pünktlich zur Arbeit zu kommen. Unterwegs flaut es in mir wieder auf und mein Herz stolpert kurz, bitte nicht jetzt... Ich verschwinde gerade noch rechtzeitig wie meistens in einer dunklen Einfahrt. Denn kurz darauf sacke ich auch schon auf die Knie und die Wandlung beginnt! Ich kann nicht behaupten, dass es unangenehm wäre, eher ein benommener Moment, bis die Nebelschwaden in meinem Kopf sich lichten und ich aus der Einfahrt rolle! Bis zur Firma ist es nur noch eine Biegung und die natürlich nun weitaus schneller zurück gelegt, als es zu Fuß gewesen wäre, trotz der Zeit die ich für die Wandlung brauchte. Ich hoffe, dass ich mich dann auch wieder problemlos zurück wandeln kann.

An der Torkontrolle wird ein Blick auf meine Frontscheibe geworfen, die wie alle anderen verdunkelt ist, aber seit neuestem einen Parkaufkleber trägt und mit einem Lächeln öffnet der Mitarbeiter die Schranke, so dass ich hindurch fahren kann. Theoretisch würde ich nun das Gebäude durch den Haupteingang betreten und die Treppen hinauf nehmen. Praktisch rolle ich weiter, Richtung Parkplatz, ehe mir eine Stelle einfällt, wo es tatsächlich keine Kamera gibt. Unterwegs halte ich kurz an, genau vor einem der Tore, das sich natürlich auch just öffnet und ich höre zuerst einen abgewürgten Motor und dann die laute Stimme eines Mechanikers: „Meine Güte, wer stellt denn ausgerechnet hier einen Wagen ab?! Könnt ihr keine Schilder lesen??!! Parkverbot!!!" Ich schrecke kurz zusammen, hupe leise entschuldigend und rolle von dannen! Endlich erreiche ich mein Ziel, versichere mich kurz alleine zu sein und atme dann durch. Na komm, beste Gelegenheit... Tatsächlich flirrt es wieder in mir und es dauert nicht lange, bis ich auf meinen eigenen Beinen stehe! Schnell verschwinde ich in einer Tür, die ein Seiteneingang des Bürotraktes ist, betätige noch pünktlich die Stechuhr ab nach oben!

Und doch gibt es auch positive Effekte in meinem neuen Dasein. Ehrlich, ich hätte nicht damit gerechnet und meistens fällt es mir auch nicht als Erster auf. Ich werde aus dem Team darauf angesprochen. Es sind wohl vier Wochen vergangen, seit dem besagten Tag der Erscheinung. „Die neuen Daten von dir sind rundum perfekt, Morgan. Damit holst du echt das Beste aus den Teilen raus und der Wagen wird bestimmt noch besser als der weiße JCW. Vermutlich eine perfekte Entschädigung, hm?" Brian sieht mich lächelnd an, hatte er doch gesehen wie viel Herzblut von mir in diesem Wagen steckte. Wir lassen mal außen vor, wie viel Wagen nun in meinem Herzblut steckt. „Im Prinzip ist er technisch identisch, mit dem Unterschied, dass ich geradliniger ans Ziel kam, weil ich schon wusste worauf ich achten muss", zwinker ich ihm zu, während wir ein Stück durch die Halle gehen, um dann jeweils unserem Ziel zu zustreben.

Ich achte in der nächsten Zeit selbst darauf und stelle fest, dass ich vieles an Werten rein instinktiv (mein neues Lieblingswort) eingebe, korrigiere sobald neue Materialien hinzu kommen und damit wirklich das Beste heraus kitzel. Meinem Chef fällt das auch bald auf und zu meinem Glück bedeutet das neue Qualifikationen, die sich natürlich auch positiv in meiner Mitarbeiterakte wieder spiegeln. Um ehrlich zu sein kommt das nicht bei jedem gut an, aber das stört mich nicht. Denn ich bringe ja auch entsprechende Leistung und bekomme es nicht einfach so geschenkt, in dem Sinne. Und ich mache meine Arbeit mit Freude, lege auch in die folgenden Wagen meine volle Leidenschaft und die Ergebnisse sprechen eindeutig für sich.

Wenn es doch nicht immer wieder dazu kommen würde, dass ich dieses verräterische flaue Gefühl spüre. Keine Ahnung, wie oft ich in den unterschiedlichsten Situationen hinaus stürzt, weil mir angeblich kotzübel wird und die Treppen hinunter raste, ehe dann der weiße Mini in einer der unscheinbaren Ecken auftaucht. Klar dass sich meine Arbeitskollegen auch irgendwann Sorgen machen. Deswegen bleibt mir auch nichts anderes übrig, als zu meinem Arzt zu gehen, allerdings nenne ich ihm als Grund, dass ich wohl psychisch gerade nicht so auf dem Damm wäre, was seiner Meinung nach noch problemlos eine Nachwirkung auf den Unfall sein könnte. Er schreibt mich für zwei Wochen krank, schickt mich noch zu einem Kollegen, mit dem ich darüber reden soll und ich bringe dann meinen Krankenschein brav zur Arbeit. Auf dem Durchschlag steht ja kein Befund drauf, von daher glauben sie, dass es wegen meinem Magen ist.

Die zwei Wochen nutze ich auch, ziehe mich an möglichst ruhige Orte zurück und versucht das Wandeln zu üben. In der ersten Woche herrscht dabei heilloses Chaos! Teils stehe ich stundenlang auf vier Rädern herum und schaffe es nicht mehr zurück. Teils bin ich nach der erzwungenen Rückwandlung so ausgelaugt, dass ich kaum auf meinen eigenen Beinen heim komme.

Einmal überrascht es mich, während ich an einem Einkaufszentrum entlang fahre und ich erreiche gerade noch einen abgelegenen Teil des Parkplatzes. Kaum stehe ich auf vier Rädern, fängt es an zu regnen! Na super! Indirekt bin ich jetzt doch froh, denn die Nässe macht mir jetzt nichts aus. Abwarten ist die Devise, es wird schon wieder aufhören. Ich hätte auch heimfahren können, doch für den Moment bleibe ich dort stehen.

Vielleicht bin ich durch das meditative Regen-Geprassel etwas weg geträumt. Denn plötzlich werde ich wach, als ich unter mir etwas spüre. Weich, nass und zitternd kriecht ein mittelgroßes Tier an meinem Bodenblech entlang. Ich kann es zwar nicht sehen, doch das leise Winseln klingt eindeutig nach einem Hund! Vermutlich geht meine gute Seele da mit mir durch, denn ehe ich darüber nachdenke, habe ich schon die Beifahrertür geöffnet und leise gepfiffen. Unter mir zuckt es heftig, ehe die scharrenden Geräusche davon zeugen, dass er hervor gekrochen kommt. Unschlüssig bleibt er bibbernd vor der Beifahrerseite stehen, auch wenn er einen sehnsüchtigen Blick auf die gemütlichen Sitzpolster wirft. „Na komm, mach hopp Kleiner", meine Stimme klingt leise aus den Lautsprechern im Wageninneren und anscheinend ist das überzeugend genug. Er scheint eine dieser Straßenmischungen zu sein, denn eine bestimmte Rasse kann ich bei ihm nicht ausmachen. Schüchtern stellen sich die Vorderpfoten unten auf den Einstieg, ehe er in den Fußraum kriecht. Kurz überlege ich die Türe zu schließen, lasse es aber dann sein, nicht dass er sich erschreckt, und schlimmstenfalls noch Panik bekommt. Stattdessen versuche ich mich an der Bedienung meiner Ausstattung. Und es klappt schon recht gut, denn bald strömt warme Luft in den Fußraum und auch die Beifahrersitz-Heizung springt an. Wunderbar!

Es dauert einige Minuten, während er sich näher an die Lüftungsdüsen schmiegt, bis das Zittern nachlässt und auch das Winseln im Fußraum verstummt. Der Wauzi seufzt kurz auf! Das ist doch viel besser als draußen im Regen! Die weiche Hundeschnauze hebt sich auf den Sitz und fast wirft er diesem einen erstaunten Blick zu, was ist er doch wunderbar warm! „Mach hopp", versuche ich es erneut leise und sanft. Dieses Mal überlegt er nicht lange, schiebt nacheinander Vorderpfoten, Bauch, Hinterpfoten und Hinterteil hinauf, zweimal um die eigene Achse gedreht und schon rollt er sich zu einem wuscheligen Donut zusammen!

Wie meine Sitzpolster das wohl finden? Um ehrlich zu sein mache ich mir da keine großen Gedanken drum. An selbigen spüre ich seine Atemzüge, die immer langsamer werden und mir zeigen dass er tief und fest eingeschlafen ist. In Zeitlupe schließe ich die Beifahrertüre und lasse sie so leise wie möglich einrasten. Von dem Fellknäuel kommt keinerlei Regung und so warten wir zusammen den Regen ab. Mein Gast verhält sich äußert brav, nichts wird beschädigt, den Regenschmutz werde ich wohl wieder heraus geputzt bekommen.

Wie lange wir da stehen kann ich nicht einmal sagen, bin vielleicht bei der entspannten Stimmung etwas weg gedöst. Doch als ich die warmen Strahlen der Nachmittagssonne auf meinem Lack spüre, wecken sie mich wieder auf. Wauzi liegt auf der Seite im Sonnenschein, völlig tiefen entspannt, er fühlt sich anscheinend sehr sicher. Vielleicht sollte er das schöne Wetter nutzen und seinen Unterschlupf aufsuchen, ehe die nächste Wolke abregnet.

„Psst", versuche ich ihn deswegen zu wecken, schalte die Sitzheizung ab und dafür die kühle Lüftung an. Zuerst zuckt er nur mit einem Ohr, dann mit einer Vorderpfote, ehe sich der Hundekörper auf den Rücken dreht und ausgiebig streckt. Dann noch etwas herum gewälzt, bis besagter schlauer Hundeverstand einsetzt und er erkennt, dass er gar nicht in seinem 'Traum-Körbchen' liegt. Wer nun erwartet hat, dass er vor Schreck Panik bekommt, liegt falsch.

Neugierig schaut er sich um, dreht sich auf den Bauch zurück und sanft stupst die rechte Vorderpfote an der Beifahrertüre! Schlaues Kerlchen! Ich öffne sie und seine Schulter reibt sachte über die Rückenlehne, ehe er ohne Eile hinaus klettert. Selbst dort geht er nur beiseite, so dass ich die Türe wieder schließen kann, tänzelt dann zu meinem Vorderreifen und ich mache mich bereit ihn zu vertreiben, keine Markierung an meinem Reifen! Doch hat er das gar nicht vor, stattdessen schmiegt er seine lockige schmale Schulter dort an!

Jetzt im trockenen Zustand sieht er richtig hübsch aus, etwas zerzaust, aber nicht verlaust. „Gern geschehen", antworte ich leise, weil ich das einfach mal frei heraus als Danke werte. „Pass gut auf dich auf, Kleiner", gebe ich ihm noch auf den Weg mit, als er los trabt und Wauzi dreht sich um, bellt kurz freundlich und macht sich dann auf und davon!

Ich selbst bleibe zurück und ja, dies ist wohl der erste Moment, in dem ich froh über mein Auto-Ich bin. Denn sonst hätte ich ihm wohl kaum so schnell und einfach Zuflucht gewähren können.

Ein weiteres Mal ist kaum zwei Tage später. Die zwei Wochen Krankschreibung sind fast um und ich bin echt erstaunt über meine Fortschritte, die ich bis jetzt verzeichnen kann. Langsam entspannt sich die Einstellung über mein neues Leben und wenn ich wieder die Unruhe spüre, dann denke ich an den nassen Hund und unsere Zeit auf dem Parkplatz.

Gerade fahre ich die Hauptstraße entlang, es ist hell und schon aus der Ferne kann ich eine junge Frau sehen, die den Bürgersteig entlang geht. In einfachen Jeans, T-Shirt und Turnschuhen gekleidet, was ihrer schlanken Figur keinen Abbruch tut. Klar, dass ich da hin schaue, habe ja auch noch genug Gelegenheit, während ich von hinten heran gefahren komme.

Allerdings sehe ich auch den Kerl, der aus einem Hauseingang auftaucht und hinter ihr her geht. Seine Erscheinung ist eher abgewrackt und schmierig und ohne es zu merken fahre ich langsamer, habe allerdings auch niemanden hinter mir, den das stören könnte. Er holt sie ein, spricht sie wohl auch an, doch ist unschwer zu erkennen, dass ihr das nicht recht ist. Ihre Hände heben sich abwehrend, als seine Hand sich auf ihre Schulter legen möchte und ich gebe Gas!

Als ich an ihnen vorbei fahre, hupe ich kurz, biege dann in die nächste Einfahrt ein und es dauert tatsächlich nicht lange, bis ich auf meinen eigenen Füßen stehe! Eilig gehe ich um die Ecke und auf die Beiden zu!

„Lassen sie mich doch einfach in Ruhe", faucht sie den gut einen Kopf größeren Kerl an, den das allerdings nicht beeindruckt. Weder sie noch er achten dabei auf mich und so fährt sein Kopf unwirsch herum, als ich ihr zurufe: „Jessy? Alles in Ordnung? Habe ich mich doch nicht vertan." Mit selbstbewussten Schritten erreiche ich beide und werfe ihr einen alles sagenden Blick zu, spiel mit! Den Blick registriert der Fremde wohl nicht, oder deutet ihn anders, sieht mich erst irritiert an und dann macht er sich daran, möglichst unauffällig zu verschwinden! Okay, wir sind größenmäßig in einer Liga, das könnte durchaus ein Argument sein sich nicht mit mir anzulegen? Dabei tu ich doch keiner Fliege etwas zu Leide.

Die junge Frau bleibt wie ein Reh im Autoscheinwerferlicht dort stehen und schaut mich an, während ich bei ihr ankomme. Klar dass sie mich nicht kennt, aber da hat der Zweck die Mittel geheiligt und wohl schlimmeres verhindert. Bin ich stolz darauf? Nein, es ist für mich eine Selbstverständlichkeit gewesen, sie da nicht ihrem Schicksal zu überlassen, es zumindest zu versuchen. Und auch sie scheint gerade den Ernst der Situation realisiert zu haben, denn schlagartig wird sie kreidebleich und ihre Beine knicken weg!

„Hopp-la...", ich fange sie so schnell es geht ab, ihr schlanker Körper lehnt sich schwer gegen meinen und es dauert eine Minute, ehe sie leicht zusammen zuckt und langsam wieder ihre Körperspannung zurückkehrt. Nur zögerlich sieht sie sich um und dann zu mir hoch, den Blick noch leicht verschleiert. „Ganz ruhig, sie waren kurz ohnmächtig, vermutlich der Schreck der Situation. Geht es wieder?" Aufmerksam sehe ich zu ihr hinunter, halte sie noch weiter im Arm, bis ich sicher bin dass sie stehen kann und löse mich dann erst von ihr.

„Ich... äh... danke. Ja, vermutlich. Danke für ihre Hilfe. Sie lagen übrigens nur knapp daneben. Ich heiße Jennifer." In ihr Gesicht ist die Farbe wieder zurück gekehrt und sie schenkt mir ein dankbares Lächeln. „Das war mir eine Ehre", antworte ich leise und darf mir gar nicht ausmalen, was der Kerl im schlimmsten Falle noch alles mit ihr angestellt hätte. Und zum zweiten Male bin ich wohl dankbar um meine neuen Fähigkeiten. Denn ich habe sie schon von weitem gesehen und den Weg viel schneller zurückgelegt, als ich es auf meinen zwei Beinen rennend geschafft hätte. Und während sie sich nahe vor mir noch etwas sammelt und dann einen Schritt zurück geht, um mir wieder meinen Freiraum zu geben, spüre ich so etwas wie Zufriedenheit in mir hoch kriechen.

„Wo sind sie zu meinem Glück nur so schnell her gekommen?" Sie fragt es zwar, doch ihre Stimme kennzeichnet es als eher rhetorische Frage, um keine peinliche Stille aufkommen und auch um ihre Dankbarkeit noch einmal diskret durchschimmern zu lassen. „Zufällig zur rechten Zeit am rechten Ort. Und nein, der Typ und ich haben das nicht abgesprochen, nicht dass sie das vermuten könnten", ja, ich schiebe das gleich hinterher, denn leider gibt es ja mittlerweile die hinterhältigsten Methoden Frauen anzusprechen, ihre Aufmerksamkeit zu erreichen, sie besten Falles heim zu begleiten und dort dann schließlich doch noch zu überwältigen, auszurauben, usw. Deswegen bin ich da frei heraus und sage es ihr einfach. Mag sie nun darüber denken was sie möchte.

Doch anscheinend hegt sie genau nicht diese Gedankengänge, sondern lacht leise: „Sehr gut, denn sonst würde ich ihnen gegen das Schienbein treten." Und ihr Blick zeigt den Ernst ihrer Worte. „Und warum haben sie das bei dem Anderen nicht gemacht?" frage ich sie erstaunt und bin auf ihre Antwort gespannt. Anscheinend kann sie sich wohl durchaus gut selbst helfen? Habe ich mich da wirklich so getäuscht? Sie wirkt kurz unsicher, ehe sich die junge Frau gefangen hat: „Ich kenne diesen Typ Mann. Wäre ich ihn angegangen, hätte er keine Sekunde gezögert und mich fertig gemacht." Ihre Worte klingen leise, nur für mich bestimmt, auch wenn niemand sonst in der Nähe ist. „Ich hatte einen Partner, der genau so war. Für mich gab es irgendwann nur noch die Möglichkeit nachts abzuhauen, als er auf dem Sofa betrunken seinen Rausch ausschlief."

Im ersten Moment bin ich über ihre Offenheit verblüfft. Andererseits schuldet sie mir für ihr Verhalten ja wenigstens eine kleine Erklärung, oder nicht? Nun, sie hätte es auch einfach dabei belassen können. „Ich danke ihnen, für ihr Vertrauen. Und es ist wohl gut, dass sie dann soweit ruhig geblieben sind. Ich bin übrigens Morgan." Natürlich besitze ich die Höflichkeit mich vorzustellen. Das gehört für mich zum guten Ton dazu. Sie dankt es mir mit einem offenen Lächeln: „Jennifer. Freut mich sehr, Morgan. Wir können auch gerne du sagen, wenn es recht ist."

„Jennifer, stimmt, das hatten sie vorhin schon erwähnt. Oh, das ist mir mehr als recht." Und mein Blick legt sich sanft auf ihr Gesicht, versinkt einen kurzen Moment in ihren Augen. Morgan, reiß dich zusammen!! Wieso musst du bei hübschen Frauen nur immer so weich werden? Innerlich schimpft das Engelchen mit dem Teufelchen auf meiner Schulter. Doch führe ich weder etwas im Schilde, noch gibt es einen Grund für die kurze strenge Engel-Konversation. Vermutlich muss das kurzerhand einfach mal sein, ob es mir passt oder nicht.

„Danke, ja es fühlt sich dann nicht so förmlich an", sie scheint da auch eher ein unkomplizierter Mensch zu sein. Aber gleichzeitig bemerke ich auch die Anzeichen, dass unsere Konversation hier wohl bald zu Ende ist. Denn sie schaut kurz auf ihre Armbanduhr und dann entschuldigend zu mir: „Ich würde mich gerne noch weiter unterhalten, doch ich habe gleich noch einen Termin und muss deswegen weiter. Danke nochmal, es war wirklich sehr freundlich von dir. Vielleicht sehen wir uns ja mal wieder?" Und damit lächelt sie noch einmal und geht dann los, um zwei Häuser weiter in einem Hof zu verschwinden.

Kapitel 14

Jeder hat wohl die Momente, in denen es viel zu lernen und zu entdecken gibt. Und so geht es mir wohl auch. Nach und nach zeigen sich bei mir neue Fähigkeiten, ohne dass ich sie anfangs gezielt steuere.

Morgens vor Arbeitsbeginn, ich rolle zum Eingangstor, der Pförtner kennt den kleinen Wagen schon, habe ihn glatt frech mit dem Kennzeichen im System angemeldet. So winkt er mich durch und ich fahre weiter, Richtung Mitarbeiterparkplatz, scharf links um die Ecke, wo ich mich für gewöhnlich wandle. Heute warte ich allerdings noch ab, denn ich merke wieder das diffuse undefinierbare Kribbeln in mir. Noch weiß ich nicht, woher es kommt, weder was es bewirkt.

Oben aus dem auf Kipp geöffneten Fenster höre ich urplötzlich die verzweifelte Stimme der Chefsekretärin: „Oh nein! Was ist denn jetzt wieder mit dem Drucker los? Ich wollte es doch einfach ohne großes Drumherum ausgedruckt haben. Jetzt macht er Querformat!" Zuerst zucke ich innerlich zusammen, amüsiere mich dann aber doch ein wenig, Drucker können echt unfaire Teile sein. Und am besten jetzt noch umweltschonend sein und doppelseitig drucken, um den Papierverbrauch zu reduzieren. „Huch, jetzt fängt er alleine an zu drucken, alles nochmal, doppelseitig!" ertönt die Stimme hektisch! In dem Moment stutze ich und überlege, ob ich wohl etwas damit zu tun haben könnte? Meine Gedanken schweifen ab, während ich mir da die Reifen in den Unterboden stehe. Gibt es da so etwas wie einen Wlan Knotenpunkt im JCW? Der Drucker ist bekanntlich Wlan fähig, es wäre also passend, dass er darüber im Netzwerk angekoppelt ist.

Wir testen mal was, Mr. Sheldon... Ich schaue auf ein Bild, dass das Flügel-Emblem der Firma zeigt und stelle mir vor, wie der Drucker es doppelseitig ausspuckt. Und aus der oberen Etage erklingt ein erschrockener Aufschrei! „Der Drucker spinnt! Ich habe nichts gemacht und er druckt das Firmenzeichen, doppelseitig!" Die Stimme unserer Chefsekretärin signalisiert einen heran nahenden Nervenzusammenbruch!

„Tief durchatmen, Sarah. Es ist alles gut, das war nur ein kleiner Scherz aus der IT-Abteilung", denke ich mir schmunzelnd und wieder summt es los! „Oh, diese Rüpel!!!" wettert sie los! Ich ziehe förmlich den imaginären Kopf ein, es hat tatsächlich funktioniert! Zeit sich zu wandeln und hinein zu gehen. Und komischerweise funktioniert das jetzt problemlos, so dass ich bald darauf das Gebäude betrete, in die obere Etage gehe, kurz am Büro von Sarah vorbei komme und grüße, und dabei ihr immer noch etwas verkrampftes Gesicht sehe. Erst als sie jetzt den Druckvorgang erneut startet und es ohne Mucken funktioniert, atmet sie merklich durch!

Nachmittags komme ich auf meinem Gang über das Gelände auch am Wartebereich mit den Neuwagen vorbei, der vollkommen überfüllt zu sein scheint und ich frage mich, wo sie die noch laufende aktuelle Produktion unterbringen möchten und ob jeder dieser Wagen hier schon einen neuen Besitzer hat? Der JCW verkauft sich nämlich echt gut. Und auch die nächste Version verspricht Erfolg. Still und heimlich habe ich die entsprechenden Daten verbessert und damit wohl auch das Möglichste aus dem neuen Wagen heraus geholt, ohne dass es jemanden groß stört, was mich persönlich etwas wundert.

„Wäre ich ein Mini, würde ich genau so erarbeitet werden wollen, du weißt was ich meine? So gibt es das bestmögliche Ergebnis, ohne die Teile überstrapazieren zu müssen", kann ich die Stimme eines Mitarbeiters aus unserem Team hören und er lacht leise, ehe er zu mir hinüber schaut, als er mich auf dem Gelände entdeckt. Ich winke grüßend zurück und sehe dann sein erschrockenes Gesicht, ehe ich für den Bruchteil einer Sekunde seinem Blick folgen kann und dann das Heck eines rückwärts fahrenden Minis meinen Körper rammt! Er trifft unter anderem mein Knie, bringt mich damit zu Fall und ich verziehe das Gesicht, als der Schmerz hindurch prescht, ehe ich nach hinten gegen einen stehenden Clubman kippe. Das Knie pocht, der Rücken gesellt sich nach der ungebremsten Landung auf dem doch etwas größeren Wagen solidarisch dazu und mir bleibt kurz die Luft weg!

„Morgan?! Geht es? Du bist momentan aber auch echt ein Unglücksrabe..." Der Mitarbeiter von eben hat mich erreicht und stützt mich an der Seite ab, weil ich gerade nur auf einem Bein stehen kann. „Wo kam der her?" keuche ich auf. Der Fahrer des 'Unfall'-Minis steigt aus und der Schreck ist ihm ins Gesicht geschrieben: „T-tut mir leid, ich bin von der Bremse gerutscht..." Zumindest eine plausible Erklärung dafür, wieso der Wagen so einen plötzlichen Satz nach hinten gemacht hat!

Für mich heißt es erst einmal mich vernünftig durchchecken lassen. Von daher sammelt mich nach einer kurzen Wartezeit ohne großes Drum herum ein Rettungswagen ein und in der Klinik zeigen die Röntgenbilder beruhigender Weise keine Brüche an Knie oder Rippen, der Arzt diagnostiziert dafür umfangreiche Prellungen und eine Zerrung im Knie. Mit entsprechenden Manschetten an Knie und Rippen ausgestattet, zwei Wochen Auszeit und ein paar Schmerzmitteln geht es dann per Taxi wieder heim. Langsam habe ich davon echt genug. Wenn das so weiter geht wandere ich aus!

Wobei ich nicht mit dem weiteren Verlauf gerechnet hätte. Am ersten Tag humple und schleiche ich noch durch die Gegend, die Couch ist mein Lieblingsplatz, Beduseln per Fernseher und zwischendurch ein kleines Nickerchen. Als ich mich zwischendurch aufrapple, merke ich, dass ich tatsächlich schon besser auftreten kann! Auch die Atmung mit den lädierten Rippen zieht nicht mehr so kräftig! Ich bin echt verwundert und kann es mir nicht erklären, doch ist es eindeutig positiv zu sehen.

Am zweiten Tag ist die Knieschwellung komplett weg, die Schmerzen tauchen nur bei unbedachten Bewegungen auf und optisch sind die Hämatome erfolgreich von dunkel lila in dunkelbraun gewechselt! Als ich das abends sehe, ist mir langsam klar, dass ich wohl eine beschleunigte Heilung habe. Na, das ist doch mal ein netter Nebeneffekt meines Autodaseins! Damit hätte ich echt nicht gerechnet!

Am dritten Tag ist die Rippenprellung fast schon Schnee von gestern und auch beim atmen habe ich keine Probleme mehr. Den braunen Flecken kann ich beim verblassen zuschauen und es macht den Eindruck, als wäre nie etwas passiert! Ein Glück, dass ich mich gerade eh nur zuhause aufhalte, deswegen bewege ich mich auch wieder ohne Bandagen und überlege, was ich noch mit den nächsten fast fünf Tagen anstellen könnte. Immerhin muss ich ja doch wieder in Bewegung kommen. Der Rest des Tages wird unter anderem mit ein wenig Sport gefüllt, soweit es nicht zieht. Ein paar Liegestütze, Sit-Ups, und es meckert nicht einmal ansatzweise los! Danach eine kurze Dusche, ehe ich mich mit einem Buch auf mein Sofa verziehe und den Tag genieße, ab und an von kleinen Mahlzeiten und sonstigen nötigen Erledigungen unterbrochen.

Die nächsten Tage verlaufen ähnlich, mein Trainingsprogramm wird stetig gesteigert, zwei Bücher sind bereits durch gelesen, das Dritte wartet schon auf dem Wohnzimmertisch. Als ich es zur Hand nehme fällt mir auf, dass ich die letzten Tage richtig entspannt verbracht habe, auch meine Gedanken und Befürchtungen betreffend. Und es stand auch nicht versehentlich ein Mini unter der Dusche, oder im Schlafzimmer. Vielleicht ist dieses Dasein gar nicht so schlimm, wie ich es anfangs ausgemalt hatte. Ein Blick auf den Kalender zeigt, dass es schon einen Monat her ist, seit der Entdeckung. Und ich beginne zu schmunzeln, als mir klar wird, in was für eine Rennsemmel ich mich da wandeln kann.

In ein 211 PS starkes kleines Kurvenräuber-Monsterchen. Autobahn geht auch, nur nicht unbedingt als Dauersprinter, das überlasse ich anderen Rennboliden. Aber kurzfristig kann ich sicherlich mit meinen großen BMW-Brüdern mithalten und sie auf der Strecke lassen. Da sorgt der 'Twinscroll-Turbolader' für genug Antrieb, um ihnen davon zu flitzen. Und ich merke in mir das leichte Kribbeln es mal auszuprobieren. Allerdings werde ich damit wohl noch ein paar Tage warten. Nicht dass ich dann doch wieder etwas lädierter aus der Sache raus komme.

So langsam scheint der Schreck vom Anfang einer gewissen Neugier gewichen zu sein. Eine gute Einstellung für mein weiteres Leben, statt nur zu lauern und Befürchtungen zu wälzen? Vielleicht habe ich deswegen gerade auch keine ungeplanten Wandlungen. Immerhin wehre ich mich nicht mehr dagegen, sondern rufe mir die Vorteile ins Gedächtnis... Ich brauche keine Spritkosten, zumindest hat sich das noch nicht anders bemerkbar gemacht. Der Wagen scheint seine Energie aus meiner menschlichen Nahrung zu ziehen. Ich habe quasi immer meinen fahrenden Untersatz dabei ohne Parkplatzsuche und Gebühren. Okay, ich zahle die übliche Autoversicherung, aber das ist nun nicht so viel, wenn ich es so umrechne. Nun, je nachdem wie ich mich als Wagen fühle, könnte ich durch nächtliches Schlafen auf Parkstreifen und Parkplätzen Hotelkosten sparen. Das hängt allerdings davon ab, wie lange ich diesen Zustand halten kann. Dazu brauche ich noch Tests und Erfahrungswerte.

Die zweite Woche habe ich ähnlich entspannt verbracht, mit kleinen Ausflügen zu Fuß, natürlich mit beiden Bandagen, auch wenn ich sie nicht mehr brauche, doch das würde nur unnötige Fragen aufwerfen, sollte jemand einen Blick dafür haben.

Von Seiten der Arbeit kommen erstaunlich wenige Fragen und ich gehe davon aus, dass dort im Team alles gut läuft. Ich bin ja auch nicht der Teamleiter, die Verantwortung möchte ich auch gar nicht haben. Deswegen bin ich auch neugierig, als ich dort auftauche, nach kurzer Überlegung doch besser noch den Aufzug nehme und darauf achte etwas gemäßigten Schrittes zu gehen. Die Bandage ist unter dem Stoff der Hose noch erkennbar, auch wenn ich sie extra drunter ziehe, damit sie nicht so ins Auge sticht.

Die Begrüßungen fallen meist erfreut, oder zumindest erleichtert aus, was mich doch etwas aufhorchen lässt. Was war hier in den vergangenen zwei Wochen denn los, dass sie meine Rückkehr kaum erwarten können. Immerhin hat sich doch schnell herum gesprochen, dass es nichts schlimmes bei mir war, also keine großen Hiobsbotschaften. In meinem Büro erwartet mich die Antwort auf genau diese Frage. Und als ich die Glastüre öffne, fällt mir zuerst der leichte Lavendel-Duft auf, der in der Luft hängt. An meinem Tisch steht eine junge Frau im Business-Kostüm, die Haare im sportlichen Zopf, der mit einer eigenen Haarsträhne als optisches Gummiband umwickelt ist, vermutlich verdeckt sie damit das eigentliche Haargummi und das sehr geschickt. Blonde Haare, braune Augen, die jetzt zu mir wandern und mich katzenhaft ansehen. Vom sehen her kenne ich sie schon, auch wenn mir ihr Name gerade nicht einfallen möchte. Sie dreht sich zu mir herum, hebt die Augenbrauen leicht: „Mr. Sheldon, es freut mich sie zu sehen. Sie sehen ja schon wieder richtig fit aus." Jetzt hebe ich selbst auch leicht die Augenbrauen, denn wir duzen uns hier im Team größtenteils und bleiben beim Vornamen. In Ordnung, neues Gesicht, neue Sitten. „Danke, es geht mir auch wieder gut. Ab und an brauche ich noch eine kleine

Pause, aber das ist alles machbar", kommt es auf meine übliche freundliche Art und Weise, die bei ihr allerdings keinerlei Regung hervor ruft! Wow, haben wir es hier mit einem kleinen Eisklotz zu tun? „Das freut mich. Ich kann ihnen diese Woche ja noch etwas beiseite stehen und gehe dann ab nächste Woche wieder zurück", schlägt sie vor und möchte sich gerade wieder an den Schreibtisch setzen, als ihr noch früh genug einfällt, dass dies ja nun wieder mein Platz ist. Wie schon erwähnt, keinerlei Regung im Gesicht, dafür geht sie an einen Beistelltisch, nimmt sich dort einen der Stühle und stellt ihn an die Seite des Schreibtisches.

So sitzen wir bald beide dort, sie erklärt mir die Vorgänge der letzten zwei Wochen und ich muss zugeben, sie hat gute Arbeit geleistet. Wobei ich dann doch kurz stocke, überlegen muss, ehe ich halblaut nachfrage: „Hatte ich dort nicht die 17 Zoll-Bereifung eingetragen?" Ich zeige auf einen der vier Wagen, die hier gerade auf Sonderwunsch hergestellt werden. Kurz schürzt sie die Lippen, nickt sachte: „Das kann durchaus sein. Ich hatte noch ein Gespräch mit dem Kunden und habe es dann geändert. So hat der Wagen eine weichere Optik." Ich atme merklich ein, als ich ihre Worte höre, hat sie da den Kunden etwa umgestimmt? Nicht der feinste Zug! „Hat er das so gewünscht?" hake ich deswegen nach und sehe nur vage einen Anflug von Unsicherheit, ehe sie wieder wie gewohnt antwortet: „Er hat mich gefragt, welchen Reifen ich nehmen würde und welche Felgen. Und ich habe ihm dieses Set empfohlen."

Okay, ganz ruhig Morgan, tief durchatmen... Denn auch wenn wir selbst persönliche Präferenzen haben, dürfen diese mitnichten im Kundengespräch landen. Theoretisch lernt das wohl jeder am Anfang der Ausbildung. Wer weiß wo sie zu der Zeit ihre Aufmerksamkeit hatte. Ich nehme mir vor, unserer vorläufigen Zusammenarbeit trotz allem noch eine Chance zu geben, setze ein fast schon gütiges Lächeln auf und antworte: „Es wäre allerdings ratsamer, die Entscheidung dem Kunden zu überlassen, der den Wagen fährt." Und in meiner Stimme schwingt ein leicht bestimmender Unterton mit, der wohl auch der Grund für sie ist sich zu besinnen, wer hier im Büro das Sagen hat. In ihrem Gesicht spiegelt sich kurz eine Mischung aus Erstaunen und Widerwillen, ehe die Professionalität wieder die Oberhand gewinnt und sie nickt, mehr nicht.

In Laufe der nächsten Woche gibt es leider immer wieder ähnliche Momente, in denen sie entweder meine Entscheidungen korrigieren möchte, oder zeigt dass sie damit nicht einverstanden ist. Und mich wurmt ihr Kompetenz überschreitendes Verhalten nicht als Einziger. Als wir uns dann an der Kaffeemaschine treffen, folgt die Eskalation..."Kann es sein, dass du nicht damit klar kommst, dass ich dich nicht wie der Rest der Büromiezen anhimmle?" Die Worte werden seitlich wie kleine Pfeile auf mich abgeschossen und ich brauche zwei Sekunden, um ihren Inhalt zu realisieren. „Für gewöhnlich beantworte ich

81

keine Frage mit einer Gegenfrage, doch heute mache ich in diesem Moment eine Ausnahme. Kann es sein, dass du ein Problem damit hast jemanden als Kompetenz ebenbürtig anzuerkennen? Und damit beende ich diese Unterhaltung, ehe sie noch alberner wird." Ich nehme meinen Kaffeebecher und verlasse damit den kleinen Pausenraum, um in mein Büro zurück zu kehren. Sie betritt es eine Viertelstunde später und für den Rest des Tages herrscht eisiges Schweigen, Miss Eisklotz in Vollendung!

Ein paar Tage später fällt mir auf, dass meine Daten geändert werden! Und nicht nur mir fällt es auf, denn bald habe ich meinen Vorgesetzten am Telefon, er hätte gerade zehn Minuten für mich Zeit. Da ich weiß, dass wir keinen Termin vereinbart haben, ist es klar, dass er mich keinesfalls um meine Anwesenheit bittet! Also mache ich mich ohne ein weiteres Wort zu verlieren auf den Weg in sein Büro.

„Hallo Morgan. Gut dass du so schnell Zeit hast. Wir müssen dringend miteinander sprechen", Die Miene meines Gegenübers ist ernst und er bietet mir einen Platz auf den Besucherstühlen an, den ich auch gerne annehme, ehe ich antworte: „Es klang dringen, hier bin ich, was ist passiert?" Mein Blick wandert fragend über sein angespanntes Gesicht, findet dort allerdings keine Antworten. „Das möchte ich gerne von dir wissen. Nach der Sache mit der Datenpanne läuft unser System auf einer anderen Sicherheitsstufe. Deswegen ist auch aufgefallen, dass es bei dir widersprüchliche Zugriffe gibt, von deinem Rechner aus, bei denen Datensätze verändert werden. Allerdings kann niemand die Logik darin nachvollziehen, außer dass damit die Kundenbestellungen manipuliert und damit der Firma geschadet wird. Dreimal war es kurz vor der Freigabe für die Produktion, das Ergebnis wäre fatal gewesen, aber das brauche ich dir ja nicht zu sagen. Morgan, was ist los?"

Ich lasse ihn ausreden, atme kurz durch und sehe ihn dann ehrlich und ruhig an: „Mir ist es heute auch aufgefallen, zehn Minuten vor deinem Anruf, allerdings hatte ich noch entsprechende Ausdrucke, so dass ich es schnell korrigieren konnte. Um ehrlich zu sein, ich habe keine Ahnung, aber eine böse Vermutung. Madame Eisklotz, mit der ich immer noch mein Büro teile." Und ich erzähle ihm von dem Gespräch an der Kaffeemaschine, bei dem ich sie ja bekanntlich dezent abblitzen lassen habe. Er schüttelt nur kurz den Kopf: „Dummerweise läuft ihr Rechner über deine IP, deswegen können wir es nicht auseinander halten." Er grübelt und schaut irritiert, als sich mein Gesicht aufhellt: „Wie wäre es, die Zugriffe mit meinen Arbeitszeiten abzugleichen?" - „Der Vorschlag ist gut, danke. Ich werde mich darum kümmern und mich dann bei dir melden", nickt er und entlässt mich damit aus dem Gespräch.

Nachdenklich kehre ich ins Büro zurück und fange in letzter Sekunde ihren fast schon lauernden Blick auf! Ich gebe vor ihn nicht zu sehen, setze mich an meinen Schreibtisch und meine Arbeit fort. Nur mit dem Unterschied, dass ich jetzt jede Datei mit einem Passwort verschlüssle! Nebenher nutze ich den Moment ihrer Abwesenheit während eines vermutlichen Toilettenganges, um eine komplette Sicherheitskopie zu ziehen! Keine Ahnung, wieso ich in dem Moment darauf komme. Als sie zurückkommt, arbeitet sie weiter an ihrem Rechner und nur kurz taucht eine steile Längsfalte zwischen ihren Augenbrauen auf, wirft sie mir einen kurzen fragenden Blick zu. So geht es eine ganze Stunde, irgendwas scheint sie zu stören und schließlich hebt sie den Blick zu mir: „Morgan, ist alles in Ordnung?"

Im ersten Moment bin ich wirklich überrascht, denn erstens spricht sie mich mit Vornamen an und zweitens klingt ihre Stimme ehrlich besorgt! Sollte ich mich in ihr getäuscht haben? Aber wer sonst hat direkten Zugriff auf meinen Rechner? Mein Verstand drängt sich in den Vordergrund und mahnt zur Vorsicht und ich lächle sachte: „Ja, alles in Ordnung, danke der Nachfrage." Ihr Gesichtsausdruck zeigt, dass sie sich nur ungern mit der Antwort zufrieden gibt, doch eine andere Möglichkeit bleibt ihr ja nicht. Also setzt sie ihre Arbeit fort, egal worin diese auch gerade besteht, denn ihr Blick wird immer konzentrierter.

Eine weitere Woche vergeht und ich frage mich, wieso sie eigentlich immer noch da ist. Die Auswertungen meines Zeitkontos haben leider keine erfreuliche Nachricht erbracht, es wurde immer innerhalb meiner Anwesenheit geändert! Ich schüttle nur verständnislos den Kopf, als nun mein Chef mich über den neues Stand der Dinge in Kenntnis setzt, ziehe dann eine zusammen gefaltete DIN-A4-Seite aus der Jackett-Tasche und reiche sie ihm: „Das sind Dateien, an denen ich selbst seit dem letzten Gespräch gearbeitet habe. Sie wurden alle von mir mit einem Passwort geschützt. Eine Sicherungskopie habe ich davon auch noch gezogen. Eine Stunde später werde ich erstaunlich besorgt und persönlich angesprochen, ob alles in Ordnung wäre." Aufmerksam hört er sich meine Worte an, nickt und nimmt den Zettel an, auf dem ich auch jeweils die Zugriffszeiten eingetragen habe. „Du verstehst, dass es echt keine einfache Situation ist und wir immer noch nichts beweisen können. Böse gesagt, du könntest die Liste manipuliert haben." Bei seinen Worten stellen sich mir die Nackenhaare auf! „Soll das heißen, dass du mir nicht glaubst?" hake ich nach, versuche dabei ruhig und leise zu bleiben, was mir echt schwer fällt, „Soll ich meine Kündigung schreiben, oder machst du es? Darauf läuft es doch hinaus, oder? Und alles nur wegen einer labilen Büromieze, die mir einen pinnen möchte?" Okay, das sind nicht die besten Worte, doch wir kennen uns schon lange und er weiß, dass ich keinen Grund für so ein Spiel hätte. „Entweder sie wird aus meinem Büro abgezogen, oder ich bin weg. Denn solange sie da ist und keinen Fehler macht, geht das Theater sicherlich weiter. Ich bin hier gerne und ich liebe meine Arbeit. Deswegen habe ich keine Ambitionen sie mir kaputt machen zu lassen. Aber ich habe es auch nicht nötig, von ihr verarscht zu werden."

Ich sehe ihn ernst an und verlasse dann das Büro, weil ich spüre wie ein leicht flaues Gefühl in mir aufsteigt. Trotz allem versuche ich nicht zu eilen, verschwinde im Flur und die Treppen hinunter und erreiche gerade den hinteren Hallenteil, als mir die Beine weg sacken und ich auf die Knie falle. Ich höre näher kommende Stimmen, doch als die beiden Mitarbeiter um die Ecke kommen, finden sie nur noch den Pepper White lackierten JCW vor! „Da ist er ja. Dann fahren wir ihn mal hinaus auf den Parkplatz." Bevor sie jedoch einsteigen können erklingen Rufe und sie entfernen sich wieder.

Eindeutig zu meinem Glück, denn ich spüre das leichte Kribbeln und es dauert nicht lange, bis ich mich wieder von den Knien erhebe und mir selbige etwas abklopfe, um dann in den Flur zu gehen und mit dem Aufzug hoch zu fahren. Oben steht mein Chef in meinem Büro, als ich die Tür öffne.

„Sorry, ich brauchte kurz etwas Luft", entschuldige ich mich für meine Abwesenheit und er nickt wissend. „Ich gehe davon aus, dass du dir deine Überstunden auszahlen lassen möchtest. Und vielleicht noch zwei Wochen bis Monatsende Urlaub nehmen, um den Rest auch auszahlen zu lassen?" Ich wundere mich kurz, dass er so offen spricht, ehe mir auffällt, dass Madame Eisklotz nicht anwesend ist und antworte sachlich: „Genau so ist es. Ich werde dann jetzt meine Sachen packen und aus stempeln." Sein Blick zeigt deutlich, dass ihm die Situation mehr als unangenehm ist, doch ohne entsprechende Beweise spricht alles gegen mich, welchen Grund auch immer ich angeblich dafür haben sollte.

Eine Viertelstunde später habe ich meine wenigen persönlichen Dinge in einer kleinen Stofftasche verpackt, den Rechner gesichert und hinunter gefahren und sämtliche Passwörter ausgehändigt. Auf dem Flur treffe ich mit Madame Eisklotz zusammen, die mich irritiert anschaut und raune ihr leise ein „Jetzt hast du deine Ruhe" zu, ehe ich in den Flur verschwinde und die Treppen hinunter gehe.

An der Pforte gebe ich nach dem aus stempeln meine Mitarbeiterkarte ab und ernte erstaunte Blicke, so dass ich antworte: „Manches ist nicht zu verstehen." Ohne einen weiteren Blick zurück gehe ich meines Weges. Innerlich kämpfe ich gegen die aufwallenden Gefühle an, in denen sich Wut, Enttäuschung und Resignation mischen. Ich hoffe dass sie firmenintern die Wahrheit heraus finden. Aber, würde ich zurückkehren?

Kapitel 15

Nach einem Gespräch mit meinen Eltern, die über den Vorfall echt nur den Kopf schütteln können, mache ich mir eine Kostenauflistung, schaue mir meine Reserven an und beschließe, dass ich es mit der Suche nach Arbeit nicht überstürzen muss.

Deswegen genieße ich meine neu gewonnene Freiheit, auch wenn es merklich in mir zieht, wenn ich am Werksgelände vorbei komme. Der Kontakt zu alten Arbeitskollegen hält sich in Grenzen, noch ist es nicht geklärt und niemand möchte Öl ins Feuer gießen. Allerdings zeugen die wenigen SMS davon, dass sie auf meiner Seite sind.

Viel zu sehr in Gedanken düse ich gerade die Straße entlang. Vielleicht ist es der Frust darüber, der mich Gas geben lässt. Als ich mir dann der steilen Kurve bewusst werde, ist es zu spät und auch wenn ich noch anbremse, trägt es mich aus der Fahrbahn und die Böschung hinunter, ehe ich unten von dem über mir zusammen schlagenden Wasserfluten komplett ausgebremst werde! Blubbernd gehe ich unter und spüre bald den schlammigen Untergrund unter den Reifen. Ich versuche erfolglos den Motor zu starten, aber die Zündung bleibt aus, auch wenn mein Herz ja weiter schlägt, anscheinend gibt es da doch noch einen Unterschied. Wie lange würde ich das wohl noch aushalten? Leichte Panik steigt in mir auf und ich halte instinktiv den Atem an.

Wie lange es wohl dauert? Kleine Funken tauchen vor meinen Augen auf und mir wird schwindelig. Ich spüre Auftrieb! Als ich die Augen öffne, treibe ich an die Oberfläche und fange an mit Armen und Beinen zu rudern, bis ich eine seichte Uferstelle erreiche! Hustend krieche ich heraus und habe eine neue Lektion gelernt, der Wagen beschützt den Menschen. Hätte ich fahren können, wäre die Wandlung vermutlich nicht passiert. Da mir dort aber die Luft ausblieb und ich keinesfalls testen wollte zu atmen, ist die Rückwandlung eingesetzt.

Vollkommen durchnässt tappe ich los, nachdem ich schnell überprüft habe ob mir etwas in den Taschen fehlt und alles an seinem Platz ist. Meinem Handy darf ich wohl erst einmal eine große Schüssel mit Reiskörnern zum austrocknen spendieren.

In der Ferne höre ich Sirenen und Stimmen. Anscheinend hat jemand es gesehen und die Polizei gerufen. Noch sind sie dort beschäftigt und ich ein gutes Stück abwärts, deswegen nutze ich die Gelegenheit eilig fort zu kommen, denn ich könnte ihnen die Sache ja wohl kaum erklären. Einen Kilometer weiter fühle ich das erlösende Kribbeln und die Wandlung setzt ein! Ein Glück, so komme ich eindeutig schneller heim!

Auf den Schrecken hin gönne ich mir am nächsten Tag einen Besuch auf dem Markt. Also geht es los zum 'Covered Market'! Auf vier Rädern ist er zwanzig Minuten entfernt. Der Markt besteht aus einer großen Halle, gebaut 1772 und ist ein Reich der Sinne, für Auge und Gaumen. In den schmalen Passagen sind fünfzig Läden verteilt, käfigartig angeordnet und nur nach vorne hin geöffnet. Mittlerweile gibt es auch eine bunte elektronische Marktbeleuchtung. Auf kleinstem Raum findet sich abgehangenes Fleisch, Wachteleier, Karpfen, Himbeeren, Melonen, Tee, putzige Haustiere, irische Wollpullis, Lederwesten, Hüte, Koffer, ...und noch wer weiß was alles, ich bekomme es nicht mehr komplett zusammen.

Ich düse also durch die Straßen, parke kurzerhand in einer verlassenen Einfahrt und laufe dann das letzte Stück munter zu Fuß. Als ich die Halle betrete, schlägt mir die Mischung aus Gesprächsfetzen, Warenanpreisung und Musik entgegen. Langsam schlendere ich durch die Gänge, schaue mir die einzelnen Stände an, die mit schon erwähnten und allen anderen Waren voll gestopft sind. Die Augen können kaum alles wahrnehmen, was sich ihnen bietet, schweifen munter umher und genießen die kleinen und großen optischen Wunder! Und selbst die doch erhebliche Geräuschkulisse macht nichts mehr aus.

Deswegen tauche ich einfach mitten hinein, schnuppere hier und da, bleibe dann stehen, als mir Kaffeeduft in die Nase steigt. Spontan biege ich entsprechend ab, mache an einem der kleinen Käfige Halt und stärke mich mit einem großen Kaffee und ein paar Scones. Zu diesen leckeren Rosinenkuchen in Brötchenform, mit leckerer Marmelade und Butter oder dicker Sahne kann ich nicht nein sagen. Ein Platz an einem der kleinen runden Tische ist auch bald gefunden und ich genieße die kleine Mahlzeit, während ich mir beiläufig die anderen Besucher anschaue.

Der Vorteil ist, der Aufenthalt hier kann wetterunabhängig gestaltet werden. Allerdings wird es hier bei prallem Sonnenschein ordentlich warm unter dem Dach. Heute ist es sehr angenehm und für eine Weile lasse ich mich von der Stimmung einfangen, während ich esse und an meinem Kaffee nippe. Drum herum blüht das pralle Leben! In den Marktständen wird um die Preise gefeilscht, nur Touristen trauen es sich kaum, erst Recht wenn sie die Lautstärke dabei registrieren, die den Vorgang begleitet, ehe eine Einigung erzielt ist oder der Kunde ohne Ware von dannen zieht, wenn ihm die Summe zu üppig ist.

Groß und Klein drängelt sich neugierig um Regale, Tische, Stände, auf denen sich interessante Teile befinden, die frisch aus USA, Europa, Asien oder sonst wo her kommen. Kleine Naschkatzen verlangen nach Eis, Bonbons, Limonade. Manch Elternteil schafft es die Vernunft des Kindes anzusprechen und es dann mit Wasser, einem Sandwich oder Pie zufrieden zu stellen, andere geben resigniert auf. Insgeheim bin ich froh, damit keine Probleme zu haben, auch wenn mein Draht zu Kindern nicht der Schlechteste ist, aber wie wäre ich wohl als Vater?

Ab und an mache ich mir wirklich solche Gedanken, allerdings halten sie schlussendlich nicht meiner freien Lebensweise stand. Und jetzt würde noch erschwert hinzukommen, dass ich nicht weiß, wie weit die Mutation meiner Gene vererbbar ist. Von daher sollte ich mir da in Zukunft keine Wunschgedanken mehr drüber machen, sondern weiter mein Leben genießen. Denn in einer Beziehung taucht früher oder später immer das Thema Kinderwunsch auf.

Jetzt taucht aktuell der leere Boden meines Kaffeebechers auf! Und ehe ich den letzten Schluck nehme, schiebe ich mir das letzte Stück Scones mit Rahm in den Mund, kaue ihn genießend und schicke ihn abschließend mit dem Kaffee auf die Reise. Zufrieden gesättigt sehe ich mich um, ehe Becher und Papptablett im Müll landen und ich durch die verwinkelten Gänge schlendere.

Wer erinnert sich noch an Bonnie? Der kleine Bücherwurm mit den langen kastanienbraunen Wellenhaaren und den ebenso braunen Augen, die mich mit der ominösen Seite 20 so neugierig gemacht und anschließend im G+D's überrascht hatte. Wir besitzen zwar gegenseitig die Handynummern, doch noch ist es zu keinem weiteren Treffen gekommen, also sie auch nicht im Kreise meiner 'Wanderblumen' aufgenommen. Dennoch denke ich ab und zu an sie, wenn ich an der 'Radcliff Camera' vorbei komme. Ein großer Rundbau im italienischen Renaissance Stil von 1749. Zumindest ist dies das Jahr der Fertigstellung, begonnen wurde schon 1739. Und mittlerweile ist es ein studentischer Leseraum und ansonsten für die Öffentlichkeit nicht zugänglich.

Oder wenn ich mich in einer der Filialen von Blackwell aufhalte, die überall in Oxford verteilt sind. Sie liegen unterirdisch, zum Beispiel gibt es da den Norrington Raum, oder unter den College Gärten vier Kilometer laufende Regal-Fläche auf 10.000m². Ein Paradies für kleine und große Bücherwürmer, ohne störende Angestellte. In der Filiale an der Broad Street ist sogar Sonntags von zwölf bis siebzehn Uhr geöffnet und das Café Nero lädt ein, das dort beheimatet ist!

In der Bibliothek vom 'All Saints College' sind auch viele Bücherwürmer zu finden. Sie wurde von einem Zuckerbaron aus Barbados als Aufbewahrungsort für seinen Bücherschatz finanziert und ist im am besten ausgestatteten Elite-College der Stadt untergebracht. 1437 gegründet und inklusive klassisch symmetrischen Innenhof wie ein gotisches Märchenschloss gebaut. Hier findet man die 'Cremé de la Cremé' an Studenten, die in dieser fürstlich anmutenden Residenz nicht schnöde 'studieren' oder 'lernen', sondern erforschen und austauschen, mit anderen Koryphäe ihres Gebietes. Wer hier zum 'Fellow of All

Saints' ernannt wird, braucht zu niemandem mehr hinauf schauen, da die höchste Sprosse der Karriereleiter schon erreicht ist. In der ehemaligen Kirche von All Saints von 1208 befindet sich übrigens ein weiteres Bücherwurm-Paradies, die College-Bücherei vom Lincoln. In dessen unteren Mauern finden Leckerschmecker die 'Deep Hall', Oxfords beliebtester Bierkeller und die Turl Bar im ehemaligen Stall.

Um die Studienbereiche und Büchereien rund abzuschließen, erwähne ich auch noch flott das 'Merton College', in der gleichnamigen Straße. Ebenso wie das 'Extender College', das namenhafte Autoren wie J.R.R. Tolkien und Philip Pullman besuchten und zu guter Letzt noch das 'Christ Church College'. Nun sind wie einmal komplett rund herum und durch! Interessant oder? J.R.R. Tolkien hat sich übrigens gerne im 'Eagle and Child' aufgehalten, ebenso wie C.S. Lewis. Zu viele Infos? Okay, okay, belassen wir es dabei.

Wie fing das alles noch an? Ach ja, Bonnie mein Bücherwurm... Bei dem Gedanken an sie schummelt sich glatt ein Lächeln auf mein Gesicht, ehe ich mein Handy aus der Tasche ziehe und ihr eine SMS schicke: 'Hey Bücherwurm, habe eben an dich gedacht.' Ich stelle das Handy auf lautlos und lasse es vor mir auf dem Tisch liegen, so dass ich die eventuelle Ankunft einer Rückantwort zumindest am Benachrichtigung-Licht sehen kann. Allerdings dauert es. Erst nach zwanzig Minuten signalisiert das Blinken eine eingetroffene Kurznachricht! In der Zeit ist mir sogar für einen Moment der Gedanke gekommen, dass sie mich vielleicht nicht mehr sehen möchte, immerhin habe ich ja schon seit vor Weihnachten nichts mehr von mir hören lassen... Die Zeit verging aber auch wie im Fluge. Selbst von meiner Zeit in der Klinik weiß sie nichts. Ohne so viel Glück hätte sie heute wohl auch nichts mehr von mir gehört.

Neugierig lese ich ihre Nachricht und bekomme das Grinsen nicht mehr aus dem Gesicht: 'Na du treulose Tomate. Ich habe schon überlegt die Suchhunde auf dich anzusetzen, warst ja echt lange verschollen. Ich bin gerade am Brown's angekommen, irgendwie fällt mir Zuhause die Decke auf den Kopf.' Beim letzten Satz lache ich leise aber herzlich und ernte deswegen von einigen Anwesenden fragende oder irritierte Blicke, so dass ich mit entschuldigender Geste kurz die Hand hebe und dann zurückschreibe: 'Na, komm ruhig rein, ich hätte sogar noch einen Platz bei mir am Tisch für dich frei.'

Es dauert keine Minute, ehe ich sie draußen hell auflachen höre! Keine zweite Minute später sehe ich sie vom Eingang aus durch den Raum schlendern und sich suchend umsehen, so dass ich ihr dezent zuwinke, nachdem ich aufgestanden bin, um auf mich aufmerksam zu machen. „Na, wenn das mal keine glückliche Fügung ist. Hallo Morgan, schön dich zu sehen", damit nimmt sie mich kurz in den Arm. „Hey Bücherwürmchen, ich freue mich auch. Da hatten wir beide die gleiche Idee", damit biete ich ihr die freie Platzwahl an und sie setzt sich mir gegenüber. „Ich liebe die Smoothis und Cocktails hier. Mal davon abgesehen, dass auf der Karte Gerichte aus aller Herren Länder zu finden sind", gerät sie förmlich ins Schwärmen.

Das Brown's macht seinen Namen alle Ehre, denn die elegante Einrichtung besteht aus dunkelbraunen Möbeln. Dazu ein Flügel auf einem Podest und als weiterer Hingucker hängt unter einem Glas-Dachfenster eine große Bahnhofs-uhr. Die lange Theke eignet sich ebenfalls gut, um die Wartezeit auf einen Tisch zu überbrücken und sich der Mischung aus Kaffeehaus und Lounge hinzuge-ben, oder dem Live-Jazz, der hier mehrmals im Monat gespielt wird.

„Da hast du allerdings Recht, die Karte ist so umfangreich wie abwechs-lungsreich und bis jetzt hat alles wunderbar geschmeckt", nicke ich und ja, wir könnten hier förmlich aus der Werbung eines Reiseführers entsprungen sein, so wie wie uns anhören. Das stört mich nicht im Geringsten und Bonnie auch nicht, so wie ich sie kenne. Ich winke dezent einer Bedienung, als sie an unse-rem Tisch vorbei kommt und mit flinken Fingern nimmt sie unsere Bestellung auf, ehe sie sich dann wieder zurück zieht. Für einen Augenblick sitzen wir schweigend dort! Und ich frage mich was gerade passiert. Bonnie schaut mich auch kurz etwas unsicher an und ich befürchte die Situation könnte kippen.

„Du weißt, dass ich nicht an Zufälle glaube", endlich unterbricht ihre leise Stimme die scheinbar ewig andauernde Stille, auch wenn es vermutlich nur ma-ximal zehn Sekunden waren. „Genauso wenig wie ich", nicke ich ihr lächelnd zu, „von daher kann uns wohl kaum Kommissar Zufall sondern das Schicksal heute zusammen geführt haben?" Die Ausführung gefällt ihr und sie kichert lei-se: „Oder das Schicksal hat Kommissar Zufall einen leichten Wink gegeben, wer weiß das schon so genau? Auf jeden Fall finde ich diese Tatsache alleine klasse, dass wir jetzt hier sitzen. Ich gebe zu, ich habe nach unserem Treffen viel nachgedacht." Die letzten Worte klingen selbst schon nachdenklich und ich hebe kurz sachte die Augenbrauen, sehe sie an: „Du machst mich neugierig."

„Naja", kurz scheint sie leicht auf dem Stuhl hin und her zu rutschen, „wie oft siehst du deine Blümchen, auf der mehr oder weniger großen Morgan Shel-don-Blumenwiese?" Ha, das hat ihr anscheinend keine Ruhe mehr gelassen und ich finde es interessant. Wie war noch mein Gedanke bei unserem ersten Tref-fen? - Stille Wasser sind tief... Das scheint bei ihr anscheinend auch zuzutref-fen. Und es bringt mich zum schmunzeln: „Nun, das kommt auch darauf an, wie oft die wunderschönen Blumen ihr Bienchen sehen möchten." Vermutlich nicht die Antwort, die sie hören möchte, denn Bonnie seufzt nur leise: „Du bist fies. Und... hast du schon mal an eine der vielen Blumen dein Herz fest ver-schenkt?" Innerlich seufze ich gerade auf, denn die Frage muss ja unweigerlich irgendwann kommen. Wobei ich mich schwach daran erinnern kann, dass sie mich im 'Georges&Delila' auch schon nach einer festen Freundin gefragt hat.

„An meiner Einstellung zu festen Beziehungen hat sich noch nichts geändert. Bis jetzt kam auch jede Blume damit zurecht, dass Mr. Schmetterling hier und da und dort schnuppert und schnuckert." Ist das jetzt Erleichterung oder Enttäuschung in ihrem Blick? Ich kann es nicht wirklich deuten, was aber auch an der kuscheligen Beleuchtung liegen kann. „Irgendwie beruhigt mich das. Naja, ich wäre zumindest gerne ein Probezeit-Blümchen", zwinkert sie mir dann frech zu, „bis wir uns in dem Punkt beschnuppert haben. Also keine festen Versprechungen oder Verpflichtungen?" Auf ihre letzten Worte hin schüttle ich nur den Kopf: „Keine festen Versprechungen oder Verpflichtungen. Wir sind ja nicht Meister und Dienerin." Jetzt schaut sie überrascht und ich befürchte, sie hatte die ganze Zeit so etwas in der Art vermutet! Ach du Scheibenhonig! „Ich meine", kommt es etwas verlegen von mir, „ich gehe schon auf persönliche Blümchen-Vorlieben ein, aber ich nehme sicherlich nicht nur genau diese Nr.1-Position ein." Sie lacht leise, ehe ihr Blick verschwörerisch zu mir hinüber wandert: „Hm, würdest du es bei mir denn versuchen? Ich gebe zu, ich habe genau in die Richtung gedacht und es hat mich doch neugierig gemacht." Mein Kopf legt sich leicht schief: „Ich kann es mal versuchen. Bist du nun enttäuscht?" Ihr Kastanienschopf wird geschüttelt: „Ich bin nicht enttäuscht, eher erleichtert. Denn ich habe schon befürchtet, falls es nicht mein Stil sein sollte, dass ich dann damit nicht klar kommen könnte und es uns wieder auseinander treiben würde wie Seerosenblätter." Der Vergleich gefällt mir gut. „Keine Sorge, daran sollte es nicht scheitern, im übrigen mache ich das nicht nur davon abhängig. Und ich lande ja auch nicht mit jeder Frau die ich treffe im Bett."

So, damit scheinen wohl die Ungereimtheiten aus dem Wege geräumt zu sein, denn sie sieht viel entspannter aus, als die Kellnerin mit unseren Getränken kommt. Bonnie hat sich für einen alkoholfreien Cocktail entschieden, ich für eine leichte Weinschorle. Sachte prosten wir uns zu und probieren unsere Getränke, beide entsprechen jeweils unseren Erwartungen. „Ich habe übrigens auch immer mal an dich gedacht und mich darüber amüsiert, dass das Buch tatsächlich ein Blindgänger war, aber so was von gut. Und wenn ich zwischendurch irgendwo Bücher gesehen habe, da hat sich ebenfalls so ein kleiner Bücherwurm in meine Gedanken geschlichen...", gebe ich leise zu und sehe wie sie errötet. „Welche Frau hört das nicht gerne", kommt leise über ihre blutroten Lippen und sie lächelt fast schon ein wenig verführerisch, das Bücherwürmchen taut auf, eindeutig stilles Wasser! „Hm, ich glaube fast jede mag das", setze ich den kurzfristigen Smalltalk fort, auf jeden Fall besser statt sich an zu schweigen. Und sie kann ja nicht immer so forsch sein wie bei unserem ersten Treffen.

„Ist es dann eigentlich auch Liebe, was du für eine Blume empfindest, oder nur Lust und Verlangen?" Es scheint sie wirklich zu interessieren und sie fragt so diskret, dass es niemand sonst mitbekommen kann. Jetzt muss ich doch kurz über die Antwort nachdenken, was aber auch zeigt, dass ich damit nicht leichtfertig umgehe. Und nach einem kleinen Schluck erwidere ich: „Sagen wir es so, ich bin für meine Blumen da, nicht nur auf erotischer Ebene, sonder auch als guter Freund. Also ist es doch so eine Art Liebe, nur nicht an eine Person gebunden, oder?" - „Hm, das hast du schön beschrieben. Ja, so würde ich das auch bezeichnen." Und ihr ruhiger und offener Blick zeigt, dass damit wohl nun endgültig alle Fragen zu dem Thema beantwortet sind und sie sich tatsächlich zum 'Probezeit-Blümchen' entschlossen hat.

Eine Mahlzeit und zwei Getränke weiter, purzeln unsere Gesprächsthemen wild durcheinander, zwischendurch von leisem Gelächter unterbrochen und so verstreichen drei Stunden. Ab und an stupsen ihre Fingerspitzen an meine, wenn ihre Hand schüchtern über den Tisch wandert und jetzt gerade nutze ich die Gelegenheit und fange sie sanft mit meinen Fingern ein, streichle sie kurz, ehe ich mich wieder ein Stückchen zurück ziehe. Sie nagt sachte an ihrer Unterlippe und der Blick hinter ihren entspiegelten Gläsern spricht kurz eine eindeutige Sprache. Natürlich fange ich die Signale auf, sehe sie lange und direkt an, überlasse damit ihr die Entscheidung: „Möchtest du noch etwas bestellen oder lieber zahlen?" Mir scheint, sie hätte auf genau diese Worte schon gewartet, denn sie atmet merklich ein, öffnet die Lippen leicht, ehe ihre Antwort leise herüber perlt: „Ich würde lieber zahlen. Ich könnte mich daheim auch an einer Weißweinschorle versuchen, wenn du magst." Auf ihre Einladung hin nicke ich leicht lächelnd und spüre, wie die Schmetterlinge in meiner Magengegend wieder aufflattern. Ein kurzer Wink zur Bedienung, die kurz danach auch erscheint und auf meine Bitte hin die Rechnung bringt. Ja, dieses Mal möchte Bonnie einfach mal für sich zahlen, und ich akzeptiere es.

Kurz darauf verlassen wir das Brown und gehen zusammen durch die Straßen von Oxford, ihre Wohnung als Ziel, die wir nach einer Weile auch erreichen, wobei ich mich eher auf sie als auf den Weg konzentriert habe, was aber nichts macht, mir reicht die Adresse, um sie wieder zu finden! An der Haustüre bleibt sie stehen, schaut mich an: „Alles was hier passiert, bleibt auch hier?" Ich nicke ihr sachte zu: „Ja, so halte ich es für gewöhnlich. Wir können uns auch an einem neutralen Ort treffen, wie du es magst." Doch sie schüttelt den Kopf: „Nein, das ist kein Problem." Und damit schließt sie die Haustüre auf und lässt mir den Vortritt, nachdem sie lächelnd auf die Wohnungstüre im Erdgeschoss gezeigt hat. Also gehe ich zumindest so weit hinein, dass sie die Haustüre hinter mir schließen, und an mir vorbei huschen kann, wobei ich kurz ihre Nähe genieße, ehe sie dann die Wohnungstür aufschließt. Kurz überfällt sie eine Woge der Nervosität, was auch ihren Worten anzuhören ist, als wir beide drinnen in ihrer Wohnung stehen: „Ich habe noch nie einen Mann mit Heim genommen." - „Dann ist es für mich eine besondere Ehre", antworte ich ruhig und meine Handfläche legt sich sanft an ihre Wange, „dass ich heute der Erste sein darf." Es folgt eine kurze Führung durch ihre Wohnung, bezüglich Wohnzimmer, Bad und Gästezimmer. Tatsächlich, sie hat ein kleines Zimmer gemütlich als Gästezimmer eingerichtet. „Du siehst, da können wir es uns gemütlich machen", lächelt sie zu mir hoch und überlässt mir die Wahl des Raumes, wobei ich für den Anfang dann doch das Wohnzimmer vorziehe. Dort kredenzt sie uns beiden erst einmal einen guten Wein, pur, ohne Wasser und rot wie Blut! O ha! Ich bin gespannt wie sich das noch entwickeln wird!

Die Entwicklung schreitet sehr interessant fort, denn nach dem ersten Glas fallen bei ihr merklich die Hemmungen und ihre Augen sprechen eine eindeutige Sprache, auch wenn sie brav auf ihrer Sofa-Seite sitzen bleibt. Ich erlöse sie dann meinerseits aus ihrem persönlichen Desaster und stehe langsam auf, ohne den Blick aus ihren zu nehmen. Und während ich die kaum einen Meter bis zu ihr mit zwei bedächtigen Schritten überwinde und ihr meine rechte Hand hin halte, kann ich förmlich sehen wie sie schneller atmet. Ohne ein Wort legt sich ihre Hand in meine, steht sie auf und ihr Körper schmiegt sich leicht nach Halt suchend an meinen. Ich nehme ihr halb volles Glas noch mit, lasse mein leeres auf dem Tisch zurück, ehe wir langsam hinüber ins Gästezimmer gehen. Sie weicht keinen Millimeter beiseite, wobei ihre Füße schon etwas schwer zu sortieren sind, das ist zu erkennen. Ich setze mich auf das Fußende des Bettes und reiche ihr das Weinglas: „Magst du? Oder bist du mutig genug?" Die Worte werden von einem herausfordernden Lächeln begleitet.

Sie kichert frech, nimmt dann das Glas an und leert es in zwei Schlucken, ehe sie es auf einem kleinen Tisch abstellt: „Beides. Mutig genug, aber er soll ja nicht verschalen." Und ihr Blick versinkt wieder in meinem, nur zaghaft die zwei Schritte zu mir zurück gemacht, ehe ihre Hand sich an meiner Schulter fest hält: „Hui, der ist aber auch süffig. Oh Morgan, was mache ich nur mit dir? Oder anders herum gefragt, was wirst du nur mit mir machen?" Und in ihrem Blick kann ich die freche Herausforderung ihrerseits erkennen. „Was du möchtest, meine hübsche Probezeit-Blume", raune ich ihr leise zu, stehe auf und neige mich dann hinunter an ihren Hals, wo mein streichelnder Atem auf ihrer Haut sie wohlig erschaudern lässt. „Was du möchtest, Morgen. Warte...", ihr Tonfall zeigt deutlich, dass sie sich zurückhalten muss und der kleine Bücherwurm strafft so gut es geht ihren Körper und versucht so sicher wie nur möglich wieder zu einem kleinen Schrank zu gehen, mit nur mäßigem Erfolg, immerhin kommt sie schwankend und doch unfallfrei dort an, öffnet eine Schublade und zieht etwas hervor, ehe sie diese wieder verschließt, sich vorsichtig umdreht und dabei ihre Beute hinter dem Rücken versteckt: „Ich weiß ja, würdest du es trotzdem versuchen? Es muss ja nicht die ganze Tour sein, auf

Schmerzen stehe ich nämlich nicht." Mit den Worten nimmt sie ihre Hände nach vorne, in denen sie eine schwarze Augenmaske und Handfesseln (!) hält! Okay, das war zu erwarten, oder? 'Mr.G'. lässt grüßen? Ein Glück bin ich weit entfernt von seiner Charakterart. „Wenn du mir soweit vertraust. Und du brichst ab, wenn es zu viel wird, in Ordnung?" Sie nickt nur leicht: „Sei einfach heute einmal nur 'Herr', okay? Wenn ich aufhören muss, sage ich 'Zeitreise'". Uffz, okay, für mich ein recht neues Spiel, und damit bestätigt sich die zutiefst tiefe Tiefe dieses stillen Wassers!

Ich nehme beide Gegenstände an mich: „Erbarmungslos bis zur Ekstase oder der Zeitreise. Bereit?" Sie nickt leicht und ich stehe auf, meine Hände streifen dabei wie zufällig über ihre Seiten und rufen erneut ein wohliges Erzittern bei ihr hervor, was sie tiefer durchatmen lässt. Vorsichtig und langsam nehme ich ihre Brille ab und lege sie auf den Nachttisch, damit sie weiß, wo sie zu finden ist. Sie bleibt den Moment einfach stehen, auch wenn ihr Blick kurz unsicher wird, weil sie gerade ihr Umfeld um einiges unschärfer sieht. „Alles in Ordnung?" frage ich leise nach und sie antwortet mit einem leichten Nicken, ehe ihr Blick zu Boden wandert. Mein Zeigefinger legt sich unter ihr Kinn, hebt es etwas an, so dass sie mich anschauen muss, und das Spiel beginnt.

„Egal was passiert, du siehst mir immer in die Augen", meine Stimme klingt leise doch sehr direkt, so als ob ich keine Widerrede dulden würde. Wie lange halte ich das selbst wohl durch? Sie formt ein tonloses Ja und meine Augenbrauen heben sich: „Bitte?" - „Ja", kommt es etwas lauter. „Gut, dann sieh mich an." Und ihr Blick heftet sich in meinen. Ich beginne wieder sanft ihre Seiten hinunter zu streichen, husche unter ihren Pulli und halte inne, als ihre Lider kurz flattern und sie auf keucht. „Ansehen Bonnie, und keinen Ton." - „Ja." - „Braves Mädchen", damit mache ich weiter, in ihren Augen ist jedes einzelne aufflammende Gefühl deutlich abzulesen und sie ringt mit ihrer Kontrolle, wobei ich noch gar nicht viel gemacht habe. Viel zu langsam ziehe ich ihren Pulli hoch und sie hebt wie automatisch die Arme, so dass ich ihn über ihren Kopf abstreifen und beiseite legen kann, ihr Blick brav wieder meinen findet! Warme Handflächen legen sich an ihre Seite und ihren Rücken und mit zwei Fingern öffne ich ihren BH, streife ihn ab und er gesellt sich zu dem Pulli. Sie beißt kurz auf ihre Unterlippe. Erst jetzt nehme ich die Handfesseln und führe ihr dann die Hände auf den Rücken, ehe ich sie mit dem Samt-Stoff umschließe, eng genug dass sie nicht entwischen kann und genug Spiel dass es nicht einschneidet. Sie lässt den Kopf in den Nacken sinken und atmet schneller. „Jetzt bist du mein", raune ich in ihr Ohr, ehe mein Gesicht wieder vor ihrem auftaucht und ihr Blick meinen förmlich festhält. „Wie immer du es möchtest", flüstert sie leise zwischen merklich erregten Atemzügen. „Nicht reden", kommt es monoton über meine Lippen und sie verstummt!

Ich öffne in Zeitlupe ihren Gürtel, ihre Hose und sie erbebt! Ihr Blick verliert sich kurz, ehe sie ihn leicht verschleiert zu mir zurück zwingt, jeglichen Ton unterdrückt, während ich mich hinsetze, ihr die Jeans die Beine hinunter schiebe und ihr Zittern spüre. Sie kann kaum an sich halten, das ist ihr anzusehen, schafft es aber dennoch irgendwie. Einen Fuß nach dem Anderen hebt sie aus dem Stoffberg und meine Hand gibt ihr dafür an der Taille Halt, so dass sie nicht das Gleichgewicht verliert. Ich schiebe die Hose beiseite, meine Hand streift sachte über ihr Höschen und sie schnappt nach Luft! Oh ja, es ist deutlich zu erkennen wie bereit sie ist! In meiner eigenen Mitte zieht es deutlich, nein, noch nicht...! „Stehen bleiben Bonnie", kommt es von mir und ich berühre nur kurz die Oberschenkelinnenseiten, was ihr eine lustvolle Welle über den Körper schießen lässt und nur mit Mühe behält sie die Fassung. „So ist es gut. Und gleich noch einmal", und wieder streifen meine Fingerspitze an dem einen Oberschenkel über die sanfte weiche Haut, dieses Mal allerdings beinahe schon quälend langsam von unten nach oben, berühren kurz dabei ihre Mitte und wandern an der anderen Seite wieder hinab. Laut keucht sie auf, verliert sich einige Sekunden und ich erhebe mich, mein Körper schmiegt sich bis auf wenige Millimeter an sie heran, meine Hand legt sich in ihren Nacken: „Kein Ton und ansehen."

Es kostet sie immer mehr Mühe, doch sie folgt meiner Ansage, egal wie schwer es ihr auch fällt. Die andere Hand schiebt nun ihr Höschen hinunter, bis es zu Boden fällt und sie es mit dem Fuß kurz beiseite schiebt. Meine Fingerspitzen beginnen sie nun mittig zu verwöhnen, zu reizen und ihr Blick verliert sich merklich, bis er förmlich durch mich hindurch geht. „Schau mich richtig an", raune ich ihr zu und sehe ihre Bemühungen, die aber immer wieder von meiner Hand zunichte gemacht werden. Sie beginnt sich zu räkeln und zu winden, nur noch gehalten von der Hand in ihrem Nacken und ich schiebe sie ihr weiter in den Rücken hinunter. „Was soll ich nur mit dir machen, wenn du mich nicht ansiehst?" Wieder versucht sie mich zu fixieren, was kurz gelingt, ehe ich ihre kleine Perle erreiche und einige Male daran zupfe! Ihr Körper erzittert heftig und kurz geben ihre Knie nach, verdreht sie die Augen. Ich halte sie fest, warte ab ob sie sich fängt, oder es besser ist aufzuhören. Die Nässe und das Pulsieren an meiner Hand zeigt, dass sie gerade wohl schon gekommen ist. Das nenne ich mal einen Schnellstart! „Rede mit mir. Gekommen oder weiter?" Ich zwinge sie zu einer Antwort, die den Verlauf bestimmen wird. „Beides...", keucht sie auf und schafft es langsam den Kopf von meiner Brust zu heben, wo er kurz geruht hat, „...weiter...bitte höre jetzt nicht auf, ...Herr..." Nur ein Flüstern, für mich Antwort genug.

Langsam bekommt sie ihren Körper wieder unter Kontrolle und steht alleine, so dass ich meine Hände löse, nach der Augenmaske greife und sie ihr über streife. Sofort gerät sie merklich ins Schwanken, doch begleitet von einem erregten Keuchen! Ich halte sie an der Taille, während ich mich mit ihr hin knie und meine Zungenspitze ihre Mitte verwöhnt! Wieder windet sie sich, teils durch die zusammen gebundenen Hände daran gehindert und beginnt fast schon zu wimmern, während sie schnell und hektisch atmet. Es dauert nicht lange und sie kommt erneut! Dieses Mal eindeutig um einiges stärker, denn ihr Lustwasser läuft langsam ihre Beine entlang und sie sinkt mir laut stöhnend in die Arme. So lege ich sie auf dem Bett ab und überlasse sie dann erst einmal dem Genuss ihres Höhepunktes.

Ich selbst entkleide mich ebenfalls und knie mich dann über sie, nachdem ich noch ein paar Präservative aus meiner Brieftasche geholt habe, so viel Zeit muss sein. Egal wie es gerade auch schon in mir aussieht, kein Kommentar, spitz wie Nachbars Dackel Waldi, oder so ähnlich! Ich stütze mich neben ihr auf einen Unterarm ab, berühre sachte ihre Lippen und sie lächelt sanft. Ohne ein weiteres Wort fahre ich mit unserem lustvollen Spiel fort, indem ich erneut ihre Mitte zu massieren beginne! Und im Liegen ist sie da gerade noch mehr eingeschränkt, stärker unterworfen, muss sich noch mehr ergeben und das lässt ihr förmlich die Lust ins Blut schießen! Sie möchte etwas sagen, das sehe ich, deswegen verharre ich kurz, ehe ein Nicken folgt und ich daraufhin weiter mache. Mehr und mehr peitsche ich sie wieder hoch, doch hört sie dabei meine Worte: „Nicht kommen, keinen Ton." Und es ist nicht zu übersehen, wie ihr genau das gerade schwer fällt! Sie kämpft sichtlich gegen die Lust an und verschlimmert es damit nur noch. Ihr Körper übernimmt die Kontrolle, ihr Kopf schaltet ab. Ich kann es genau sehen, wie die Kontrolle verschwindet, in dem einen Moment ihre Lippen sich zusammen pressen, sie flacher atmet und dann ungewollt ein tiefer Atemzug folgt, der ihre Gesichtszüge entgleisen lässt! Ihr Kiefer fällt, ihr Mund öffnet sich dabei, der Kopf pendelt hin und her, während unter der dunklen Maske tausend Funken tanzen, die Schwerelosigkeit zupackt und sie gar nicht mehr merkt, wie sehr sie sich in der Ekstase krampfend windet! Untermalt wird dieses Bild von vollkommen unkontrolliertem inbrünstigen Stöhnen, Töne, die sie bei klarem Verstand wohl niemals von sich geben würde. Ich nutze den Moment, streife das Gummi über und dringe in sie ein, was sie kaum richtig mitbekommt, außerdem leistet sie da keinerlei Widerstand, da sie dort vollkommen schwimmt!

Vermutlich schafft sie es nicht einmal zur Landung, während ich sie reite, sondern wird gleich wieder hinfort getragen, so kommt es mir vor, denn das Krampfen und Stöhnen nimmt kein Ende, wie im Wahn, den ich ihr zukommen lasse. Dieses Mal bringe ich uns beide um den Verstand! Und es dauert einige Minuten, ehe ich auch wieder durchatme, mich die Zeit bis dahin auf den Unterarmen zu halten versuche, um nicht zu schwer zu werden. Durch die Augenmaske kann sie sich nicht orientieren und so hält es sie deutlich länger in der Schwerelosigkeit, unkoordiniert versucht sie die Hände zu bewegen, spürt die Fesseln schon gar nicht mehr und die Tatsache dass es nicht geht, erregt sie umso mehr, zumindest kommt es mir so vor.

Ich möchte etwas ausprobieren und schiebe mich nahe an ihr Ohr: „Komm, Kleine. Komm, hier und jetzt. Lass es dich einfach mitreißen. Du kannst dich nicht dagegen wehren. Es schiebt sich von den Füßen hoch..." Ihre Füße beginnen zu zucken und ich merke, dass es wohl tatsächlich funktioniert, weil sie noch so nahe daran treibt, „...es kriecht dir in die Knie und die Oberschenkel...", und wie auf Befehl sinken ihre Knie nach außen, gibt sie so ihre Mitte frei, „...es pulsiert dir im Schritt, du kannst es nicht verhindern...", mein Blick wandert hinunter, während ihre Zunge sich lüstern in ihrer Mundhöhle bewegt und ich sehe ihre angeschwollene Scham, die beinahe zu bersten scheint, ehe es glasklar hervor quillt, Himmel was ist sie feucht! Ihr Körper pumpt förmlich nach Luft, während sie durch diese unbewusste Gedankenreise geht, denn etwas anderes ist es ja normal nicht, und das würde sie auch merken, wäre sie vollkommen klar im Kopf. „Die Lust kriecht dir in den Magen, lässt die Schmetterlinge aufwallen", raune ich ihr weiter zu und wieder windet sie sich unter mir, ihr schlanker Bauch erbebt förmlich, während sie hektisch atmet, „...spürst du sie in den Brüsten...wie sie sie zum bersten bringt..." Ich bin selbst überrascht, wie spontan sie reagiert und das ohne dass ich sie berühre. Dennoch beginne ich nun sachte sie in der Mitte und auch an den Brustknospen zu streicheln und ihr schießt förmlich die Hitze auf die Haut!

Unkoordinierte Laute erreichen mich und ich versinke erneut langsam in ihr, nutze die wenigen Stöße, die ich noch brauche, ehe ich ihr ins Ohr raune: „Tief atmen..." Als sie der Anweisung nachkommt, überschwemmt es sie erneut heftig, innerlich und äußerlich, und krampfend gibt sie die Kontrolle ein weiteres Mal ab. Himmel, was hat sie für eine Kondition. Theoretisch möchte ich ihr eine Pause gönnen, ziehe die Maske von ihren Augen, um ihr ein komplettes Auftauchen zu ermöglichen, doch sie presst die Augenlider schnell zusammen: „Bitte nicht... mach bitte weiter, Herr." Doch ein wenig erstaunt verschließe ich ihre Augen wieder und mache mich erneut mit meinen Fingerspitzen ans Werk, gönne mir selbst allerdings vorerst eine kleine Pause.

Allerdings habe ich keinen blassen Schimmer mehr, wie oft ich sie da noch fordere, zähle nicht mit, wie sie immer wieder mehr oder weniger schwimmend über die Klippen springt. Doch kann ich von Mal zu Mal beobachten, wie ihre Reaktionen schwächer werden, auch wenn sie am Ende nach mehr fordert. Beim letzten Male bleibt das winden schon aus, nur ein kurzes Krampfen folgt, während sie mit weit geöffnetem Mund nach Luft schnappt wie ein ein Fisch auf dem Trockenen. Ihr Kopf sinkt zur Seite, ihr Gesicht entspannt sich komplett und sie versucht etwas zu sagen, was nach 'mehr' klingt, allerdings bezweifele ich, dass sie noch einen weiteren Durchgang schafft. Meine Hand legt sich nur leicht an ihre Mitte, die immer noch nachläuft und sie stöhnt nur noch leise auf: „Zei-...s..." Das ist alles, was ich gerade hören muss und ziehe mich sofort zurück, erhebe mich von ihr und schiebe die Augenmaske von ihrem Gesicht, ehe ich mit einem recht gutem Griff hinter sie greife und die Fesseln löse. Bonnie ist vollkommen ausgepowert, schweißgebadet und ihre Augenlider flattern nur noch und doch schafft sie ein kurzes Lächeln: „Dan-ke... das... irre... ich... mehr..." Ah ja, oder so ähnlich. Meine Handfläche legt sich an ihre Wange und sofort schiebt sie sich ihr entgegen, ist ihr Blick vollkommen verloren, als er kurz den Weg unter den viel zu schweren Lidern hervor schafft und sich dann verdreht wieder darunter versteckt. „Ruhig, Kleine, ruhe dich aus. War es zu viel?" Nur sachte schüttelt sie den Kopf und mit einem Lächeln auf dem Lippen gibt sie sich der Entspannung und dem Schlaf hin.

Ich selbst beobachte sie eine Weile, wie ihr Körper sich nach und nach wieder entspannt, ihre harten Knospen und ihre Mitte sich wieder zurückziehen und die Röte der Hitze ihres Körpers verschwindet. Dann decke ich sie behutsam zu und gehe ins Wohnzimmer, suche mir eines ihrer Bücher aus und nehme auch die Flasche Rotwein mit, aus der ja nur die beiden Gläser fehlen. Gemütlich setze ich mich damit auf die freie Bettseite, lege die Beine hoch, so lässt es sich genießen. Die einhundert Seiten sind schnell durchgelesen und die letzte Seite verschwimmt schon leicht vor meinen Augen, während ich wohlig aufseufze, was geht es mir gut! Ich stelle das leere Weinglas neben die leere Flasche, huch, dabei habe ich die doch noch fast voll mit rüber genommen, naja, jeder ein halbes Glas, oder so, oh oh oh, kein Wunder dass es mir gerade so super gut geht! „Da hat es aber jemandem geschmeckt, du siehst betrunken richtig süß aus", höre ich Bonnies Worte und sie schiebt sich zu mir hinüber, auf mich drauf, so lange hat sie nicht geschlafen und anscheinend selbst noch etwas von dem halben Glas Wein, oder ihre Augen sind von unserem Liebesspiel noch so glasig. Ich selbst sollte wissen, dass Rotwein mir direkt ins Blut schießt, erst recht nach sportlicher Betätigung wie unserer, aber ich habe während ich las nicht mehr darauf geachtet. Ihre Hand legt sich dieses Mal an meine Mitte und ich lasse den Kopf hinten an die Wand sinken, sitze ja immer noch halbwegs im Bett. Ich kann nicht sagen ob es Minuten oder eine Viertelstunde ist, ehe die Welt versinkt, nachdem ich mich schon in seligem Schweben verliere und schlussendlich im explodierendem Schwindel abstürze!

Ich schrecke hoch! Im ersten Moment fehlt mir vollkommen die Orientierung und der Raum schwankt heftig, während es in meinem Kopf mindestens genauso heftig hämmert! „Ganz ruhig Morgan, alles in Ordnung?" Ein dunkel-

97

brauner Wuschelkopf taucht vor mir auf, die Gesichtszüge noch kaum zu erkennen. Ich liege in einem Bett, in einem unbekannten Zimmer! Was ist passiert? „War ich... war ich das Auto?" murmle ich leise und versuche mich an die letzte Nacht zu erinnern. Aber da ist gerade nichts mehr und deswegen befürchte ich eine ungewollte Wandlung. „Auto? Nein, aber du warst fantastisch! Unglaublich. Ich... ich glaube das könnte mir gefallen." Ihre Worte prasseln auf mich ein und ich verstehe vermutlich kaum die Hälfte. Allerdings paaren sich Stimme und Wuschelkopf in meinem Gehirnwindungen und zaghaft schaffe ich ein „Bonnie?" Leises Lachen erklingt: „Oh weh, dich hat der Rotwein aber übel zugerichtet. Bleib' am Besten noch liegen, ich hole dir mal Wasser." Das Bett bewegt sich, versetzt mich auch leicht in Bewegung und ich spüre den Drehschwindel! Als Bonnie zurückkommt, habe ich zumindest realisiert, dass ich gerade halb sitzend halb liegend dort in den Kissen hänge und mich wieder hinten an die Kissen gesetzt, auch wenn sich immer noch alles dreht.

„Was meintest du gerade mit dem Auto? Ob du das Auto warst?" sie schaut mich fragend an, reicht mir das Wasserglas. Ich merke nicht wirklich, dass ich noch total neben der Spur bin, mit klarem Kopf hätte ich nämlich anders geantwortet, so murmel ich nur mit geschlossenen Augenlidern vor mich hin: „Ob ich das Auto war. Ob ich mich gewandelt hatte. Weil ich gerade so fertig mit der Welt bin. Allerdings, Rotwein erklärt alles. Also vergiss den Autounsinn." Ah ja, als ob ich damit noch die Kuh vom Eis holen könnte. Ihr entgeisterter Blick entgeht mir in dem Moment, während ich mit zittriger Hand das Glas leere, mein marodierender Schädel nicht einmal den Geschmack der aufgelösten Aspirin erkennt! Und ehe ich es merke, bin ich erneut eingeschlafen und lasse einen vollkommen verwirrten Bücherwurm zurück! Sie verlässt fast schon hektisch inklusive Weinflasche, Gläsern, Wasserglas und Buch das Gästezimmer.

Der Kater hält mich noch gut zwei Stunden im 'Tiefschlaf', ehe ich langsam wieder zu mir komme. Mein Blick wandert kurz durch das Zimmer, was ich dieses Mal auch problemlos erkenne, nur Bonnie ist nicht zu finden. Deswegen ziehe ich mich noch etwas zerknautscht an und ein Blick hinaus zeigt, dass es schon um die Mittagszeit sein dürfte. Schnell noch mit den gespreizten Fingern die Haare etwas sortiert und in die Schuhe geschlüpft, ehe ich das Gästezimmer verlasse und mich suchend nach meinem kleinen unersättlichen Bücherwurm umschaue. Ich finde sie auf dem Sofa im Wohnzimmer, in eine Decke gekuschelt, und mit verweinten Augen vor sich hin starrend! „Kleine, hey, was ist denn passiert?" Zögernd setze ich mich zu ihr, doch sie schreckt beiseite! „Fass mich nicht an du Freak!" Nun bin ich es, der etwas zurück weicht und ich grabe mich durch die Erinnerungen der letzten Nacht. Das Spiel! Es war wohl doch zu viel? „Ist es gestern zu viel gewesen? Ich meine, unser Spiel?" hake ich vorsichtig nach, bekomme als Antwort allerdings ein Kopfschütteln! Das irritiert mich eindeutig noch mehr. „Ist irgend etwas passiert?" Mein Blick wandert in Richtung Gästezimmer, doch beim Anziehen ist mir nichts ungewöhnliches aufgefallen. Ihr Blick zeigt deutlich ein Ja! Und doch sagt sie keinen Ton. Fünf Minuten sitzen wir so schweigend beieinander, ehe sie leise die Stimme erhebt: „Geh' bitte, Morgan." Ihre Worte lassen mich sie völlig entgeistert anschauen und ich schüttle kurz den Kopf, was dieser mit einem dumpfen Pochen beantwortet, so dass ich mir kurz die Schläfe massiere, während ich rede: „Vergiss' es Bonnie. Zuerst sagst du mir was los ist, damit wir das Problem aus der Welt schaffen können. Und dann kann es gut sein, dass ich gehe, also rede bitte mit mir." Abwartend bleibe ich sitzen. „Wir sind hier nicht mehr im Spiel, du hast mir nichts mehr zu sagen, Morgan. Geh!" Ihre Stimme gewinnt eindeutig mehr an Aggression, doch ich schüttel nur erneut kurz den Kopf: „Nein!" Anscheinend erkennt sie selbst, dass sie mich nicht los wird.

„Okay, wenn du nicht gehst, dann rufe ich die Polizei und sage, dass hier ein totaler Freak ist, der glaubt er wäre ein Auto!" Sie knallt mir die Worte förmlich vor die Füße und erntet von mir einen erschrockenen Blick, ehe ich stammle: „Wann... wann habe ich das gesagt?!" - „Vorhin, als du zum ersten Mal aufgewacht bist. Da hast du mich gefragt, ob du das Auto warst!" Sie klingt eine Spur zu hysterisch für den Moment und ich merke, dass jetzt deutlich Fingerspitzengefühl gefragt ist. „Okay Bonnie, gib' mir die Chance es zu erklären und lass' mich einfach nur reden, ja? Am Ende kannst du dann immer noch die Polizei rufen. Ich werde auch nicht näher kommen." Kurz ist sie hin und her gerissen, ehe sie zaghaft nickt: „Okay, ich höre zu, lasse dich ausreden, bis du sagst das war alles. Und dann verschwindest du und löscht meine Nummer, Morgan Sheldon!" In ihrer Stimme liegt eine Endgültigkeit, die Zweifel aufkommen lässt, ob es etwas bringt es ihr überhaupt zu erzählen. Deswegen schüttle ich nur kurz leicht den Kopf: „So läuft das nicht. Dein Entschluss steht doch schon fest, also spare ich es mir und erspare es dir." Ich sehe sie kurz an, erkenne dabei ihren zuerst etwas erstaunten, dann irritierten und zuletzt beinahe trotzigen Blick, bis sich ihre Arme vor dem Oberkörper verschränken! „Mach es gut, kleiner Bücherwurm", mit den Worten ziehe ich mein Handy hervor, lösche ihre Nummer und auch sämtliche Nachrichten! Ich lasse mir dabei so wenig wie nur möglich anmerken wie schwer es mir fällt... denn ich würde wirklich keine Chance mehr haben, hatte ihre Nummer nirgends sonst abgeschrieben. Und ehe sie noch etwas sagen kann, gehe ich zur Wohnungstür, die kurze Zeit später ebenso wie die Haustüre hinter mir ins Schloss fällt...

Kapitel 16

Es ist Nacht und ich kann nicht schlafen! So fahre ich durch die Straßen der Stadt, die so viele Gesichter hat. Nur jeder Zehnte studiert tatsächlich hier, wobei wir Einheimischen auf auswärtige Studenten nicht immer gut zu sprechen sind, auf Sprachschüler schon, denen vermietet im Sommer hier wohl jeder gerne ein Zimmer. In der Stadt herrschen soziale Spannungen, wie sie wohl auch anderer Orts bekannt sein dürften. Cowley, wo ich auch wohne, und Blackbird Legs zählen zu den 'armen' Vierteln, während in North Oxford und den White Highlands der 'wohlhabende' Teil der Bürger residiert. Wobei ich mich nicht als arm bezeichnen würde, ich lege einfach nur nicht so viel Wert auf Luxus und wähle deswegen eine bescheidene Umgebung, bis jetzt ohne Probleme. Im Osten hat sich quasi noch ein zweites Oxford gebildet, wo die Köche, Kellner, Putzfrauen und Gärtner der Stadt zu finden sind, die selten an ihrem Glanz teilhaben und mit den Bussen ins Zentrum fahren.

Im 12.Jahrhundert war dies eine reiche Stadt, die ihre Abgaben nicht mehr an einen Landlord sondern an das englische Königshaus zahlen durfte und sich deswegen auch offiziell 'Town' nannte. Hier wohnten viele Studenten aus Paris, die mit den Städtern nicht klar kamen, was auf Gegenseitigkeit beruhte. Letztere sorgten für das leibliche Wohl der Studenten, während diese sich allerdings weder um Sitten noch Gebräuche oder Respekt scherten und dazu noch von der Kirche geschützt wurden! Dass es nicht gut ging, lag auf der Hand und es lief darauf hinaus, dass niemand den Studenten trotz 'Dem Recht auf eine Bleibe' ein Zimmer geben wollte. Die Situation eskalierte 1355 am 'Sankt Scholastica Day'! Nachdem die Pest ein Drittel der Bevölkerung hingerafft hatte, verloren an dem Tag weitere 63 Studenten durch Städter Hand ihr Leben! Für Oxford bedeutete das die Unterstellung unter die universitäre Rechtsprechung und für die nächsten 475 Jahre eine jährliche Zahlung eines Strafgeldes an die Universität. Harte Zeiten!

Dafür bereitete die Stadt sich dann im 18.Jahrhundert aus, neue Stadtviertel und Universitäten entstanden. Ebenso Eisenstahlwerke, Universitätsdruckereien und jeweils angesiedelte Wohnhäuser für die Angestellten. Die höhere Gesellschaft aus Ärzten, Anwälten, Architekten besiedelte die Beaumont Street. Kaufleute, Bankier und verheiratete Professoren zogen es vor, ihre Villen und Häuser in der Banbury Road zu beziehen. Das Norham Moor gehörte zum Lebensraum der Ladenbesitzer, Handwerker und Kleinhändler. Von daher scheint North Oxford heute ein ruhiges und abgeschiedenes Viertel zu sein. Zwischen dem Oxford-Kanal und der Walton Street ist seit 1825 der erschlossene Wohnbezirk Jericho angesiedelt. Kleine Häuser mit Studenten, Künstlern und Angestellten, dazu die Boat People, die in langen Hausbooten auf dem Kanal leben.

Ich schaue mich um, während ich durch die Stadt fahre, über mir auf einem Gebäude sitzen die stummen Boten der Unterwelt. Kunstvoll gearbeitete Figuren mit verschiedenen Gesichtszügen und Posen, auch als Gargoyels bekannt. Das nächste Gebäude versetzt mir einen Stich, bringt es mir doch schlagartig wieder die Erinnerung an Bonnie zurück. Denn ich stehe an der weltweit bekanntesten Bibliothek Londons, der Bodleian Library. In ihr gibt es die wohl größte Buchkollektion der Welt. Und sie ist der zentrale Eingang zur Universitätsbibliothek, die Türen mit entsprechender Kennzeichnung versehen, die sich auf die Studiengänge beziehen und es gibt tatsächlich Räume, die nur mit einem Hauswächter betreten werden dürfen. Unterhalb erstrecken sich ihre Räume übrigens weiterführend unter angrenzende Colleges, dem 'Radcliff Square' und dem 'Sheldonian Theatre' und enthalten darin auf 12km je ein Exemplar der in Großbritannien herausgegebenen Bücher. Mit acht Millionen Büchern insgesamt darf sich die Bodleian Library deswegen als offizielle Copyright Bibliothek bezeichnen. Und in genau diesem großen Gebäude ist der kleine Bücherwurm meines Wissens nach oft zu finden. Mir dreht sich kurz nervös der Magen um, als die Erinnerung an unseren Streit zurückkehrt und ich frage mich zwei Dinge: Können Wagen sich übergeben? Und wäre es anders verlaufen, wenn ich nicht gegangen wäre? Nach einer Weile beantworte ich mir beide Fragen mit einem klaren nein und rolle weiter.

Theoretisch sind wir Engländer darauf gepolt, auf Fragen nach unserem Befinden immer positiv zu antworten. Ich bin in meiner Autoform gerade froh, dass mir Gespräche erspart bleiben, denn mir wäre als Mensch deutlich anzusehen, dass es mir nicht gut geht. Auf die schon oft aufgetauchte Frage, warum mir ausgerechnet die Sache mit Bonnie so an die Nieren geht, finde ich allerdings keine direkte Antwort. Ich vermute, dass sie mich einfach tiefer erreicht hat als die Frauen es sonst schaffen, aber warum? Auch diese Antwort bleibt im großen Nichts verschwunden!

Ich versuche mich abzulenken und leite meine Gedanken zur Bodleian Bibliothek zurück, und zu den Studiengängen, die dort in der Universität möglich sind. Ob ich alle acht noch zusammen bekomme? Immerhin besser, als mir über besagten Bücherwurm den Schädel zu zermartern. Musik, Logistik, Sprachen, das sind drei, fehlen noch fünf. Ah, Rhetorik und Geschichte. Noch drei. Geometrie und Geschichte, äh nein, da stimmt nun was nicht. Mir fällt zwar noch Arithmetik ein, also Mathematik, Formelkunde, was mir durch mein eigenes Studium und meiner Arbeit auch bekannt ist. Zahlen jonglieren bis alles passte.

Die Ablenkung hätte ja beinahe gepasst, nur bin ich jetzt vom Bücherwurm zu Miss Eisklotz gewandert, auch nicht besser. Ich seufze innerlich auf. Ob sie dort wohl immer noch ihr Unwesen treibt, oder wieder in ihre eigene Abteilung zurückgekehrt ist, oder bestenfalls aus der Firma raus ist? Erneut seufze ich, das Licht meiner LED-Scheinwerfer erhellt die Umgebung und ich erkenne die breite Straße, geradewegs am Werk vorbei! Tolles Timing, echt jetzt Karma! Nicht lange danach biege ich daheim ein, besitze ja eine kleine Einfahrt vor meiner Garage, die ich mit einem elektronischen Toröffner ausgestattet habe und mir damit einiges an Fragen erspare. Mein Blick fällt auf das Nachbargrundstück, während ich das Tor hoch fahren lasse und ich erkenne die Eisenkette an der Stoßstange des Nachbarwagens, um ihn vor Dieben zu schützen! Okay, wenn er meint, dass es funktioniert. Wie war das noch? Der Zweck heiligt die Mittel? Ich rolle in meine Garage, warte bis sich das Tor hinter mir geschlossen hat und atme durch. Mein Motor erstirbt und die Stille umfängt mich wie eine wohlige Decke. Vermutlich ist das auch der Grund, wieso ich langsam weg nicke. Oder es liegt an der über unzählige Wege durchgefahrenen Nacht, dass die Ruhe mich jetzt tief und fest einschlafen lässt!

Ich höre weder die leisen vorsichtigen Schritte, noch das leise Geräusch auf dem Nachbargrundstück. Was ich allerdings höre, ist das laute Scheppern, das Ersterben eines Motors und sich schnell entfernende Schritte, während die Stimme meines Nachbarn Mord und Zeter schreit: „Macht euch vom Acker, hundsgemeines Diebespack!!" Nun ja, seine Rechnung scheint wohl doch aufgegangen zu sein. Denn beim Rückwärtsfahren ist die Stoßstange durch die kurze Eisenkette festgehalten worden, abgerissen und lautstark scheppernd zu Boden gefallen, was seinerseits den Autodieb vor Schreck den Wagen absaufen lässt, ehe er in den jungen Morgen flüchtet! Ich selbst nicke wieder ein, als sich der Lärm draußen wieder gelegt hat.

Nach einem kleinen Einkauf, bei dem sich nach der Wandlung meine Einkaufsbeute in Form eines Fruchtjoghurts im Fußraum der Beifahrerseite wieder findet, stehe ich noch eine Weile dort auf dem Parkplatz, und überlege wie ich das in Zukunft wohl vermeiden könnte. Vielleicht mit einem Rucksack auf dem Rücken? Ein Versuch wäre es zumindest wert. Deswegen sehe ich auch nicht, dass auf einem Standstreifen in der Nähe schon seit längerer Zeit ein Wagen steht, dessen Fahrer sehr interessiert zu mir hinüber schaut. Er versucht es so unauffällig wie möglich und ich bin in meinen eigenen Gedanken versunken, deswegen bemerke ich es auch nicht.

Ja, Rucksack hinten drauf, dann landet er hoffentlich im Kofferraum... ich halte inne! Denn besagter Fahrer ist gerade neben mir aufgetaucht, und wenn ich das durch meinen Seitenspiegel richtig erkenne, hält er eine Eisenstange in der Hand! Hat er tatsächlich vor mich aufzubrechen? Um ehrlich zu sein habe ich keine Ahnung, wie sich das bei mir auswirken wird. Allerdings bleibt mir auch nicht viel Zeit darüber nachzudenken, denn schon setzt er die robuste Stange an mein Chassis an, drängt sie ziemlich brutal zwischen meine Metallteile und ich muss mir ein schmerzhaftes Keuchen verbeißen, angenehm fühlt sich anders an! Bei näherer Betrachtung sind es wohl gerade meine Rippen, die bei dieser Behandlung protestieren, ohne ihm jedoch den Erfolg zu gönnen. Ich wäge ab, soll ich es darauf ankommen lassen, dass meine schon einmal lädierte Rippengegend weiter leiden muss? Oder... kurz könnte man ein vages Grinsen auf dem vorderen Stoßfänger vermuten... oder gönne ich ihm einfach den Erfolg? Mache ich ihm einfach mal eine kleine Freude, genau!

Beim nächsten Ruck öffnet sich die Fahrertüre! Mit triumphierendem Grinsen schlängelt sich der in dezenten Grautönen gekleidete Typ auf den Fahrersitz, macht es sich dort sichtlich bequem und findet alsbald auch den Starter-Knopf. Theoretisch würde das natürlich nicht funktionieren, weil die Zentralverriegelung nicht per Fernbedienung inaktiviert wurde. Praktisch sieht das bei mir natürlich anders aus. So springt mein Mini-Motor bald kräftig an und wir rollen vom Parkplatz. Ich lasse ihn gewähren... Er lenkt aus dem bebauten Stadtgebiet hinaus in die ländliche Gegend. Ich kenne die Straßen sehr genau und beschleunige urplötzlich! In mir erklingt ein erschrockener Aufschrei und der vermeintliche Fahrer weiß gar nicht wie es ihm geschieht! Er hebt die Schuhe hoch, weg von den Pedalen, die Hände umklammern das sich ohne sein Zutun bewegende Lenkrad!

„Himmel, was ist hier los? Haben die mir eine Falle gestellt? Wieso fährt dieses verdammte Auto alleine?! Hilfe, ich möchte hier raus, anhalten, wer auch immer dieses Ding fernsteuert!" Ich schalte auf 'Sport-Fahrstil' um und höre nicht auf den verzweifelten Monolog in meinem Inneren und weiter geht es, schwungvoll in die Kurven, bergauf und bergab und immer mal einen kleinen Blick per Innenspiegel hinein, so dass ich sehen kann wie er merklich die Gesichtsfarbe wechselt. Kotze mir nicht die Sitze voll! Wir erreichen den nächsten Ort und damit auch einen abgelegenen Parkplatz. Gerade zur richtigen Zeit, denn mein unfreiwilliger Passagier sackt mit verdrehten Augen unter einem etwas eigenartigen gurgelnden Schrei zusammen. So halte ich in einer abgeschirmten Ecke des Parkplatzes, wähle den Polizeinotruf, zum ersten Mal, das funktioniert tatsächlich! Es bleibt ein kurzes Gespräch, in dem ich einen Wagendieb melde, die Koordinaten durchgebe und mir gesagt wird, dass sie sich kümmern würden. Gut, nun würde ich persönlich gerne alleine von hier verschwinden... doch wie bekomme ich den Typen aus meinem Inneren? So was wie einen Schleudersitz besitze ich nicht, also öffne ich zuerst zwecks Frischluftzufuhr die Fahrertür und warte ab, doch nichts tut sich. Oh, den hat es aber ordentlich aus den Schuhen gehauen, hoffentlich lebt er noch! Nicht dass er vor Schreck einen Herzkasper bekommen hat??!! Verwunderlich wäre das nicht. Da mir nicht unbedingt viel Zeit bleibt, denn die Polizisten sind bestimmt schon auf dem Weg, schaue ich mich kurz um, ob die Luft rein ist. Niemand in

Sicht, also schnell zurück gewandelt, wobei ich ihn so gut es geht festhalte und zügig den Puls fühle, gefunden, Atmung okay, wunderbar. Also bringe ich ihn in die stabile Seitenlage und wandle mich wieder auf meine vier Räder, um dann seelenruhig stehen zu bleiben, noch höre ich niemanden oder sehe irgendwo flackernde Signallichter.

Es dauert ein paar Minuten, ehe er sich zu regen beginnt! Na wunderbar! Sein erster Blick fällt haargenau auf meine vordere Stoßstange! „Buh!" kommt es leise von mir und was macht der Kerl, verdreht wieder die Augen und fällt in die nächste Ohnmacht und so was schimpft sich Autodieb? Ich dachte immer, die hätten Nerven wie Drahtseile. Okay, vermutlich nicht mehr, wenn ein Wagen sie gekidnappt hat. Übrigens ist das perfektes Timing, denn aus der Ferne kann ich Polizeisirenen hören. Gerade Zeit genug, um mich unauffällig aus dem Staub zu machen.

Ich kehre nachhause zurück, bemerke dabei dass ich bei meiner Wandlung dort meinen Joghurt vergessen habe, was für ein Käse! Aber jetzt noch einmal zum Geschäft, nein, darauf habe ich keine Lust mehr. Ich bin mir sicher, mein Kühlschrank beinhaltet noch einige andere vage Alternativen, mit denen ich den Abend überleben kann, ehe ich dann mit einem wohligen Seufzen die restliche Zeit auf dem Sofa vor dem Fernseher verbringe.

Am nächsten Morgen lache ich beim lesen meiner üblichen Frühstückszeitung laut auf! Denn um das völlig verwirrt aussehende Bild meines unfreiwilligen Mitfahrers rankt sich ein Bericht! Aufgrund eines anonymen Hinweises wäre ein schon lange gesuchter Autodieb festgenommen worden. Allerdings bleibt ihm die Gefängniszelle erspart, dafür bekommt er eine neue Residenz in einer ausgepolsterten Klinikzelle! Denn er hat die ganze Zeit nach seinem Aufgreifen nur wirres Zeug gefaselt. Auf der Wache belustigte er die anwesenden Polizeibeamten mit der Geschichte, die seine ernst gemeinte Aussage sein sollte, dass er einen weißen Mini Cooper geknackt hätte, der danach ganz alleine gefahren ist! In seinem augenscheinlichen Delirium gab er sogar freiwillig sämtliche anderen Straftaten Preis, mit Nennung der Wagentypen. Seine einzige Bitte war, dass die Polizei ihn bitte vor diesem besessenen weißen Mini schützen würde!

„Weiße selbstfahrende Minis, ist klar! Die Verrückten lassen sich auch immer neue Verrücktheiten einfallen", grinse ich vor mich hin, leere mit einem Schluck den Rest meines Kaffees und beginne den Tag.

Noch ist das Wetter angenehm und nach einigen Erledigungen setze ich mich auf eine der öffentlichen Bänke und genieße den Sonnenschein. Nach einer Weile höre ich schlurfende Schritte, die sich langsam nähern. Ich hebe meinen Blick und er fällt auf einen alten Mann. Seine Kleidung ist sauber, doch sehr zerschlissen und hat schon bessere Zeiten gesehen, denn mit der Cordhose, dem beigefarbenen Hemd und der Tweed Weste sah er sicherlich mal sehr schick aus. „Entschuldigen sie bitte die Störung", in seiner Stimme klingt ein starker französischer Akzent durch, als er mich höflich anspricht, „darf ich mich bitte einen Moment zu ihnen setzen?" Und in seinem Blick sehe ich die unausgesprochene Befürchtung, ich könnte ihn davon scheuchen. Doch warum sollte ich? Deswegen erhebe ich mich lächelnd, biete ihm die zweite Hälfte der Bank an und sehe wie seine Augen erfreut strahlen! „Mercié, Monsieur, vielen Dank!"

Er dreht sich mit vielen kleinen Trippelschritten um, bis sein Rücken zur Bank zeigt, und setzt sich unbeholfen hin. Als er endlich seinen Platz eingenommen hat, was ihm sichtlich Mühe und vermutlich auch Schmerzen bereitet hat, atmet er durch: „Noch einmal, herzlichen Dank, sie sind ein sehr freundlicher Mensch." Während seiner Worte habe ich mich auch wieder gesetzt und lächle ihn an: „Danke, nun, wieso sollte ich ihnen den Platz verwehren? Dazu habe ich keinen Grund." Er lacht heiser, und eine Spur zu zynisch: „Das sagen sie! Ich bin es leider nicht anders gewöhnt. Aber Jammern bringt nichts. Ich bin Jean." Er reicht mir seine Hand, schlanke lange Finger, die Haut schon sehr faltig und schrumpelig und ich schätze ihn auf ungefähr achtzig Jahre. Allerdings können seine ärmlichen Lebensumstände auch ein anderes Alter vortäuschen. So legen sich meine Finger um seine, ein behutsames Schütteln meinerseits, er scheint so zerbrechlich zu sein, auch wenn sein Händedruck da eine andere Sprache spricht: „Morgan, freut mich wirklich, Jean." Seine erstaunlich gepflegten Zahnreihen zeigen sich wieder und mir stellt sich kurz die Frage, ob es wohl noch seine eigenen sind?

„Es tut so gut in der Sonne zu sitzen. Da freut sich mein Rücken über die Wärme. Der macht mir seit vielen Jahren schon große Probleme. Glücklicherweise habe ich meine beiden Freunde." Er nickt in Richtung der beiden Gehhilfen, die er neben sich an die Bank gelehnt hat. „Ich war mal ein bekannter Tanzlehrer, habe selbst auf Turnieren getanzt", seine blauen Augen blitzen unter den schlohweißen buschigen Augenbrauen auf, als er gedanklich in die Vergangenheit wandert. „Bis zu dem Sturz, kurz vor Ende des Tangos." Was dann folgt, ist wohl eine Geschichte, wie sie sich in den unterschiedlichsten Variationen unzählige Male auf der Welt abspielt. Nach dem Sturz konnte er nicht mehr so tanzen wie vorher. Die Behandlung durch die Ärzte verbrauchte viel Geld, dass nach einer Weile versiegte, da er die Tanzschule schließen musste. Seine Frau nahm verschiedene Arbeiten an, versorgte sie damit beide so gut es nur ging, doch irgendwann wurde auch sie krank. Es gab kein Geld für den Arzt und viel zu früh verließ sie ihn und ihr gemeinsames Leben, so dass er alleine zurückbleiben musste.

Seine Geschichte traf mich, wie konnte das Schicksal nur so ungerecht sein? Eine Weile sitzen wir dort auf der Bank, schweigen, manchmal braucht es einfach keine Worte. Ich sehe aus den Augenwinkeln eine dunkel gekleidete Person auf uns zu kommen und drehe den Kopf. Es ist ein Uniformierter, der mit Stechschritten die Bank erreicht und sich zuerst vor uns aufbaut, seinen Blick fragend auf mich richtet: „Sir, belästigt sie dieser Mann?" Ich schaue erstaunt hoch, schüttle den Kopf: „Nein, keinesfalls, wir unterhalten uns." Jetzt legen sich die strengen Polizeiaugen auf Jean: „Los Mann, du weißt, dass du hier nichts zu suchen hast." Er möchte ihn am Arm packen, da stehe ich auf, unterlasse es allerdings meine Hand auf den Arm der Uniform zu legen, doch meine Stimme klingt ernst, vorwurfsvoll, ungläubig: „Bitte, was soll das denn? Wir unterhalten uns, er soll bleiben. Es besteht kein Grund gleich so grob zu werden." Zwei Augenpaare sehen mich an, teils überrascht, teils dankbar. Mit einem knappen Nicken wendet sich der Polizist ab: „Ich wünsche noch einen schönen Tag." Und er geht von dannen.

„Danke Morgan, das war sehr großherzig von dir. Trotzdem sollte ich besser gehen. Ich möchte nicht, dass du wegen mir noch Schwierigkeiten bekommst." Damit müht er sich von der Bank hoch und bleibt zittrig stehen: „Ich wünsche dir alles Gute und bewahre dir dein gutes Herz. Adieu." Ich bin ebenfalls aufgestanden, lege ihm stützend den Arm um: „Ich möchte dich gerne noch ein Stück begleiten, wenn ich darf." Ein stummes Nicken, dann machen wir uns auf den Weg. Wir gehen schweigend, ab und an ruht er sich etwas an meinem Arm aus, bis wir sein Ziel für heute Nacht erreichen. Es ist eines der Häuser, in denen die Ärmsten der Armen zeitweise eine Zuflucht finden können. Ich habe zwar schon damit gerechnet, doch die Bestätigung dieser Tatsache krampft mir kurz den Magen zusammen. „Hier bleibe ich heute, wenigstens werden mir hier meine beiden Freunde nicht unter dem Hintern weg geklaut und sie sind hier freundlich." Ein stummes Nicken meinerseits, ehe ich meine Stimme wieder finde: „Das beruhigt mich. Hab eine erholsame Nacht, Jean." Er legt mir mit leichtem Druck seine Hand auf die Schulter, nickt mir mit sanften Lächeln zu: „Das wünsche ich dir auch, Morgan. Pass gut auf dich auf. Menschen wie du sind rar geworden." Langsam geht er los, verschwindet durch die geöffnete Türe und ich wende mich ebenfalls zum gehen ab.

Den ganzen Weg nachhause denke ich über den alten Mann und sein Schicksal nach. Am nächsten Tag suche ich das Haus erneut auf, doch Jean ist schon wieder unterwegs. Allerdings kennt man ihn dort, seine freundliche und höfliche Art, seinen Umgang. Ich unterhalte mich dort eine ganze Weile mit einer Mitarbeiterin, und ein Entschluss keimt in mir auf. Draußen vor der Türe rufe ich in der Klinik an, in der ich selbst behandelt wurde, spreche mit dem Arzt. Nun, es wäre machbar Jean zu behandeln, wenn ich die Kosten übernehmen würde. Die Summe, die mir grob geschätzt genannt wird, ist nicht ohne, allerdings habe ich sogar noch mit mehr gerechnet. Also mache ich einen Termin, noch mit etwas eingeräumter Vorbereitungszeit und gehe hinein, um erneut mit der ehrenamtlichen Mitarbeiterin zu reden. Sie schaut mich zuerst ungläubig, dann überrascht und schließlich zu Tränen gerührt an: „Wegen Menschen wie ihnen verliere ich selbst nicht den Glauben an die Menschlichkeit, und kann hier meine Arbeit machen." Ich bitte sie mich anzurufen, wenn Jean wieder hier auftaucht und gehe heim.

Zwei Tage später erreicht mich ihr Anruf und ich mache mich eilig auf den Weg. Im großen Essbereich finde ich den alten Herrn auf einem der Stühle, wo er gerade sein Frühstück genießt. Und als er mich sieht, wäre er am liebsten vor Freude aufgesprungen: „Monsieur Morgan, schön dass du da bist! Aber was führt dich hier her?" Die Mitarbeiterin bringt mir ebenfalls ein Frühstück und ich schaue sie überrascht an, ehe ich mich bedanke und mich zu Jean setze.

Zuerst reden wir über dies und das und erst als er in Ruhe seine Mahlzeit beendet hat, legt sich meine Hand auf seinen Unterarm, so dass er mich fragend anschaut. In den nächsten fünf Minuten, während ich rede, tauchen in seinem Gesicht die verschiedensten positiven Gefühlsregungen auf, ehe große Tränen an seinen Wangen hinunter kullern! Er murmelt etwas auf Französisch vor sich hin, bis ihm einfällt, dass ich ihn vielleicht nicht verstanden haben könnte. Denn neben der Fremdsprache ist auch die Umgebung nicht unbedingt leise, jeder unterhält sich hier mit jedem, in unterschiedlichsten Lautstärken. Deswegen richtet er seine Stimme direkt an mich: „Ich habe keine Ahnung, wie ich dir jemals dafür danken kann, werde dir aber ewig dankbar sein und dich in meinen Gebeten mit einschließen."

Wir verbringen noch einige Zeit damit zu besprechen, was es an Vorbereitungen zu bedenken und auszuführen gibt. Immer wieder fragt Jean nach, ob er das alles nur träumt. Als die Mitarbeiterin ihm meinen Plan ebenfalls bestätigt, verliert sich der letzte Zweifel und viele Fragen tauchen auf. Am Ende haben wir es dann aber geschafft alles auf die Reihe zu bekommen. Ich selbst sorge noch dafür, dass ich Jean saubere Wechselsachen hole, wobei ich auch noch welche für die allgemeine Kleiderkammer dort mitbringe, nicht dass es nachher noch böses Blut gibt.

Weitere drei Tage später fahren wir zur Klinik, allerdings mit dem Taxi, angeblich weil mein Wagen überraschend in die Werkstatt musste. Jean ist furchtbar nervös, doch die freundliche Behandlung dort erfreut und beruhigt ihn schnell. Nun, nach einem spontanen Friseurbesuch, einer langen Dusche und mit den frischen Anziehsachen, sieht er auch schon sehr viel besser aus. Vermutlich würde der Polizeibeamte ihn nicht mehr erkennen.

Soweit ich kann bleibe ich bei ihm, auch wenn das irgendwann seine Grenzen hat und er alleine bleiben muss. Die OP ist lang, doch als ich mich erkundige, gibt es gute Neuigkeiten! Er hat sie sehr gut überstanden und die Ergebnisse lassen darauf schließen, dass seine Rückenschmerzen nach der Heilungsphase der Vergangenheit angehören. Für mich ist das die wohl beste Nachricht überhaupt! Die nächsten Wochen besuche ich Jean immer wieder, sehe die guten Fortschritte, die er macht und bin froh, dass ich den Entschluss für diese gute Tat gefasst hatte.

Seitdem hat sich Jeans Leben grundlegend verändert. Nachdem er körperlich wieder soweit es sein Alter erlaubt wiederhergestellt ist und er auch die Gehhilfen beiseite lassen kann, suchen wir zusammen eine kleine Wohnung für ihn. Er hat eine kleine Hausmeisterstelle gefunden und geht zusätzlich noch in das Haus, in dem er sonst immer Zuflucht gesucht hat, um sich nun um die anderen Besucher zu kümmern, als ehrenamtlicher Mitarbeiter. Es reicht alles in allem soweit aus, um einem Mann in seinem fortgeschrittenen Alter ein klein wenig mehr Lebensqualität zurück zu geben. Aus seiner Sicht ist es ein Sprung aus der Armut in den puren Luxus! Umso lieber gibt er durch die ehrenamtliche Arbeit nun seinerseits wieder etwas zurück, und wenn es nur eine warme Mahlzeit für die Anderen ist, begleitet von einem freundlichen Lächeln und einer warmen Decke. Für viele sieht so schon der Himmel auf Erden aus...

Kapitel 17

Auf dieser Welt gibt es leider nicht immer nur so erfreuliche Geschichten. Das habe ich bekanntermaßen auch schon selbst oft genug erfahren und trotzdem nicht mein sonniges Gemüt verloren. Mancher würde sogar sagen, dass ich mit meinem neuen Leben viel zu gut zurecht komme, keine großen Schwierigkeiten habe. Und ich ahne nicht, welche Konsequenzen diese unerfreulichen Geschichten noch haben könnten.

Deswegen fahre ich auch ziemlich beschwingt auf meine Einfahrt. Kurz kommt mir tatsächlich der Gedanken, dass ich doch wirklich gut mit meinem Auto-Dasein klar komme, wo ich anfangs so heftige Ängste und Befürchtungen hatte. Und während ich dort in der Dunkelheit des Abends ein klein wenig meinen Gedanken nachhänge, nähert sich von hinten eine Gestalt. Nicht unbedingt groß, einen wuscheligen Pferdeschwanz und in der Hand...

...Die Welt versinkt im Krach!! Mich durchzuckt ein heftiger Schmerz, als die Eisenstange den linken Außenspiegel abschlägt, ehe sie das Fenster der Fahrertür reißen lässt! Der mittige Treffer bringt es durch die Splitterschutzfolie nicht zum Einsturz, doch zieht sich ein Spinnennetz über die verdunkelte Scheibe! Zuletzt lässt sie ihre Wut noch am Heckfenster aus, das nach mehreren wuchtigen Treffern nachgibt und sich ein scheppernder Scherben-Regen in den Kofferraum ergießt! In dem Lärm gehen meine Schmerzlaute problemlos unter. Plötzlich ist Ruhe und eine heftige Gänsehaut jagt mir durch den Körper, als ich Bonnies wütende Stimme höre: „Das hast du davon, Morgan Sheldon! So geht man mit mir nicht um!"

Wie auch immer sie das meint, bei der Kleinen scheinen wohl mehr als nur ein paar Sicherungen durchgeknallt zu sein! Mit stapfenden Schritten entfernt sie sich vom Ort des Geschehens, während in der Nachbarschaft einige Lampen an und Fenster auf gehen, um nachzuschauen was das für ein Lärm ist. Ich selbst bekomme davon kaum etwas mit, stehe vom Schmerz betäubt vor der Garage. Es dauert etwas, bis sich die Umgebung beruhigt hat und ich nur zögerlich aus meiner Lethargie erwache. Das Garagentor öffnet sich langsam und im Schneckentempo rolle ich mit unsicher blubberndem Motor hinein und versuche dabei so leise wie nur möglich zu sein. Als das Tor zuklappt und die Dunkelheit der Garage mich umfängt, lasse ich mich mit einem schmerzhaften Aufseufzen einfach nur noch hinein fallen.

Es dauert mehrere Stunden, bis die Bewusstlosigkeit mich los lässt und ich mich heftig zittern auf dem Boden liegend wieder finde! Mein Körper schmerzt bei jedem Atemzug und ich kann kaum zuordnen wo ich noch unverletzt bin. Ich versuche mich auf den linken Arm zu stützen, doch gibt dieser in einer stechenden Schmerzwelle nach! Also versuche ich es über den rechten Arm und komme halbwegs auf die Knie, auch wenn mein Rumpfbereich bei jeglicher Bewegung protestiert! Mit dem einen Arm schaffe ich es, mich an einer Eisen-vorrichtung hoch zu hieven, komme mit weichen Knien zum Stehen und gebe den Versuch auf durchzuatmen. Verdammt! Es fühlt sich so an, als hätte die kleine Irre mir sämtliche Rippen gebrochen! Nicht schon wieder... Mit un-gelenkten unsicheren Schritten schaffe ich es aus der Garage, durch die Hinter-türe ins Haus und mühsam bis ins Wohnzimmer. Ich ignoriere den Spiegel im Flur, möchte gerade gar nicht wissen wie ich aussehe und nach einer gefühlten Ewigkeit ist das Sofa erreicht, wobei ich mir vorkomme, als ob ich dreimal hin-tereinander ohne Sauerstoffunterstützung den Mount Everest bestiegen hätte!

Ich zittere heftig, als ich nach dem dritten Versuch endlich in die Waa-gerechte komme, teils vor Schmerzen, teils durch den Schock. Natürlich wäre es vernünftiger in die Klinik zu fahren, doch was soll ich den Ärzten sagen? Deswegen baue ich auf meine neu erworbenen Heilungs-Kräfte und lasse mich erleichternd auf keuchend in die aufwallende Schmerzohnmacht fallen.

Ich verliere jegliches Zeitgefühl, treibe mehr oder weniger bewusstlos dahin, während mein geschundener Körper jede Minute Ruhe, wie ein ausgetrockneter Schwamm förmlich in sich aufsaugt. Essen, trinken, andere notwendige Dinge, werden für die Zeitspanne unwichtig. Und erst als die schlimmsten Blessuren sich beruhigt haben, meine Atemzüge ruhiger statt so gequält gehen, erlaubt mir das Schicksal langsam wieder aus dem Nichts aufzutauchen! Ich liege immer noch auf dem Rücken auf dem Sofa, den linken Arm auf der Rippengegend, während rechter Arm und Bein vom Sofa gerutscht sind. Vollkommen orientie-rungslos öffne ich die Augen zu schmalen Schlitzen. Wo bin ich? Es ist nicht sonderlich hell, doch reicht es aus um den Anschein zu geben, dass das Licht in meinem Kopf explodieren würde. Bleischwer hieve ich mich hoch, komme mühsam in die sitzende Position, ehe das Wohnzimmer, das ich endlich als mein eigenes eingestuft habe, wieder schwer ins Schwanken gerät und sich zu drehen anfängt! Anscheinend ist mein Kreislauf mitnichten von der Sache über-zeugt aufstehen zu wollen! Mir wird flau, übel, ich huste und würge, natürlich ohne große Auswirkungen, doch es braucht ein paar Minuten, ehe mein voll-kommen leerer Magen das auch kapiert hat und sich widerwillig etwas beru-higt. Schweißnass lehne ich mich nach hinten, lasse mich von der Rückenlehne tragen und gebe mich nur zu gerne dieser Welle aus Schwerelosigkeit und tan-zenden Sternen hin.

Dieses Mal ist es allerdings eine relativ kurze Zeit, ehe ich leicht zusammen zucke und die Augen öffne. Die Sonne geht bereits unter, zum wievielten Male seit ich hierher gekommen bin? Mein Verstand bleibt mir die genaue Antwort schuldig und ich bin noch zu träge, um auf meine Uhr oder mein Handy zu schauen. Um ehrlich zu sein ist es auch, meiner Meinung nach, nicht unbedingt wichtig. Vorsichtig versuche ich mich an einer weiteren Bestandsaufnahme meines Körpers. Der Druck und Schmerz im Rumpf hat merklich nachgelassen. Ich atme langsam ein, tiefer, tiefer, kein Knirschen oder Knacken erklingt, das Ziehen hält sich in Grenzen. Dahingehend schätze ich, dass ich wohl gut drei bis vier Tage komplett weggetreten war. Ein Blick auf meinen Arm, den ich langsam hebe und am Ellenbogen noch eine massive Schwellung und Blutergüsse erkennen kann. Und im Gegensatz zu vorher ist er schon zumindest bis 70 Grad beweglich, ehe das Gelenk beim Strecken protestierend blockiert. „Mist", fluche ich vor mich hin und hoffe, dass ich da wieder die volle Mobilität zurückbekomme. Dennoch kann ich für jetzt mit dem Ergebnis meiner Bestandsaufnahme zufrieden sein, nachdem was sie da alles zerschmettert hatte. Und ich kann wohl auch problemlos die Außenspiegel zum Ellenboden, die Scheiben zu den Rippen und den Lendenwirbeln zuordnen, was doch ziemlich spannend ist, oder?

Als ich nun nach meiner kurzen Zusammenfassung der Tatsachen beschließe aufzustehen, funktioniert das sogar ohne großes Drehen oder Ziehen. „Ein Glück", seufze ich erleichtert auf und gehe langsam aus dem Wohnzimmer in den Flur, dort Stufe für Stufe die Treppe hinauf, wobei ich dann am oberen Absatz eine kurze Pause machen muss, weil es vor meinen Augen zu flimmern beginnt. Nach einigen tiefen bedächtigen Atemzügen legt sich auch das wieder und ich setze meinen Weg fort. Im Schlafzimmer hole ich frische Sachen aus dem Schrank und gönne mir danach im Bad eine ausgiebige Dusche! Nach den letzten Tagen ist das allerdings auch bitter nötig. Beim abtrocknen kann ich noch die letzten Spuren sehen, die sich über Rippenbögen, Lendenbereich und Arm ziehen. Ich habe meinen Trockenvorgang gerade beendet und mir ein Handtuch um die Hüften gelegt, als es stürmisch an meiner Haustüre klopft und klingelt, während die besorgte Stimme meiner Mutter zu hören ist: „Morgan?! Morgan, bist du da?"

Ich gehe so zügig wie möglich die Treppe hinunter, öffne die Tür und kurz schaut sie mich ob meines Aufzugs etwas verlegen an, ehe ihr Blick auf meinen linken Arm fällt: „Junge, was hast du nur gemacht? Das sieht ja schlimm aus! Die ganze Nachbarschaft macht sich schon Sorgen um dich, weil sie das mit dem Wagen mitbekamen und dich die ganze Woche nicht sahen. Ich habe versucht dich per Handy zu erreichen, aber seit drei Tagen geht nur deine Mailbox dran, die vermutlich schon voll ist, so oft wie sie mich ertragen musste. Morgan, komm, setz dich, du siehst gar nicht gut aus!"

Endlich scheint ihr in der Wortsalve kurz die Luft auszugehen und ich setze zu einer Antwort an: „Anscheinend spinnt mein Handyakku wieder, tut mir leid, ich wollte dich nicht verängstigen. Ich bin gerade in der Dusche ausgerutscht und mit dem Ellenbogen gegen die Wand geknallt. Das geht aber schon wieder, sieht schlimmer aus als es ist. Mein Wagen ist in der Werkstatt, deswegen habe ich auch die Zeit genutzt und hier viel im Haus gemacht." Ich hasse es gerade wirklich meine eigene Mutter zu belügen, was unter normalen Umständen auch vollkommen unmöglich ist. Doch jetzt scheint es durch ihre eigene Aufregung zu funktionieren. Nur vorsichtig tastet sie über meinen Arm und ich zucke zusammen. „Komm, zieh dir was an, ich fahre dich in die Klinik. Lass ihn dort zumindest anschauen und röntgen..." Und ich kann weder dem bittenden Blick noch ihrer besorgten Stimme diesen Wunsch abschlagen und nicke nur leicht: „Okay." Und damit mache ich kehrt, tapse die Treppe hoch, während sie im Flur wartet.

Die Untersuchung in der Klinik bringt beruhigende Ergebnisse. Anscheinend ist der zerschmetterte Ellenbogenknochen tatsächlich wieder ohne Rückstände zusammen gewachsen und sie diagnostizieren eine schwere Prellung und Verstauchung, das war es. Niemand ahnt, wie ich vorher aussah! Als ich im Behandlungszimmer während der Untersuchung den Blick auf den Kalender schweifen lasse, spüre ich wieder das flaue Gefühl und der Arzt nötig mich dazu, mich besser hinzulegen, um mir dann ein den Kreislauf stabilisierendes Medikament zu spritzen und es als Nachwirkung des Schocks zu münzen. Die Erkenntnis, dass der Vorfall vor der Garage neun (!) Tage her ist, statt meiner geschätzten drei bis fünf, hat mich doch ein klein wenig aus dem Gleichgewicht gebracht! Allerdings ist das nicht von langer Dauer und eine Stunde später verlasse ich mit bandagiertem Arm und meiner Mutter wieder die Klinik.

Die kurze Heimfahrt verbringe ich damit, sie liebevoll davon zu überzeugen, dass ich Zuhause alleine zurecht komme und etwas widerwillig fährt sie das kurze Stück heim, nachdem ich ausgestiegen bin. Ich selbst brauche erst einmal ein paar Eier mit Speck, ehe ich endlich auch vom Verstand her die vergangenen Tage verarbeiten kann. Allerdings versetzt es mir einen ordentlichen Schreck, dass Bonnie zu so einer drastischen Maßnahme gegriffen hat und ich bin mir noch nicht sicher, wie ich damit umgehen soll.

Glücklicherweise vergeht auch diese Blessur wieder und ich kann mein Leben in vollen Zügen genießen. Dazu gehört natürlich auch die Begegnung mit meinen Mitmenschen. Wobei es heute mal wieder eines der kleineren Exemplare ist. Denn als ich nach meinem Einkauf gerade gewandelt aus einer abgelegenen Ecke hervor komme, und mit vor Stolz geschwollener Brust verkünden könnte, dass meine Lebensmittel dank Rucksack tatsächlich im Kofferraum landen, stocke ich doch nach einigen Metern. Denn nur zwei Meter entfernt kann ich ein kleines Kind von vielleicht zwei bis drei Jahren sehen, das mit noch etwas unsicheren Schritten daher tapst! In mir steigt Panik auf, denn hier sind eindeutig zu viele fahrende Wagen unterwegs, als dass der Stoppelhopser alleine unterwegs sein sollte und ich versuche mich nach einer Begleitperson umzuschauen, kann jedoch niemanden entdecken. Deswegen blinke ich einige Male beherzt mit den Frontscheinwerfern auf, um die Aufmerksamkeit des Kleinen zu erhalten. Und zu seinem und meinem Glück klappt das sogar!

Neugierig kommt er zu mir hinüber und entfernt sich damit von der für ihn gefährlichen Fahrspur. Innerlich atme ich durch und spüre kurz darauf kleine Hände auf den Scheinwerfern herum patschen. Zwar sind es eigentlich meine Augen, doch tut es glücklicherweise nicht weh. Er geht zur Fahrerseite, streift mit den Fingern über das Glas und ich lasse die LED aufflammen! Zuerst schaut er überrascht, als es bei den nächsten zwei Versuchen ebenso funktioniert, lacht er auf: „Das ist lustig!" Ob der andere Scheinwerfer das wohl auch so macht? Natürlich wird das ausprobiert und leises Kichern begleitet das 'Patsch-Patsch-Blink-Blink'-Spiel! Ich kann mir ein Schmunzeln kaum verkneifen. Immer wieder versuche ich währenddessen jemanden in der Nähe zu finden, zu dem der kleine Knirps gehören könnte, Fehlanzeige!

Dieser geht nun an der Fahrerseite vorbei, immer wieder berührt mich die kleine Hand an der Seite und es kitzelt angenehm, bis er sich die hintere Beleuchtung genauer anschaut. Und was soll ich sagen, da funktioniert das Spiel natürlich genauso! Egal ob die Fingerspitzen die Bremsleuchte oder die Rückfahrleuchte berühren, schon blinkt sie fröhlich auf! „Nochmal!" lacht er mindestens genauso fröhlich auf und wir wiederholen es noch einige Male, so dass das Lachen immer lauter wird!

„Henry! Meine Güte, mach das nie wieder, Mama hat sich große Sorgen gemacht und dich schon eine halbe Stunde gesucht!" Da taucht es auf, das vom Lachen angelockte, vollkommen aufgelöste Muttertier! Am liebsten hätte ich ihr ja noch ein paar passende Worte gesagt, doch die Tränen in ihren Augen sprechen Bände, vermutlich erwartete sie ihn schon unter irgendwelchen Rädern. Sie hebt Stoppelhopser Henry auf den Arm und drückt ihn erleichtert an sich, ehe sie zu mir schaut: „Vielen Dank! Übrigens eine lustige Art ihn zu beschäftigen." Meine Frontscheinwerfer flackern kurz auf, ehe sie die Stimme aus dem Inneren hören kann: „Gern geschehen. Ein Glück das es funktioniert hat." Und als sie lächelt und sich zum Gehen abwendet, dreht Henry sein Gesicht zu mir, schenkt mir winkend ein strahlendes Lächeln: „Tschüss Auto!" Ein letztes Mal erleuchtet die komplette Beleuchtung: „Tschüss Henry." Und bald sind sie aus meinem Blickfeld verschwunden. Immer noch leicht in mich hinein schmunzelnd fahre ich heim.

Okay, packen wir es an! Glücklicherweise sind großartige versehentliche Wandlungen weiterhin ausgeblieben und in mir keimt weiter die Neugier hoch! Mittlerweile kann ich als Wagen problemlos auf meine Ausstattung zugreifen, darunter auch das schon erwähnte WLAN, und habe dabei zufällig etwas interessantes gefunden! Natürlich nicht auf den hochoffiziellen Seiten, eher in einem kleinen unscheinbaren Auto-Forum... Treffpunkte, meist abgelegene Straßen, was wohl eine deutliche Sprache spricht, oder? Langsam verabschiedet sich der Sommer, die Sonne geht etwas eher unter und schenkt uns wunderschöne Farben. Ich beobachte dieses Schauspiel, stehe auf vier Rädern auf einem Weg außerhalb der Stadt und aus meinem Radion erklingt leise die Stimme vom 'Boss' und singt 'I'm on fire'. Ja, das könnte ich von mir auch gerade behaupten. Denn als die Welt in der blauen Stunde versinkt, mache ich mich auf den Weg! Ich habe mir die Adresse im Navi aufgerufen und finde es deswegen auch fast wie im Schlaf. Irgendwo außerhalb Oxfords, natürlich verrate ich nicht mehr, das wäre sonst wohl eher kontraproduktiv. Es dauert keine fünfzehn Minuten bis ich dort angekommen bin und durch meine gute Nachtsicht mehrere Fahrzeuge erkennen kann. Sie bestätigen mir ohne Worte, dass ich hier richtig bin.

Mit etwas Übung habe ich es geschafft, mir den aus dem Forum gezogenen Aufkleber auf die Frontscheibe zu pappen. Und als ich die Gruppe erreiche, entfernt eine hübsche junge Lady in ziemlich knappen Outfit ihn fast schon behutsam, klebt ihn auf einen Zettel und schreibt mein Kennzeichen ab. Dann tätschelt sie sanft meinen Kotflügel: „Viel Glück, kleiner Wagen. Hoffentlich kommst du ohne große Blessuren wieder zurück..." Für einen kurzen Moment kommen vage Zweifel, ob ich das hier jetzt wirklich machen möchte. Doch ich versuche die Bedenken schnell abzuschütteln und genieße stattdessen ihre kurze angenehme Berührung, die mir einen wohligen Schauer über das Chassis laufen lässt.

Dann geselle ich mich zu den anderen Wagen und mir würde wohl die Kinnlade hinunter klappen, wenn ich das in meiner momentanen Form könnte. Da findet sich ein nach allen Regeln der Kunst hoch getunter Audi Spyder R8 neben seinem Bruder RS6, der nicht ganz so spektakulär ausschaut. Ein BMW M1, sowie ein 8er. Ich bekomme erneut vage Zweifel, versuche mich mit der Betrachtung der Corvette, dem Camaro und dem Firebird abzulenken. Okay Morgan, das Rennen ist schon gelaufen! DAS ist nicht zu schaffen!!! Noch ehe ich weiter darüber nachdenken kann, setzt sich die PS-starke Menge in Bewegung und ich schwimme einfach mit. 'Dabei sein ist alles, und wenn es der letzte Platz ist, egal'... mache ich mir selbst Mut.

Keine Ahnung warum sie es machen, doch fahren einige Wagen Richtung Startbereich beiseite, winken mich durch, so dass ich meinen Platz neben Mr. R8 Sporttuning in der ersten Reihe einnehmen darf. Vielleicht möchten sie sich den Spaß machen und mich dann nacheinander mit hämischen Grinsen überholen... Das hübsche Ding steht vor uns und mit geübten Armbewegungen gibt sie das Feld frei!

Wrrrrooooooomm!!! Ich gebe Vollgas und brettere mit dem Sound eines Hubschraubers nach vorne! Klar, ich habe die Klappe der Auspuffanlage geöffnet, wenn ich schon verliere, dann mit Eleganz und Niveau! Damit hole ich zumindest von der Lautstärke her die anderen Wagen auf! Mittig fliegen die Streifen an mir vorbei, ich flitze kurz von links nach rechts und zurück und spüre das unbeschreibliche Gefühl in mir, während der Fahrtwind über mein Chassis streicht und meine Reifen fast über den Asphalt fliegen! Vor uns tauchen Schilder auf, Kurven, Geschwindigkeitsbegrenzungen, ich halte die Luft kurz förmlich an, presche weiter! Ich spüre genau, wie sich mein Schwerpunkt in den Kurven verlagert, meine Federung das Gleichgewicht ausgleicht. Kurve, Kurve, Gas! Anbremsen, Kurve, Kurve, Gas! Für den Moment wunder ich mich nicht einmal darüber, dass ich noch nicht überholt worden bin. In den Kurven ist es ihnen anscheinend zu riskant. Und dann kann ich sie sehen, die leicht bekleidete Brünette! Oh, ist da etwa schon das Ziel? Ich spüre die Hitze in mir aufsteigen, langsam wird es anstrengend die Geschwindigkeit zu halten, immerhin ist dieses kleine Auto kein Langstreckenrenner, aber dafür ein ausgezeichneter Kurvenräuber! Unter meinen Reifen nimmt die Vibration der Motorgeräusche zu, erbarmungslos wie eine Monsterwelle schieben sich die Anderen auf mich zu und ich komme mir vor wie ein Surfer auf seinem kleinen Brett, den Naturgewalten vollkommen ausgeliefert. Eine letzte Chance! Mein Motor heult knallend auf, die letzten Reserven werden aus dem Turbo gezogen und ich sehe das Mädchen auf mich zu fliegen, auch wenn ich wohl eher an ihr vorbei jage! GESCHAFFT!!!

Ich verringere das Gas, vermeide aber tunlichst zu bremsen und verschwinde hinter der nächsten Kurve hinter einem kleinen Hügel. Erst dort bremse ich stark schlingernd aus und schaffe sogar mich sofort zu wandeln, so dass ich kurz darauf mit dem Mini-Schlüsselbund in der Hand auf die Straße geschlendert komme. Nach und nach sind auch die anderen Wagen gefolgt, vermutlich in der Annahme mich hätte es aus der Kurve geschossen! Und genauso verblüfft wie die Fahrer mich ansehen, schaue ich sie auch an, denn erst jetzt realisiere ich, dass mein kleiner Mini als Erster über die Ziellinie rast ist!! Das Adrenalin schießt mir bei der Erkenntnis erneut durch den Körper und ich spüre meine weichen Knie, taumle leicht! „Schau dir den Kleinen an, den haut es nach seinem Sieg fast aus den Schuhen!" lacht ein schlanker Typ mit roter Bürstenfrisur, nachdem er aus dem R8 gestiegen ist. „Mit was hast du deine Rennsemmel getankt, Cooper? Die Kleine hatte die Hände gerade zusammen, da warst du schon unterwegs!" Die Stimme ist eindeutig weiblich und entspringt dem Camaro, ehe die dunkelhaarige Schönheit aussteigt. Wie sich heraus stellt, ist sie eine von sehr wenigen Fahrerinnen, die sich regelmäßig an den geheimen Rennen beteiligen. Nacheinander beglückwünschen sie mich, wobei es einigen anzumerken ist, dass sie viel lieber an meiner Stelle wären und es noch nicht ganz glauben können. Mancher raunt, dass es unmöglich wäre, dass ich einen R8, RS oder M1 auf der Strecke stehen lassen kann. Fairerweise muss ich zugeben, dass es tatsächlich in dieser Relation unmöglich wäre, doch fehlen mir da die drei Sekunden Reaktionszeit vom Auge zum Fuß! Denn ich bin Auge, Fuß und Gaspedal in einem! Aber das werde ich natürlich nicht verraten. Wenn sie das wüssten, würden sie mich hier auseinander nehmen!

Ich habe mich endlich wieder etwas gefangen und antworte leicht verlegen: „Keine Ahnung, vielleicht Anfängerglück?" Die Antwort haben sie vermutlich schon oft gehört, winken nur lachend ab und die Brünette mit der Gürtel breiten Shorts kommt auf mich zu und reicht mir einen länglichen Umschlag: „Der Preis gehört dem Gewinner, Jungs. Es war eine saubere Sache." Als ich den braunen Umschlag entgegen nehme, kann ich schon spüren, dass er eine geraume Menge an Scheinen enthält. Aber welchen Wert er hat, das würde ich mir jetzt nicht anschauen. „Danke, ehrlich, wow, damit hätte ich jetzt nicht gerechnet", erwidere ich strahlend. „Mal schauen wann wir uns wieder sehen. Dein Kennzeichen ist auf jeden Fall jetzt abgespeichert, brauchst also keinen Aufkleber mehr."

Mehrere Köpfe fahren hektisch herum, als von weiten Sirenen zu hören sind! „Abfahrt!" So schnell kann ich gar nicht sehen, wie sie in ihren Wagen und mit ihnen verschwunden sind! Ich selbst tauche im Schutz des Hügels unter. Dort verstecke ich mich an einem Busch und warte ab. Ein paar Mal fährt ein Streifenwagen an mir vorbei und nach einer Viertelstunde ziehen sie wieder ab. Ich atme durch, komme hervor und bald darauf düse ich heimwärts! Erst dort, in meinem heimischen Wohnzimmer, widme ich meine Aufmerksamkeit dem Umschlag. Mit zittrigen Händen zähle ich durch, es sind lauter 100er und am Ende halte ich 5.000 Pfund Sterling in den Händen! „WOW! Das ist ja der Wahnsinn!" Ich juble kurz laut auf und hätte es beinahe übersehen, als der Umschlag zu Boden fällt. Erst beim Aufheben entdecke ich die Ziffernreihe und einen Namen 'Sharon'. Die Gürtel breite Shorts mit brauner Mähne hat einen hübschen Namen! Und ich suhle mich noch ein paar Stunden in diesem Gefühl aus Glückshormonen und Adrenalin, ehe ich selbst im Schlaf noch davon träume!

Kapitel 18

Oh yes, Sir! Langsam aber sicher entdecke ich immer mehr angenehme Seiten an meinem Auto-Dasein, wobei ich teilweise froh bin, dass es die Anderen nicht ahnen. So wie jetzt, wobei ich auch hier wieder ein wenig Übung brauchte, bis es klappt. Ich verlasse die Tankstelle zu Fuß, suche mir dort meine Lieblingsstelle und klemme mir die Marke hinter das rechte Ohr, ehe ich mich wandle. Und schwupp, klemmt sie hinter meinem Scheibenwischer an der Fahrerseite! SO rolle ich zur Waschanlage hinüber, habe noch die Worte der Kassiererin im Ohr, die meinem Mini eine angenehme Dusche wünscht. Oh ja, die werde ich haben! Der Mitarbeiter kennt das schon, nimmt die Marke an sich und schon geht es los!

Er nimmt den Hand-Sprüher und gönnt jedem verschmutzten Teil wie Reifen, Felgen und teils auch den Stoßfängern eine angepasste Menge Reinigungszeug. Danach kommt der Hochdruckreiniger zum Einsatz, um die besprühten Stellen vor zu reinigen. Ich bin heute nicht das erste Mal hier, dennoch ist es immer wieder überraschend, wie es sich anfühlt. Denn es kribbelt angenehm in Armen, Beinen, Kinnbereich und Kehrseite, und verpasst meinem Körper eine wohlige Gänsehaut. Das Vorprogramm ist meiner Meinung nach jedes Mal eindeutig zu kurz, egal wie lang es tatsächlich dauert. Ich bekomme das Zeichen und fahre langsam vor, auch wenn ich alleine gut erkenne wo ich hin muss, doch darf er mich brav einweisen, bis mein Vorderreifen im Zugschlitten einrastet. Ein kurzer Ruck und es geht los! Der Metallschlitten zieht mich langsam durch die Anlage. Aus den rundherum angebrachten Düsen prasselt der Schaumreiniger blumig duftend auf mich nieder und kurz überlege ich, ob es davon wohl auch eine etwas maskuline Version gibt? Für die Scheibenwaschanlage habe ich so was schon gesehen. Die Bürsten senken sich rotierend hinunter und verteilen den Schaum auf meinem Chassis, lösen gleichzeitig den Schmutz. Glücklicherweise ist die ganze Maschine so laut, dass meine leisen wohligen Seufzer übertönt werden. Einer der Momente, in denen ich mein Auto-Dasein richtig genieße, so eine Autowäsche ist aber auch eine Wohltat! Kein Vergleich dazu, wenn ich mich zweibeinig unter der Dusche aale! Und während ich genieße, zieht es mich weiter, in den Bereich mit den weichen Bürsten und Klar-Wasserdüsen. Ich tauche weiter in meine Genusswelt ab, nehme meine Umgebung außerhalb der Waschzeremonie kaum mehr wahr. Träumend ruckelt es mich vorwärts, verschwindet der Schaum, spült der Dreck in die Abwasseranlage. Und erst als ich die Hitze und Lautstärke der Trockendüsen und den Wind unterbewusst wahrnehme, lasse ich mich wieder ins hier und jetzt treiben, ein letztes wohliges Erschaudern geht durch mein Chassis und wenig später gibt der Zugschlitten meinen Reifen wieder frei. Ich atme durch, blinzle leicht, als sich das Rolltor öffnet und das helle Tageslicht hinein fällt. Fast schon widerwillig starte ich den Motor, rolle vor, ein kurzes Anbremsen um die Bremsblöcke frei zu bekomme und dann gebe ich Gas!

Und was für angenehme Seiten gibt es noch? Nun, zum Beispiel genau diese: Ich stehe als Wagen am Straßenrand, die Sonnentage werden weniger. Doch bei dem schönen Wetter bleiben die Röcke der Damenwelt teils noch recht kurz. Und ich? Ich kann hier einfach ganz unschuldig herumstehen und mir anschauen, wie sie langsam wie auf dem Laufsteg an mir vorüber gehen, auf diesen unglaublich dünnen Absätzen, auf denen ich vermutlich keine zwei Schritte schaffen würde. Und wieder nähert sich so ein herzallerliebstes Wesen von weitem und ich verfolge mit verträumtem Scheinwerfer-Blick ihren Weg. Sie trägt einen kurzen Faltenrock im Schotten-Muster, dazu eine weiße Bluse und weiße Kniestrümpfe, die in schwarzen Pumps münden. Sie kommt sich vollkommen unbeobachtet vor, dass ist ihr anzusehen, denn ihre Gedanken scheinen weit weg zu sein. Und so genießen wir beide wohl diesen Moment, ehe sie kurz stockt, während sie mich erreicht. Dann legt sich eine ihrer Hände an mein Wagendach, während die Andere ihren Schuh vom Fuß zieht, ihn schüttelt, den Schuh wieder überstreift und kurz aus justiert, scheint zu funktionieren. Denn ihre Hand löst sich wieder von meinem Dach und sie geht weiter. Ich selbst spüre noch eine ganze Weile den Druck ihrer sanften Hand und seufze genießend.

Genussvolle Beobachtungen funktionieren übrigens auch gut in Cafés. Morgens einen gemütlichen Platz gesucht und neugierig aus dem Fenster geschaut. Und insgeheim warte ich auf sie... die Frau mit den Rosen. Doch ein ums andere Mal bleibt sie fern und ich mache mir langsam Sorgen. Zwei Wochen, nach zwei Wochen erkenne ich ihre schlanke Silhouette mit dem Wuschelkopf, ihr Gesicht sieht schmaler aus, wenn ich mich nicht irre. Und schon dreht sich ihr Kopf, schaut sie ins Fenster, vor sich trägt sie heute einen großen Rosenstrauß in rot und weiß gemischt. Die andere Hand winkt mir zu und kurz scheint sie zu überlegen, steuert dann auf die Eingangstüre zu und erreicht wenig später meinen Platz, wo ich ihr schon ehe sie fragen kann einen Stuhl anbiete. Die Blumen legt sie vorsichtig auf den letzten freien Stuhl und lächelt zu mir hinüber: „Schön sie wieder zu sehen."

Ich erwidere ihr freundliches offenes Lächeln und nicke leicht gen des größeren Straußes: „Ja, ich gebe zu, ich habe sie die letzten Wochen etwas vermisst. Ist alles in Ordnung? Das sieht nach einem besonderen Tag aus." Nun, die übliche Reaktion eines eingefleischten Engländers wäre jetzt alles in heiter Sonnenschein zu tauchen. Doch in unserer Generation ist es schon sehr aufgelockert. Deswegen antwortet sie mit einem leichten Wiegen des Kopfes nach rechts und links: „Ich lag einige Zeit mit einer verspäteten Sommergrippe flach und brauchte danach ein paar Tage, um mich davon zu erholen. Aber mir geht es wieder gut. Danke der Nachfrage. Und ja, jetzt bringe ich meiner Freundin alle Rosen, die sie bis jetzt nicht bekommen hat." Ich nicke verstehend: „Deswegen heute einen wunderschöne Strauß. Darf ich eine unverschämte Frage stellen?" Kurz wird ihr Blick fragend, ehe sie lächelt: „Ich bin mir sicher, dass es keine unverschämte Frage wird, sondern eine interessierte." Und ich schmunzle, da hat sie wohl Recht. „Nun, ich frage mich, ob es auf Dauer nicht recht kostspielig ist. Bitte verstehen sie mich nicht falsch." Verstehend heben sich ihre Augenbrauen und sie nickt kurz: „Die Frage ist verständlich und angebracht. Nun, ich weiß, dass sich niemand Gesundheit kaufen kann und verdiene recht passabel. Ich sehe es als Ritual und Wertschätzung meiner Freundin gegenüber an, die ja Rosen über alles liebte." Ja, die genauen Umstände hat sie mir bei unserem ersten Treffen schon erläutert und ich fand es eine sehr schöne Geste. Und nach ihren Worten greift sie zu dem Strauß und zupft eine weiße Rose heraus, sie sie mir mit den Worten reicht: „Ich bin mir sicher, sie würde sie ihnen auch geben, weil sie ein gutes Herz haben und ein freundlicher Mensch sind." Im ersten Moment bin ich sehr erstaunt und ihre Worte lassen mich doch hart schlucken, ehe ich mit leicht heiserer Stimme antworte: „Ich danke ihnen. Sie wird einen ewigen Platz bei mir bekommen." Wir unterhalten uns noch ein paar Minuten, ehe sie weiter geht, denn ihre Arbeit wartet.

Mein gutes Herz beweise ich ein paar Tage später, als ich auf dem Parkstreifen stehe, der Motor läuft und ich warte eigentlich darauf, dass ich losfahren kann, doch die Straße ist noch nicht frei genug. Hinter mir möchte eine Smart-Fahrerin einparken, doch kann ich auch die Laterne an ihrer Seite sehen. Nein, der Smart ich kein großes Auto und kann zu zweit in einer Parklücke stehen, wenn es erlaubt wäre. Dennoch ist er zu schade, sich an einer Laterne eine Beule zu holen. „Stopp!!" kann sie es bald darauf hören, gerade so dass sie nicht mit der vorderen Backe die Laterne erwischt. Sie hält abrupt an, korrigiert und im nächsten Zug steht sie perfekt in der Parklücke! Als sie aussteigt, wandert ihr Blick zu mir hinüber, auch wenn die verdunkelten Scheiben mein Innerstes verbergen. „Danke", richtet sie ihre Stimme an meinen 'Fahrer' und entfernt sich.
Ich selbst sehe die freie Möglichkeit auf der Straße, ziehe heraus und fädle mich in den rollenden Straßenverkehr ein. Allerdings geht das nur bis zur nächsten Ampel gut, die hämisch grinsend auf rot springt! Ich warte ab und erst als ich das Vibrieren unter den Reifen spüre, versuche ich den Auslöser zu finden. Ich entdecke hinter mir den massiven Kühlergrill eines Ami-Schlitten in Form eines Dodge Ram! Und ja, natürlich macht er gleich einen auf dicke

Hose! Immer wieder tanzt er mit der Drehzahl und der Boden vibriert erneut auf. Die Ampel springt um, ich fahre los, allerdings im normalen Tempo. Und sofort schiebt sich das Ungetüm an meine Fersen! Leider muss er mich ertragen, zumindest bis die Straße von einspurig zu doppelspurig wechselt. So wundere ich mich nicht, als wir an der darauf folgenden Kreuzung nebeneinander an der roten Ampel stehen! Wieder spielt er mit dem Gaspedal, Einschüchterungstaktik? Fehlanzeige. Ich schaue zur Ampel und kaum dass die rote Lampe erlischt gebe ich Gas!

In einer dezenten Staubwolke verschwinde ich in der Ferne! Ja, wie war das noch mit den drei Sekunden Reaktionszeit, genau, rawooom! Allerdings ohne Hubschraubersound, immerhin möchte ich hier nicht die örtliche Polizei auf den Plan rufen. Und während er Gas gibt, habe ich schon ein paar Meter hinter mich gelassen, ehe ich ein helles Aufblitzen registriere, was mich doch kurz blendet, so dass ich aufpassen muss die Spur zu halten. Erst dann realisiere ich, dass mich gerade ein Radarwagen erwischt hat! Auweia! Mein erstes Radarfoto! Ein zweites Aufblitzen bestätigt, dass es den Dodge Ram ebenfalls erwischt hat! Geteiltes Leid ist bekanntlich halbes Leid. Ich fahre heimwärts, mit dem Gedanken, dass mir da wohl einfach nur abwarten übrig bleibt, bis ich Post bekomme.

Allerdings mache ich mir keinerlei Gedanken darüber, wie dieses Foto aussehen könnte! Das stellen dafür einige Mitarbeiter in der Dienststelle fest! Denn als das Bild weitergeleitet und ausgewertet wird, gibt es mehrere erstaunte Augenpaare. Denn wie kann ein Mini Cooper mit über 60 mph (96km/h) die Straße entlang preschen, ohne dass jemand auf dem Fahrersitz ist? Denn trotz der verdunkelten Scheiben ist durch den Blitz der Innenraum erleuchtet und erkennbar, dass niemand sich versteckt, also ohne Zweifel fahrerlos! „Schau dir das an, das kann doch nicht sein. Auch das Kennzeichen ist nicht zu erkennen, da hat doch einer den Wagen manipuliert und sich einen Scherz erlaubt!" Das Bild durchwandert mehrere Büros, mancher 'Spezialist' möchte erklären wie das möglich ist, bis sie bei bekannter Fernsteuerung ankommen und der Ansicht, dass man wohl niemandem eine Rechnung schicken kann, den man nicht erkennt. Also ab an die Pinnwand mit den Kuriositäten und einen Haken dran...

Kapitel 19

Und an welche Adresse schicke ich die Rechnung für den Beinahe-Kabelsa-
lat? So eine Unverschämtheit aber auch, dass hätte böse ins Auge gehen können. Da stehe ich nachts wieder einmal völlig harmlos vor mich hin träumend
herum und genieße die letzten warmen Sommernächte. Die Rottöne haben im
Verlauf des Sonnenunterganges die Umgebung in ein romantisches Lichtspiel
getaucht und als die letzten Strahlen verschwunden sind, fallen mir in der blau-
en Stunde langsam die Augen zu, zumindest wäre es bei mir als Mensch so. Ich
schlafe tief und fest ein, zu meinem Glück schnarche ich nicht, das wäre ein
Schauspiel! Theoretisch würde ich wohl bis zum nächsten Morgen durch-
schlafen. Allerdings wird meine Nachtruhe nach Mitternacht gestört! Irgendwas
krabbelt durch meinen Motorraum und es fühlt sich richtig flauschig und weich
an! Nachdem sich der erste kurze Schreck verflüchtigt hat, versuche ich heraus
zu finden WAS es sein könnte. Für eine Maus fühlt es sich zu groß an, für eine
Ratte wiederum zu lang. Auch die Pfoten sind anders, wenn sie sich auf meine
Teile legen, sie umfangen und... „AUTSCH!" Ich fahre zusammen und schlagartig erkenne ich das Tier, ein Marder! Und er hat gerade versucht an einem
Kabel zu knabbern! Kaum dass ich verstohlen die Umgebung sondiert habe, ob
jemandem mein doch leicht schmerzhafter Aufschrei aufgefallen wäre, kann ich
ihn erneut schnuppern hören! „Wage es nicht noch einmal!" brumme ich ihm
leise erbost zu und kurz stockt er, schaut sich irritiert um, ehe die Vorderpfoten
erneut einen Kabelstrang umfassen! Er möchte gerade herzhaft hinein beißen,
als die Kabel ihm einen dezent unangenehmen Stromstoß verpassen, auch wenn
ich etwas Geduld dafür aufbringen muss, ihn so gezielt auszulösen. Die Pfötchen lassen los, er weicht ein Stück zurück und schnattert erbost vor sich hin,
während er sich ab und an über die Nase wischt. Hat es weh getan? Sollte es
auch!

Ich gehe davon aus, dass er genug hat und sich trollt. Tja, Fehlanzeige! Keine Minute später startet er den nächsten Versuch. Gezielt suchen die Pfötchen
sich das entsprechende Kabel und ehe ich ihm den nächsten weitaus kräftigeren
Schlag am Schweif verpassen kann, haut er seine Beißerchen mit aller Kraft in
die Gummidichtung! Ich kann den Schrei nur schwer unterdrücken und spüre
kurz darauf das leichte Vibrieren! Und während er noch genüsslich an der Dich-
tung kaut, wandle ich mich zurück... Meine Hände greifen instinktiv nach dem
Nager, der verdutzt aufhört, weil er jetzt meine menschliche Schulter vor der
Nase hat! Er merkt auch zu genau, dass die Falle zugeschnappt ist! Allerdings
schafft sein kleines schlaues Köpfchen nicht zu verstehen was hier passiert ist.
Wo ist das Auto? Wieso hält der Typ mich fest? Ich will hier weg! Noch dazu
hält die eine Hand von mir ihm vorsorglich die Schnauze zu! Er versucht sich

mit aller Macht zu wehren, ist erstaunlich wendig, aber so ein Schnauzen-Griff ist unangenehm und er kommt nicht aus der Umklammerung heraus. Ich schaue mich kurz um, neben mir ist eine Wiese und mit einer schnellen Bewegung drehe ich mich zur Seite, und werfe ihn von mir weg! Er rollt und purzelt durch das Gras, rappelt sich hoch, hat sich ja nichts getan, vermutlich nur einen etwas lädierten Gleichgewichtssinn und einen verletzten Marder-Stolz. Kurz wirft er mir einen verächtlichen Blick zu, ehe sich das unverschämte Pelztier schnatternd trollt!

Nach der Störung wandle ich mich wieder, fahre ein Stückchen weiter, wo ich ein gemütliches Parkplätzchen erspäht habe und dabei streift mein Weg ungeplant den des Marders, der sich gerade schnurstracks auf einen Rover zubewegt. Als er mich entdeckt, geht ein heftiges Zittern durch den schlanken Fellkörper und die Augen zeigen einen panischen Blick!! Er macht kehrt, bloß weg von hier! Der Abend ist für ihn gelaufen! Ich selbst schlummere wieder ein und verbringe eine ruhige Nacht unter freiem Himmel. Das hat bis jetzt auch immer gut geklappt.

Wie spät ist es? Wer hat die Dusche ans Bett gebracht? Völlig zerknautscht werde ich wach und es dauert ein paar Minuten ehe ich ein paar Tatsachen realisiere: Der Parkplatz ist mittlerweile voll und sehr belebt. Und es regnet! Dicke Tropfen prasseln auf Dach, Chassis und Scheiben und haben mich anscheinend auch geweckt. Auf dem Bürgersteig geht ein uniformierter Polizist entlang, schaut in die Scheiben, oh, hier brauche ich etwas! Ich gähne und als er das nächste Mal zu mir schaut, kann er die Parkerlaubnis hinter meiner Frontscheibe sehen. Ein kurzes Nicken seinerseits und er spaziert weiter, Richtung Markt. Ich selbst fahre ein Stück weiter in eine Unterführung und spaziere kurz darauf gemütlich auf der anderen Seite wieder hervor! Zielstrebig geht es zum Markt, wo ich kurz darauf den Polizisten wieder sehe, der sich anscheinend einen gesunden Pausensnack holt. Mein Blick wandert Richtung Kirchenuhr, es ist fast Mittags. Der Regen hat auch wieder aufgehört und als wäre nichts gewesen, kommt die Sonne hervor! Immerhin ist sie so warm, dass nicht nur bei mir die leicht durchfeuchtete Kleidung trocknet. Auf dem Markt hole ich mir einen Bagel mit Thunfisch, Salat, Mandarinen-Stücke und Remoulade. Dazu einen großen Becher Kaffee, den brauche ich gerade wohl am dringlichsten, um komplett wach zu werden. Auf einer Bank in der Nähe verzehre ich genüsslich meine Mahlzeit und muss an den Marder denken. Ob er sich wohl jemals wieder an einen weißen Mini herantraut? Anscheinend habe ich ihm damit wohl den Schreck seines Lebens verpasst! Zu Recht, denn seine Zähnchen taten echt weh, kleines Biest aber auch! Obwohl ich zugeben muss, dass er sich echt flauschig angefühlt hat. Ja ja ja, Zuckerbrot und Peitsche, oder wie? Und wieder eine Lektion gelernt. Immerhin habe ich geschafft, ihm gezielt einen Stromschlag zu verpassen! Ich werde in der Handhabung meiner Teile immer besser, stelle ich mit einer gewissen Erleichterung fest, während ich dort esse und zwischendurch einen Schluck Kaffee genieße, der langsam meine Lebensgeister wieder weckt. Ein Stück neben mir steht eine Gruppe Männer, allem Anschein nach Bus- oder Taxifahrern oder beides, die Pause machen. Denn sie tauschen sich über ihre Strecken und darauf befindlichen Hindernissen in Form von Sperrungen und Baustellen aus. Ich lasse mich von den Informationen etwas beduseln, in meinem Kopf taucht die Straßenkarte Oxfords und Umgebung auf und zeigt mir die entsprechenden Punkte, wie praktisch ist das denn?! Das Autonavigationssystem meines Bordcomputers scheint auch als Mensch zu funktionieren! Nie wieder mit einer Straßenkarte oder dem Handy in der Hand herum stromern!

Nachdem ich meine Mahlzeit beendet habe, gehe ich gemütlich durch 'Die schönste Stadt der Welt' wie John Keats, ein britischer Dichter der Romantik von 1795, es ausdrückte. Denn ihre Sandsteinmauern, Türme und Kuppeln sehen aus wie aus einem Bilderbuch entsprungen. Ich erreiche die Seufzerbrücke, die dem Original in Venedig nach empfunden und 1913 erbaut wurde. Darunter versteckt sich übrigens der Eingang zur Turv Tavern, einem einladenden Garten-Pub. Wer weiß, vielleicht haben sie manche Straßen und Gassen schon gesehen, ohne sich darüber bewusst zu sein, denn Oxford fundierte schon oft als Filmkulisse, für Western und Liebeskomödien. Spontan fällt mir da auch noch 'Ein Fisch namens Wanda' und 'Der Morgen stirbt nie' ein. Aber auch 'Harry Potter' oder 'Der Goldene Kompass' sind hier gedreht worden. Darf ich ein wenig davon ausplaudern? Danke, sehr freundlich. Nun, das pottersche 'Trimagische Tunier' wurde im romantischen Kreuzgang des New College aufgenommen, während der Speisesaal Hogwarts seine Vorlage in der Christ Church hatte. Allerdings wurde er aus Platzmangel im Studio nachgebaut und technisch 'optisch gestreckt'. Hogwarts Sanatorium findet sich in der Divinity School wieder und der 'Ort wo es Antworten auf alle wichtigen Fragen gibt' in der Duke Humpfreys Bücherei. Weitere Szenen entstanden am New College, Wadham College und in der Bodleian Library. Noch dazu ist die Tatsache zu erwähnen, dass Emma Watson hier in Oxford lebt, und sich tatsächlich vor den Fans verstecken musste. Das stelle ich mir bei allem Ruhm und Respekt nicht einfach vor.

In Bezug auf die Seufzerbrücke, fällt mir noch ein besonderer Ort ein, die Magdalenen Brücke. Erstens können hier Boote gemietet und dann damit Oxford aus Flussansicht genossen werden. Und an jedem 1.Mai bietet sie ein spezielles Spektakel. Denn um sechs Uhr morgens stimmt der Magdalenen Schulchor lateinische Gesänge an, denen von einer tausendköpfigen Menge in der Umgebung gelauscht wird. Als weitere Programmpunkte finden sich an dem Tag das Glockenkonzert, die Morris Dancer mit ihren bunten Kostümen und Glöckchen, studentische Champagner-Partys und picknickende Professoren. Alles in allem ein sehr entspannter Tag.

Abseits dieses Tages bietet das Magdalen College ein sehenswertes Wildgehege. Und auch der Botanische Garten ist einen Besuch wert, der eigentlich erbaut wurde, um das College mit Kräutern und Heilpflanzen zu versorgen und der schon seit 1621 besteht. Mittlerweile bieten thematisch angelegte Treibhäuser Gelegenheit, durch Wüstenpflanzen, Palmen, Lilien und Seerosen, aber auch insektenfressende Pflanzen zu wandern, womit aber noch lange nicht alles erwähnt ist. Nun, ich möchte sie nicht mit zu vielen Informationen nerven. Eines noch! Unsere Schwäne waren sogar schon vom Aussterben bedroht, weil sie die Bleigewichte der Angler verschluckten und elendig daran eingingen. Deswegen ist die Nutzung dieser Köder auch unter Strafe verboten und mittlerweile besiedeln wieder ungefähr 1.000 Schwäne die Themse und ihre Nebenarme. Genug Stadtgeschichte für den Moment.

Tiere, die passen auch wieder zur nächsten Begebenheit, die sich in mein Leben schleicht. Da stehe ich mal wieder harmlos irgendwo herum, und plötzlich landet ein schwarzer und dazu noch ziemlich gut genährter Rabe auf meiner Motorhaube! Na, der traut sich was! Der soll mich bloß nicht als Toilette benutzen! „Kschsch", versuche ich ihn leise zu vertreiben, allerdings muss ich mich etwas zurück halten, denn in der Nähe gibt es mehrere Fußgänger. Er flattert auf, der erhoffte Rückzug? Nein, leider nicht, denn ich spüre wie seine krallen sich kurz darauf auf meinem Cabrio-Dach bewegen. Dreistes Vieh aber auch! Und ehe er noch auf dumme Gedanken kommt, ich habe schließlich aus der Begegnung mit Mr. oder Mrs. Flauschmarder gelernt, öffne ich langsam das Dach. Das scheint endlich Wirkung zu zeigen, denn schon nach wenigen Zentimetern flattert er laut schimpfend auf und sucht sich einen Platz im Baum! Ich schließe das Dach wieder und fahre los, nicht dass er von dort oben noch zielt und trifft, so als seine Art der Rache. Glücklicherweise bin ich schnell genug weg!

Dafür mache ich es mir zum anderen Zeitpunkt in anderer Örtlichkeit wieder auf einen Kaffee gemütlich. Mittlerweile ist der Sommer aus Oxford verschwunden, die Sonne versteckt sich oft hinter Wolken, aus denen es noch öfter regnet, aber das ist ja doch schon typisch englisches Wetter, also kein Grund sich darüber aufzuregen. Und als ich nun dort sitze, betritt eine junge Frau das kleine Café, schaut sich kurz um und entscheidet sich für einen Platz zwei Tische weiter. Wieder hat sie die kleine voluminöse Umhängetasche mit und man könnte sie durchaus für eine größere Handtasche halten, weit gefehlt. Denn nachdem die Trägerin kurz ihre braunen Haare nach hinten geordnet hat, öffnet sie den oberen Reißverschluss und neugierig tauchen zuerst zwei kleine spitze Öhrchen und schließlich ein runder Kopf auf, der sich auf kleine Pfötchen legt, die auf dem Rand abgestützt werden. Genießend schließen sich die kugelrunden braunen Augen des Chihuahuas mit dem cognacfarbenen Fell, während Frauchen mit sanftem Lächeln zwischen den Ohren krault.

Ich sehe mir die Beiden einen Moment an, bis sie meinen Blick wohl bemerkt und das Fellbündel mit liebevoller Bewegung in die Tasche schickt und diese wieder schließt. Okay, das scheint sie vermutlich etwas missverstanden zu haben? Die Situation wird von der Bedienung unterbrochen, bei der sie sich einen Tee und eine vegetarische Quiche bestellt. Ob das Fellknäuel auch vegetarisch aufwächst? Die Frage schleicht sich kurz in meinen Kopf und als ich eher zufällig zu ihr hinüber sehe, kann ich gerade noch ihren verstohlenen Blick auffangen, ehe sie ihn ertappt auf die Tasche richtet. Diese Reaktion kenne ich von ihr schon. Und sie macht mich damit neugierig, auch wenn das bestimmt nicht ihre Absicht ist. Mich lässt es eher schmunzeln, denn auch während sie isst folgt immer mal ein verstohlener Blick in meine Richtung, den ich zwar bemerke aber zunächst nicht darauf reagiere.

Nach dem fünften oder sechsten 'Du siehst nicht dass ich dich ansehe'-Blick wandert meiner direkt in ihre Augen und ich schenke ihr ein ehrliches und freundliches Lächeln! Hätte sie gerade gegessen oder getrunken, wäre es sicherlich in einer Hustenattacke geendet, so ernte ich nur einen brüskierten Blick von ihr, ehe sie doch merklich eingebildet zur Seite blickt! Au weh, da fühlt sich Madame anscheinend auf den Schlips getreten, ach wie schlimm aber auch! Und damit haben wir hier wohl eindeutig den Typ Frau, den ich nun wirklich nicht bevorzuge. Ich hake es mit einem leichten Schulterzucken ab und genieße meinen mittlerweile zweiten Kaffee, während es draußen schüttet!

Geben wir dem Regen insgesamt drei Kaffeelängen Zeit, dann muss ich diesen gemütlichen Ort leider verlassen, denn heute habe ich noch einige kleine Termine, die meine volle Aufmerksamkeit brauchen. Nach zweieinhalb Kaffee bei mir steht Madame auf und als sie notgedrungen an meinem Tisch vorbei muss, hält sie ihre Hundetasche fast schon beschützend mit beiden Händen an sich gedrückt fest und stakst hinaus. Der Gedanke, wie sie nun auf ihren Highheels durch den immer noch anhaltenden Regen stöckelt, bringt mich zum Grinsen. Hach ja, wie war das noch mit der schönsten Freude? Sorry, aber bei ihrer Reaktion gönne ich mir eine Portion Schadenfreude, als ob ich ihr oder der süßen Taschenalarmanlage was antun würde.

Später, nach meinem letzten Termin, ich bin auf dem Heimweg und nehme als Abkürzung die Autobahn. Der stete Regen wechselt zu tiefschwarzen Wolken, aus denen sich wenig später ein heftiges Gewitter entlädt! Aquaplaning, Windböen, Wassermassen von oben und Wasserfontänen von viel zu schnell vorüber fahrenden Wagen erschweren das Spurhalten. Zur Tarnung lasse ich natürlich die Scheibenwischer kräftig arbeiten, könnte jetzt allerdings noch zusätzlich ein paar vor den Scheinwerfern gebrauchen, denn die Sicht ist äußerst schlecht! Ich frage mich wie die Anderen so schnell fahren können, Prinzip Augen zu und durch? Nun, das Ergebnis dieser Fahrweise sehe ich keine fünfhundert Meter weiter vor mir, als plötzlich alle Bremslichter wild flackern, damit die Bremssysteme ihre Aktivität signalisieren und Wagen teils nach rechts oder links ausweichen, um nicht auch noch in dem Pulk zu landen, der sich aus verschiedenen Wagen vor ihnen gebildet hat. Mir selbst bleibt auch nichts anderes übrig, als in die gerade auftauchende Ausfahrt rein zu brettern! Sonst wäre ich in die Wracks vor mir hinein geprescht! Ungebremst in eine Kurve, dazu die nasse Fahrbahn durch den Regen, das kann logischerweise nicht lange gut gehen. Und kaum bin ich abgebogen, rutsche ich durch die Fliehkraft durch die äußere Begrenzung, die den ungewollten Weg scheppernd und berstend frei gibt. Meine Rutschpartie wird erst auf dem angrenzenden Feld abgebremst, wo ich benommen stehen bleibe.

Gedanklich versuche ich mich zu sondieren, kurze Schadensbestandsaufnahme. Mein vorderer Stoßfänger fühlt sich nicht gut an, der Scheinwerfer an der anderen Seite verweigert ebenso seine Arbeit und die Seite fühlt sich auch nicht gesund an, was für ein Dilemma! Ächzend und stöhnend setze ich mich zögerlich in Bewegung und schaffe es auf einen der Feldwege zu gelangen. Nur langsam rolle ich so heimwärts bis ich eine passende Stelle finde, wo ich mich zurück wandeln kann. Keine gute Idee, stelle ich im Nachhinein fest, denn auch jetzt sehe ich nur noch einäugig, mein Schädel fühlt sich an als würde er bersten und ich habe furchtbar weiche Knie, so dass ich den Rest des Weges sichtlich schwankend verbringe und froh bin, dass mir niemand begegnet. Zuhause angekommen bestätigt der Blick in den Spiegel meine bösen Vermutungen. Ich sehe aus wie der Verlierer eines Boxkampfes über volle zwölf Runden! Meine Rippengegend blüht in sämtlichen Blautönen und ich seufze kurz resigniert, na toll, wieder mal vier Tage selbst auferlegten Hausarrest, bis sich wieder soweit normal aussehe. Meine Füße tragen mich schon automatisch ins Bett, wo ich es nach einer Weile schaffe, mich zu entspannen und einzuschlafen.

Zwei Wochen später, ich bin längst wieder auf Tour, braucht es einen Großeinkauf, denn mein Vorrat ist ziemlich leer geräubert. Auf dem Glouester Green Markt decke ich mich mit Obst und Gemüse ein, dass von den Marktschreiern teils doch sehr laut angepriesen wird. Bei Ben's Cookies gönne ich mir insgesamt ein Kilo verschiedenste Plätzchen, die da wirklich lose nach Gewicht verkauft werden und einfach nur lecker sind! Im Oxford Road Del gesellt sich Käse dazu, nicht industriell hergestellt, versteht sich von selbst, oder? Ein paar

126

kleine feine kulinarische Raffinessen dürfen es bei Taylor's sein, ein Geschäft auf das selbst die Queen ein gutes Auge wirft. Bei Holland&Barrett wird noch das eine oder andere an guter Bioware zu angenehmen Preisen eingepackt, ehe ich die ausschweifende Tour für einen letzten Abstecher für den Rest zu Sainsbury mache, einem Supermarkt mit guter Qualität zu kleinen Preisen. Mein Glück, dass mein Rucksack viel verpackt und ich es damit schaffe, wirklich alles hinten im Kofferraum landen zu lassen, dass macht den Rückweg einfacher.

Nachdem das dann daheim alles verräumt ist, gönne ich mir eine Sofa-Auszeit, um das nächste Kapitel zu lesen. Am frühen Abend geht dann das Wohlfühl-Programm los, ab unter die Dusche, rasieren, frisieren, in nette Ausgehklamotten schlüpfen und hinaus ins Nightlife der Stadt. Wo zieht es mich hin? Purple Turtle Union Bar? Park End Club? Oder doch lieber die Old Fire Station? Ich achte nicht auf die Straße auf der ich mich gerade befinde, als Musik in meine Ohren klingt und ich an einer kleinen Bar ein Schild mit der Aufschrift 'Karaoke' blinken sehe. Also schnell ein passendes Versteck gesucht und zurück gewandelt, um dann das Stückchen zu Fuß zurück zu gehen. Als ich die Türe öffne, schlägt mir eine Mischung aus Musik und lauten Gesprächen entgegen. Nikotingeruch findet man an öffentlichen Plätzen nicht, Rauchen wird mit fünfzig Pfund Sterling Strafe geahndet! Wer raucht, macht das wohl am besten daheim. Von daher dürfte die Luft hier nur noch von diversen anderen Duftmischungen durchzogen sein, auf deren Ursprung ich nun aber nicht im Einzelnen eingehen möchte. Stattdessen lasse ich mich lieber von der Stimmung einfangen. Das junge Publikum ist da viel gelöster, als die älteren Generationen, aber das hatte ich ja schon erwähnt. Auf einer kleinen Bühne steht ein junger Blondschopf und versucht sich an einem Klassiker von Chris de Burgh, auch wenn es zumindest stimmlich heftig in die Hose geht, textsicher ist er auf jeden Fall, denn statt über den üblichen Bildschirm wandert sein Blick ins Publikum. Mancher schaut wohlwollend zurück, andere beachten ihn nicht, wieder andere schütteln nur leicht den Kopf über seine Darbietung. Ich selbst enthalte mich der Meinung, zumindest offiziell und suche mir einen Platz, den ich an einem kleinen Seitentisch finde.

Nachdem er es bis zum Ende des Textes geschafft hat, spenden zumindest wenige Hände höflichen Beifall. Der Moderator des Abends kommt auf die Bühne und versucht die leicht flaue Stimmung mit einigen Sprüchen zu retten, ehe eine junge Frau sich an 'Hero' von Bonnie Tyler wagt, was ein meiner Meinung nach sehr spannendes Vorhaben ist. Im Nachhinein gesehen stellt es sich als der Hammer des Abends heraus! Wie kann so eine fast schon schmächtige Person so ein Stimmvolumen hervor bringen, inklusive des verschluckten Reibeisens!! Wir hätten sie wohl eher Richtung Whitney Houston drapiert und ein erstauntes Johlen geht durch die Bar! Sie schaut kurz ein wenig verlegen, steht aber sicherlich nicht zum ersten Mal auf einer Bühne! Vermutlich hätte niemand was dagegen, wenn sie noch ein paar weitere Lieder schmettern würde, das wäre allerdings gegen die Regel und so verlässt sie unter lautem Beifall die Bühne und kehrt zu ihrem Platz zurück. Wieder erscheint der Moderator und ist selbst sichtlich überrascht und begeistert! „Damit hätte wohl niemand hier im Raum gerechnet, Bonnie Tyler live im Haus, was für eine Darbietung! Nun, wie immer zur vollen Stunde, spielen wir Roulette! Schauen wir doch gleich wen der Scheinwerfer erwischt und wer somit als nächstes auf die Bühne muss, ob er oder sie will oder nicht, da kennen wir kein Erbarmen. Viel Spaß!" Damit verschwindet er wieder auf einen Platz seitlich neben der Bühne und der kleine Scheinwerfer geht auf seine Wanderung! Kreuz und quer bewegt er sich über die Gäste, mancher steht auf, flüchtet vermutlich kurz auf das stille Örtchen, um damit einer eventuellen Auswahl zu entgehen.

Ich selbst blinzle jedes Mal leicht, wenn er mich streift und bleibe starr wie ein Reh sitzen, als er dann auf meinem Gesicht stehen bleibt! O-o-o-kay-y Morgan, damit hast du nun nicht gerechnet, allerdings kein Grund zu kneifen. Deswegen stehe ich auch auf, lächle leicht vor mich hin, während ich unter höflichem Applaus die Bühne erreiche und betrete. Auf dem Bildschirm werden drei verschiedene Vorschläge eingeblendet und ich entscheide mich für 'Shadows on the Wall' von Mike Oldfield. Nicht perfekt, aber die anderen beiden Lieder liegen mir noch weniger. Meiner Stimme fehlt eindeutig das Reibeisen, dafür mache ich es mit der Tonsicherheit und einer samtig-tiefen Tonlage ein Stück weit wieder wett! Zumindest die Damenwelt schmilzt dahin, und mir selbst ist anzusehen dass ich die Darbietung genieße. Natürlich, der Text ist keine Blümchen-Symphonie und normalerweise macht die entsprechend gequälte und gepresste Singweise da noch viel vom Effekt aus. Hier und Heute gibt es dann eher die textsichere und lasziver gesungene Version! Ich kann die Blicke der Damen dabei förmlich auf meinem Körper spüren. Diese ignorieren dafür erfolgreich die irritierten oder verschnupften Blicke ihrer Begleiter. Und von denen stehen einige sogar auf, verlassen den Raum, doch das interessiert mich am wenigsten. Immerhin habe ich mich nicht um den Platz hinter dem Mikrofon gerissen und mache das Beste daraus. Nach dem dritten Refrain ist das Lied zu Ende und ja, jetzt fühlt sich mein Hals doch ein wenig reibeisig an, so dass ich mich leise neben dem Mikrofon räuspere, ehe ich doch überrascht schaue, Beifall?! Oh, so schlecht scheint es dann gar nicht gewesen zu sein? Ich selbst staple da vermutlich wieder etwas tiefer. „Geben wir dem aktuellen Roulette-Kandidaten noch eine Chance? Mit einem selbst ausgewählten Lied", höre ich die Stimme aus dem Lautsprecher, als der Moderator das Wort ergreift. Die Worte erreichen meine Gehirnwindungen, ich hebe leicht die Augenbrauen und sehe ihn verdattert an. Die Damen antworten mit weiterem Beifall und mir schwirren augenblicklich alle möglichen Lieder durch den Kopf. Schließlich entscheide ich mich für Leonard Cohens Hallelujah. Das wird vermutlich meine Fahrkarte für den Stimmungs-Rausschmiss, um es dezent zu umschreiben. Denn es ist schließlich ein sehr ruhiges, getragenes Lied, nicht unbedingt für eine Bar geeignet, aber zumindest originalgetreu in meiner Stimmlage machbar. So beginne ich auch die erste Strophe etwas zurückhaltender, steigere mich nur an den entsprechenden Stellen leicht, ehe ich in den Refrain über gehe.

SHIT! Sind das brennende Feuerzeuge? So ganz kann ich es durch den kleinen auf mich gerichteten Spot nicht erkennen. In der letzten Strophe gebe ich dann noch einmal mehr Intensität hinein, ehe ich mich genießend in den letzten Refrain fallen lasse, wie gut sich das gerade anfühlt! Die Anderen sind für den Moment komplett vergessen! Und erst das Ende der Melodie und der fast schon zögerlich einsetzende Applaus, als ob niemand so recht die herrschende Stimmung unterbrechen möchte, holen mich zurück. Ich öffne die Augen, atme durch und sehe tatsächlich viele strahlende Gesichter. Das war wohl nichts mit dem 'Stimmungskiller'? „Das klingt nach dem Wunsch einer Zugabe!" schallt mir die Moderatoren-Stimme in den Ohren und ich seufze innerlich auf, wo soll das noch enden? Schocken kann ich hier wohl niemanden, und packe als drittes Lied 'In the Ghetto' aus dem großen Schmalztopf aus. Wir werden sehen... Und ja, mittlerweile bin ich anscheinend so warm gesungen, dass ich auch in die Tiefe komme, summ-brumm-schnuuurrr. Okay, an Elvis komme ich nicht ran, doch reicht es locker aus, um Anwesende zu begeistern. Ob es irgendwas gibt, was sie nicht begeistern würde? Wobei, der junge Mann vorhin ist anscheinend ein Kandidat dafür. Vielleicht hat er sich auch einfach nur die falschen Lieder ausgesucht? Ich befürchte es... Trotz meiner recht ruhigen Auswahl hat es gefallen. Ich glaube, ich lasse es lieber darüber nachzudenken und genieße die Viertelstunde Ruhm noch ein wenig, ehe ich dann doch von der Bühne gehe.

„Laufen sie nicht zu weit weg, Mister. Könnte sich noch eine weitere Chance bieten." Die Worte des Moderators lassen mich leicht zusammen zucken und ich entschließe mich erst einmal ein klein wenig schüchtern an meinen Nischentisch zurück zu kehren, von dem einen oder anderen Blick verfolgt, verstecken ist echt nicht möglich.

Die Bedienung taucht kurz auf, um nach meinem Getränkewunsch zu fragen. Ich entscheide mich für einen doppelten Whiskey. Irgendwie brauche ich den jetzt, wer weiß schon was mich heute noch erwartet?! lächelnd notiert sie es sich und verschwindet zum nächsten Tisch. Von daher dauert es noch etwas, ehe mein Getränk mich erreicht und ich lausche in der Zeit den Darbietungen der anderen Gäste auf der kleinen Bühne. Unter anderem traut sich 'Bonnie Tyler' auch noch einmal hinauf, allerdings mit einer soften Ballade, was der Stimmung allerdings keinen Abbruch tut. Als nun der Moderator wieder die Bühne betritt und Miss Reibeisen davon abhält sie zu verlassen, indem er ihr etwas ins Ohr sagt, erfolgt ein grinsender Blick ihrerseits in meine Richtung. Oh Mann, ich habe es geahnt, was kommt denn nun? „Mister Rock 'n' Roll, die nächste Chance, wie ich schon sagte." Ich schaue auf mein Glas, leere den letzten Schluck und erhebe mich, um mich meinem Schicksal zu ergeben. „Wir würden gerne ein Duett hören", das Grinsen des Moderators wird breiter und ich schmunzle vor mich hin, denn damit habe ich ja fast schon bei der Konstellation gerechnet. „Zufallsgenerator an!" gibt er den Befehl und es flimmern Liedtitel über den Bildschirm, ehe einer stehen bleibt. „Whoooohooo, das wird ein Knaller!" jubelt er fast schon frenetisch auf, als 'You've lost that lovin' feeling' aufblendet! Ach du Schreck, darauf wäre ich wohl nie gekommen! Ich kenne es, auch wenn es nicht unbedingt zu meinen Lieblingsliedern gehört. Machen wir also das Beste daraus! mir fällt auch kein anderes zum tauschen ein und meiner kurzfristigen Gesangspartnerin scheint es ähnlich zu gehen, oder sie traut sich nicht. Denn sie zuckt nur lächelnd mit den Schultern und ihr Blick richtet sich auf den Bildschirm. Oh ja, wir geben unser Bestes. Nach der ersten, noch etwas vorsichtigen, Strophe scheint der Funke über zu springen und das Publikum ist erneut Nebensache, wir schweben beide förmlich durch das Lied! Und beim letzten Ton könnte man eine Stecknadel fallen hören! Wir schauen uns auf der Bühne etwas unsicher an, sind sie davon nun geschockt oder geflashed? Der dann einsetzende Beifall bestätigt zweites und ich merke wie mir vor Erleichterung ein Stein auf die Füße fällt. Hey, auch das haben wir erfolgreich geschafft! Und zur Feier des Tages lade ich das bezaubernde Wesen neben mir auf einen Drink ein.

Im Verlauf dessen erfahre ich ihren Namen, Estelle, und auch dass sie jung dreiundzwanzig ist und eine Ausbildung für das Theater macht, Schwerpunkt Musical. Okay, das erklärt nun einiges, denn ihre Stimme klingt eindeutig geschult, auch wenn es sicherlich Menschen gibt, die von Natur aus Glück haben. Sie fragt mich auch nach meiner Arbeit und ich rede nicht unbedingt lange drumherum. Es ist wohl nichts ungewöhnliches zu kündigen, wenn das Arbeitsklima einfach nicht mehr funktioniert. Wobei es auch genug Angestellte gibt, die sich dennoch jeden Morgen hin quälen und dafür dann später gesundheitlich die Rechnung bekommen. Und egal wie nun darüber gedacht wird, dieser Punkt stand nie bei mir zur Debatte, als ich merkte, dass sich nichts verändern würde, solange Frau Eisklotz noch mein Büro belagert. Also wählte ich den plausibleren Schritt und ging. Ja, ich vermisse die Arbeit und das Team, doch dürfen sie sich nun mit ihr an meiner Stelle herum ärgern, denn sie ist vorerst erfolgreich auf meinen Platz vorgerückt, auch wenn die Untersuchungen noch nicht abgeschlossen sind. Allerdings deutete eine SMS an, dass mehrere Köder für sie ausgelegt wurden, in welcher Form auch immer, hoffen wir dass sie hinein tappt. Ob ich zurückgehen würde? Nein, denn das Vertrauen ist merklich angeknackst, es würde nichts mehr bringen.

Aber der Abend hier bringt eindeutig etwas! Angenehme Stunden zu zweit, noch das eine oder andere Duett, als sich von den Anderen selbst zum Roulette niemand mehr überreden lässt, wobei meine Stimme mit steigendem Whiskey-Genuss immer rockiger wird. Und schneller als erwartet läutet der Moderator die letzte Runde ein. Der Roulette-Spot fällt auf einen Tisch, doch der Gast dort wird kaum mehr singen, schläft er doch glatt schon seinen Rausch aus! „Oh, der schafft nicht einmal mehr 'Good Night, Ladies'", scherzt der Moderator und statt dessen singen wir es alle gemeinsam als gelungenen Abschluss dieses Abends. Meine Tischbegleitung ist zwar nicht als betrunken zu bezeichnen, zumindest auf meinen ersten Blick, dennoch widerstrebt es dem Gentleman in mir, sie alleine heimgehen zu lassen. Deswegen fasse ich einen etwas riskanten Plan, der mir mal eingefallen ist. „Bist du schon mal mit einem ferngesteuerten Wagen mitgefahren?" frage ich sie mit verschwörerischen Blick und ihrer schaut mich überrascht an, ehe sie den Kopf schüttelt, „Nein, aber ich stelle es mir wirklich interessant vor. Hast du so einen Wagen?" Ich nicke langsam und ihre Augen weiten sich. „Sehen wir uns in zehn Minuten vor der Türe? Da wird ein weißer Mini mit schwarzem Cabrio-Dach auf dich warten. Vorher werde ich Mister Sandmann hier in ein Taxi schaffen." Der Wirt hat wohl einen ähnlichen Plan, denn er kommt hinüber, rechnet aus was er zahlen würde und nimmt die Summe mit mir als Zeugen aus der Brieftasche des Mannes, ehe wir ihn zwischen uns hieven und an die frische Luft bringen. Vorher zahle ich allerdings auch noch die Getränke an meinem gesamten Tisch und suche mir dann eine ruhige Stelle, um den kleinen Kurvenräuber hinaus zu lassen.

Kapitel 20

Sie wartet die abgesprochenen zehn Minuten ab und dann sehe ich sie in die doch recht frische Nachtluft hinaus treten, die sie kurz erzittern lässt. Langsam nähere ich mich ihr, rolle nahe an den Bürgersteig, so dass sie auf der Fahrerseite einsteigen kann. Die Neugier steht ihr ins Gesicht geschrieben und natürlich nutzt sie die Chance und sitzt kurz darauf hinter dem schwarzen Lenkrad. „Das ist also dein ferngesteuerter Wagen, Morgan? Er sieht vollkommen normal aus. Wie funktioniert er denn?" Sie lässt die Handflächen sanft über das Lenkrad gleiten und ich muss kurz an mich halten, um nicht die Umdrehungen zu erhöhen, die Gänsehaut wallt durch mein ganzes Chassis! „Nun, er hat sehr viele versteckte Sensoren und Kameralinsen, die mir eine Rundumsicht ermöglichen. Und alles andere kann ich per Tablet steuern. Lust auf eine Probefahrt?" Meine Stimmer erklingt aus den verteilten Lautsprechern und sie lacht: „Oh, gut zu wissen. Ich sollte mich also trotz der verdunkelten Scheiben besser benehmen, sonst würdest du es sehen." Als Mensch würde es mir wohl die Röte auf die Wangen treiben, bei den Gedanken in meinem Kopf. Doch jetzt erscheinen die Seiten des vorderen Stoßfängers unterhalb der Beleuchtung nur ein wenig intensiver, wechseln in einen eierschalenfarbenen Beige-Ton, was aber relativ schnell wieder verschwindet. „Und ja, düse los, kleiner BMW. Zeig mal was du so kannst!" Damit klopft sie mir sachte auf das Lenkrad und ich setze mich wieder in Bewegung. Natürlich fahre ich gesittet durch die Dunkelheit, nicht dass mich wieder eine Radarkamera erwischt, dieses Mal dann allerdings mit Fahrerin. Mit geschmeidigen Lenkbewegungen trage ich sie durch die Straßen, zwar hat sie mir die Zieladresse schon genannt, meinte allerdings auch, dass ich einen großzügigen Umweg machen könnte. Und den mache ich dann auch, kreuz und quer durch unsere Stadt. Und da sie ja am Steuer sitzt, gönne ich ihr sogar meinen Cabrio-Modus, da hat der Always Open-Timer glatt ein wenig Zeit zu zählen wie lange es offen ist. Ja, diese kleine Spielerei gibt es tatsächlich. Damit kann nachvollzogen werden, wann und wie lange das Dach geöffnet war. Der Wind durchweht ihre offenen Haare und zaubert ihr eine noch frischere Farbe ins Gesicht, ehe ich die leichte Gänsehaut bemerke und das Verdeck langsam wieder über ihr schließe. Dafür müssen wir kurz die Geschwindigkeit drosseln, denn es hat eine Absicherung, so kann es zumindest nicht abreißen oder anders beschädigt werden. „Danke, Cabrio fahren war wirklich klasse, ich bin nur ein wenig zu dünn dafür angezogen. Aber so geht es wieder", kommt es dankbar über ihre Lippen und sie sieht in dem Moment nicht, wie ein gelbes Lämpchen am Armaturenbrett aufleuchtet. Allerdings legt sich ein paar Minuten später ein sanftes Lächeln auf ihre Lippen: „Du hast eine Sitzheizung im Wagen, wie herrlich ist das denn!" Ihr schlanker Körper räkelt sich leicht auf den Sitzpolstern, ehe ihr die Sache mit den Kameras und Sensoren wieder einfällt und sie mit verlegener Röte kurz hinaus schaut.

Ist es die Wärme, die vorbei ziehende Straßenbeleuchtung, die vorgerückte Stunde oder eine Mischung aus allem? Denn ich spüre, wie sie immer ruhiger wird, ihr Körper sich entspannt und sich bald ihr Kopf an meinen Seitenholm lehnt, die Augen längst zugefallen sind. Ich erhöhe die Temperatur noch etwas und fahre ruhig durch die beleuchteten Straßen zu ihrer Heimatadresse. Dort suche ich mir eine gute Stelle und wandle mich zurück, wobei ich sie dann Schluss endlich tatsächlich in den Armen halte. Langsam wird sie wach und schaut mich verwundert an: „Habe ich so tief geschlafen?“ Ich nicke: „Ja, du hast nicht gemerkt, wie ich dich aus dem Wagen geholt habe.“ Und ein freches Zwinkern folgt, ehe ich Richtung Haustüre nicke. „Oh, wir sind schon bei mir. Es war auf jeden Fall eine sehr interessante Fahrt. Ich danke dir dafür.“ Sie legt mir ihre Hände auf die Schultern, stellt sich leicht auf die Zehenspitzen und haucht mir einen Kuss auf die Wange. Uh, Gänsehaut! Und als sie diese an meinem Hals entdeckt, streichelt sie mit ihren Fingerspitzen darüber: „Du bist süß, Morgan. Doch ich bin mir sicher, dessen bist du dir auch bewusst.“ Ein tiefer Blick in meine Augen, ehe sie sich von mir löst, einen Kuli aus ihrer kleinen Handtasche fischt und sich meine linke Handfläche schnappt, um dort ihre Mobilnummer und ein kleines Herz zu verewigen! „Wenn du magst, kannst du dich ja bei mir melden. Jetzt wird es allerdings Zeit dass ich hinein gehe. Ich danke dir für den wirklich fantastischen Abend. Ich wäre eindeutig für eine Wiederholung.“ - „Den Dank kann ich nur zurück geben, und der Wiederholung steht meiner Meinung nach nichts im Wege. Ich wünsche dir eine angenehme Nacht, Estelle.“ Und nur zögerlich neige ich mich zu ihr hinunter, hauche ihr einen Kuss auf die Schläfe und mache mich dann auf den Rückweg, zumindest ein paar Schritte, bis sie hinter der Haustüre verschwunden ist und ich zu der Stelle von vorher zurückkehre, um mich zu wandeln und dann beschwingt heim zu düsen. Vor der Wandlung mache ich vorsichtshalber noch ein Foto von meiner Handfläche, nicht dass die Nummer unterwegs noch verwischt.

Nein, natürlich habe ich Elena nicht vergessen! Es hat nur etwas gedauert, während wir uns ab und an Nachrichten schickten, ehe diese eine Nachricht kommt! Zuerst die Frage, ob ich heute Nachmittag Zeit hätte und dann ein Flughafen als Vorschlag für ein Treffen, den ich neugierig annehme. Sie meinte noch, ich könnte ruhig leger in Jeans kommen, nicht dass ich mir dort noch meine Sachen einsauen würde. Also entscheide ich mich für eine bequeme und vor allem nicht zu eng sitzende dunkelblaue Jeans, ein ebenfalls dunkel blaues Shirt drüber und eine leichte Strickjacke, die ich mir um die Hüfte binde, um sie bei Bedarf zur Hand zu haben. Gerade als ich den Parkplatz erreiche und mich an geeigneter Stelle wandle, erreicht mich eine Nachricht von Elena, dass sie noch eine Viertelstunde länger Zeit bräuchte. Das macht mir nicht viel aus, denn immerhin sagt sie ja Bescheid und verspätet sich nicht wortlos. Also vertreibe ich mir die Zeit damit, mich hier ein wenig umzuschauen. Es ist ein scheinbar kleiner Privatflughafen, mit zwei Bahnen und einigen Hangar ähnlichen Gebäuden, in denen vermutlich die Sportflugzeuge untergebracht sind. Vor einem der Hangar steht ein Flugzeug, bei dem sich eine Gruppe Fallschirmspringer versammelt hat und gegenseitig die Ausrüstung kontrolliert, ob auch alles richtig verschlossen und eingerastet ist. Da zählt wohl wie in vielen anderen Bereichen auch das Vier Augen-Prinzip, um auf Nummer Sicher zu gehen. Sie klettern nacheinander durch die Seitenöffnung in die etwas bauchiger gestaltete Transportmaschine und wenig später setzt diese sich in Bewegung, rollt auf die Startbahn zu. Da noch andere Personen in meiner Nähe stehen, denke ich mir nichts dabei, als einer der Springer aus der Seitenluke winkt, hebe höflich die Hand und schmunzle, wie das wohl ist? Von oben auf die Welt hinunter zu schauen? Ich habe es noch nicht gemacht, aber aus den Erzählungen Anderer hört es sich grandios an. Entspannt halte ich weiter nach Elena Ausschau, ehe eine weitere Nachricht von ihr auftaucht: 'Liebe Grüße vom roten Schirm.' Nach dem Lesen sehe ich mich reichlich irritiert um, denn einen roten Schirm kann ich auf dem Gelände nicht erblicken. Hat sie das schon geahnt? Denn nach der einen ist direkt noch eine zweite Nachricht aufgetaucht: 'Nach oben sehen...'

Langsam drängt sich mir eine Ahnung auf, wer mir da gerade aus dem Flieger zugewunken hat und ich lege den Kopf in den Nacken, lasse den Blick über den blauen sonnigen Himmel wandern und dann kann ich sie sehen! Zu welchen der bunten Schirme sie gehört, würde ich ohne die Nachricht allerdings nicht wissen, denn durch Schutzanzug, Helm und Sicherheitsbrille sehen Männlein und Weiblein ziemlich identisch aus. Also bleibt mir nichts anderes übrig, als die kleinen näher kommenden Punkte zu beobachten, die nacheinander am Himmel auftauchen während die Maschine ein gutes Stück entfernt eine Kurve beginnt, um zur Landung anzusetzen. Es dauert eine gefühlte Ewigkeit nach dem Absprung, bis sich die Schirme nacheinander öffnen. Der anschließende Gleitflug scheint mindestens genauso lange zu dauern, durch die Thermik bleiben sie lange auf Kurs, bilden teilweise rautenförmige Formationen, die für einen Moment gehalten und dann wieder aufgelöst werden. Andere gleiten scheinbar durcheinander und aneinander vorbei und ich beobachte das Schauspiel. Und dann entdecke ich mitten in diesem Gewusel den roten Schirm! Sie ist eine der Wenigen, die noch einiges an Höhe haben und gleitet ruhig geradeaus, während die ersten Springer schon Richtung Landezone trudeln. Eine große Rechtskurve, keine Eile, ganz ruhige Flugbewegungen. Fast schon träumend schaue ich zu ihr hoch. Deswegen zucke ich auch heftig zusammen, als der Schirm zu trudeln beginnt! Er dreht sich quasi um sie als Mittelpunkt herum! Ob das so sein soll? Daran, dass es bei den Anderen auch so aussah, denke ich gerade nicht mehr. Vermutlich erhöhen sie damit kurzfristig die Geschwindigkeit. Zumindest sieht es vom Boden gesehen danach aus, dass sie schneller werden. Kurz vor dem Aufsetzen balanciert sie erst aus, augenscheinlich sehr knapp, das kann aber auch täuschen. Die Beine strecken sich schräg vorwärts, ein paar schnelle Schritte nach vorne, ehe der Schirm mit einer flinken Bewegung vor sie auf den Boden gebracht wird. Wie schafft sie das alles nur so genau? Ich würde mich bestimmt dreimal in den Schnüren und Stoffbahnen verheddern! Und genauso zügig hat sie auch alles zu einem Ballen gepackt, den sie mit einem Arm fest hält und mir mit der anderen Hand zuwinkt. Die Gruppe verschwindet mit ihr in einem Gebäude in der Nähe und kurz danach meldet sich mein Handy mit einer Nachricht: 'Ich bin gleich bei dir. Ich muss eben den Schirm packen.' Ich schmunzle beim lesen ja, Ordnung muss da sein, damit nichts verheddert wird.

Allerdings dauert es auch nicht so lange, bis sie um die Ecke kommt und ich sie mit meinem typischen Hasen-Grinsen empfange. „Überrascht?" Elena bleibt nahe bei mir stehen und kurz bin ich dazu geneigt mir einen schnellen Kuss zu stehlen, doch der Gentleman in mir ruft mich zur Vernunft, auch wenn sie mir das geheime Vorhaben sicherlich an den Augen ablesen kann. Sie beantwortet es mit einem frechen Zwinkern in ihrem Augenwinkel. Den Anzug hat sie gegen eine Jeans und ein Shirt getauscht, allerdings sitzt ihre Beinbekleidung eindeutig enger. Wobei sie auch in dem Sprungdress eine gute Figur macht. „Damit hätte ich nun wirklich nicht gerechnet", ist wohl das Nächste was mir als Antwort einfällt und sie lacht herzlich auf. „Dann ist mir ja die Überraschung gelungen. Übrigens, möchtest du es auch mal probieren?" Ihre letzten Worte brauchen wohl einen kurzen Moment, ehe sie meinen Verstand erreichen und ich zögerlich antworte: „Du meinst... springen?? Äh..." Ich räuspere mich leise, da meine Abenteuerlust mit besagter Vernunft kämpft und als vager Sieger hervor geht! „Ich springe aber nur mit dir zusammen, wenn das geht, nicht alleine." Dass lässt sie wiederum grinsen, hat sie eventuell mit einem 'Nein' gerechnet? Naja, hätte die Vernunft gesiegt, wären ihre Erwartungen erfüllt worden. „Ich denke, dass ist machbar. Sollen wir uns schon einen Tag aussuchen, oder lieber sofort, ehe du es dir noch einmal überlegen kannst?" Wieder erntet sie einen überraschten Blick und kurz stammle ich: „Jetzt? Naja, warum nicht, meine letzte Mahlzeit ist halbwegs verdaut, kann zumindest aus der Richtung nichts schief gehen."

Ehe ich mich versehe, hat sie schon meine Hand ergriffen und zieht mich mit sich! Mit breitem Grinsen betritt sie mit mir zusammen das aus der Nähe doch weitaus größere Gebäude, in dem sich noch einige der Sprungcrew aufhalten: „Ich habe es geschafft, er springt Tandem mit mir!" Ihre Worte klingen verdächtig danach, dass es vorhin schon ein Thema war. Sie begrüßen mich herzlich und schon geht es los! Erst wird ein Anzug für mich geholt, was bei meinen langen Beinen gar nicht so einfach jedoch machbar ist. Dann gibt es für mich Trockentraining auf einem Gestell, dass den Sprung imitieren soll und mich an eines dieser Holzpferde aus dem Sportunterricht erinnert. Daran kann ich die richtige Sprunghaltung lernen, die Körperhaltung mit Armen und Beinen ausbalancieren. Arme zuerst über Kreuz vor dem Oberkörper ans Geschirr, dann in die U-Form für den Gleitflug und wieder zurück, und von vorne. Ebenso auch die Bewegungen der Beine, vom Absprung bis zur Landung. Die Wiederholungen zähle ich nicht mehr mit, während ich versuche es mir einzuprägen und der Augenblick der Wahrheit immer näher rückt! Wie viel Zeit im Ganzen vergangen ist, könnte ich nicht sagen, auch dass Elena sich zwischendurch wieder umgezogen hat, bekomme ich erst mit, als sie wieder fertig im Geschirr neben mir steht. Auch bin bin mit Geschirr, Schutzbrille und Helm ausgestattet, doppelte Sicherheitsprüfung, alles in Ordnung. Mit der nächsten Gruppe geht es zusammen in die kleine Transportmaschine. Und nachdem wir alle unsere Plätze eingenommen haben, rollt der Flieger auch schon an. Durch die geöffnete Seitentür kann ich sehen, wie die weißen Markierungsstreifen mit zunehmender Geschwindigkeit zu einer glatten und milchigen Linie verschmelzen, ehe der Asphalt nach unten hin verschwindet und die Maschine in Schräglage nach oben zieht!

Ich bekomme Herzklopfen, oder hatte ich es schon und bemerke es erst jetzt? Die Frage kann ich mir selbst nicht mehr beantworten. So wie wir durch die Luft fliegen, schwirren in meinem Magen unzählige Flugzeuge. Eine Hand greift nach meiner schon Behandschuhten und ich drehe den Kopf, löse damit den Blick von der Watte weichen Wolkendecke und er wandert zu Elena, die mich verschmitzt anschaut: „Alles in Ordnung?" Gekonnt übertönt sie die Lautstärke der Maschine und ich nicke: „Ja, ich bekomme das schon hin." Nur kurz klingt ein leiser Zweifel durch, ehe meine Abenteuerlust wieder die Oberhand gewinnt! „Wir haben gleich die Absprunghöhe erreicht", mit den Worten steht Elena auf, wartet bis ich mich auch erhoben habe, ehe sie bei mir noch einmal Sicherungsgurt, Helm und Brille auf den richtigen Sitz hin überprüft. Bei ihr macht es jemand aus der Crew und dann geht es los. Sie stellt sich hinter mich und ich merke wie sie den kräftigen Karabinerhaken einhakt und sichert. Ein prüfender Ruck, sitzt! Selbst jetzt ist es mir schleierhaft, wie so eine schlanke Figur mich halten möchte, zumindest auf dem Boden, aber ich vertraue ihr, sie würde es sonst wohl nicht machen. Nacheinander stellen sich die Anderen in Position und dann lassen sich dann scheinbar federleicht hinaus fallen! Elena wartet bis zum Schluss, fragt mich ob ich bereit wäre und auf mein Nicken hin gehen wir zusammen vor, verschränke ich die Arme vor dem Körper und weg ist der feste Flugzeugrumpf unter meinen Füßen, wir wirbeln einen Moment durch die Luft! „Wooohooohooo!" Mir schießt das Adrenalin durch die Adern und ich merke nicht einmal dass es sich in dem doch lauten Schrei entlädt! Der Fallwind zerrt an meinem Gesicht und dem Anzug, doch das macht mir nichts aus. Als Elena die Arme in Position bringt, mache ich es ebenfalls. Wir treiben dahin, scheinen nicht mehr zu fallen, was aber täuscht. Kurz gönnt sie mir einen Steilflug, indem die Arme längs an den Körper gelegt werden, ehe sie uns wieder ins Gleichgewicht bringt und ich ihre Stimme höre: „Achtung Schirm!" Ich nicke verstehend und sie zieht die Reißleine, nachdem sie sich noch zu einer kleinen Pirouette und einer Längsschraube hinreißen lassen hat. Ich juble begeistert auf und erst das laute Rascheln und Flattern und der kräftige Ruck bringen mich ein Stück in die Realität zurück.

Es zieht uns ein gutes Stück wieder hoch und vage verschwimmt die Welt vor meinen Augen und ich habe die Befürchtung hier in Ohnmacht zu fallen. Hat Elena es gemerkt? Kurz hänge ich durch, bis ich ihre Hand spüre, die meine Schulter drückt: „Gut durchatmen Morgan, ist nicht so schlimm." Wie lange dieser vage Zustand bei mir dauert weiß ich nicht. Ich folge ihrer Anweisung und langsam tauchen aus dem Nichts große grüne Flächen auf, Flüsse und Seen, verwinkelte Straßen, Ortschaften die sich ins Bild schmiegen, moderne Städte, die daraus hervor stechen und nachdem sich meine Sicht wieder vollkommen aufgeklart hat, kann ich die Aussicht sogar richtig genießen!

Elena lenkt den Schirm mit sicherer Hand in sanften Bewegungen und mein Blick wird von den glitzernden Sonnenstrahlen auf den Gewässern angezogen, ehe er über die Wiesen und Felder in sattem Grün wandert. Wir gleiten eine ganze Weile gerade aus, schwer einzuschätzen wie lange, am liebsten wäre ich hier oben geblieben, so schön ist es! Elenas Worte reißen mich aus meinen Tagträumen: „Da unten ist der Landepunkt." Nur kurz lasse ich den Blick suchend umher schweifen, ehe ich die Markierung und auch schon die gelandeten Springer erkennen kann, wir sind anscheinend das Schlusslicht. „Dann wollen wir mal landen, hm? Sanft oder rasant?" Ich kann ihr Lachen genau hören und erwidere: „Alles in Ordnung, rasant bitte." Allerdings ist es fraglich, ob das jetzt wirklich eine gute Entscheidung ist. Wir gleiten zuerst in eine großzügige Linkskurve hinunter, wechseln dann in eine ebenso angenehme Rechtskurve, ehe das Trudeln beginnt!!! Den Schirm mittig, schrauben wir uns einige Umdrehungen drum herum hinunter! „Hooo - hooo - hooo - hooo!" kommt es lautstark von mir und ich bekomme das darauf folgende Gelächter unter uns gar nicht richtig mit. „Beine vor!" ruft Elena mir zu und ich schiebe mein langes Fahrgestell voraus. Rumpelnd setzen wir auf und Elena bremst den Schirm ab, kippt ihn nach vorne. „Uuuund die Erde hat uns wieder...", ihre Worte lassen mich lachen. „Wow, das war unglaublich!" Meine Begeisterung sprüht aus jedem Wort, während sie sich aus meinem Geschirr hakt und ich aufstehe. Oha, meine Beine sind butterweich, das Herz klopft bis zum Hals, Adrenalin bis in die Haarspitzen! „Übrigens, du würdest eine gute Santa Clause-Stimme abgeben!" Das freche Grinsen in ihrem Gesicht verheißt nichts gutes! Sie bekommt ein Handy gereicht, vermutlich ihr eigenes und startet ein Video.

Zusammen sehen wir uns den gemeinsamen Flug noch einmal an! Tatsächlich hat der eine Springer alles mit der Helmkamera gefilmt, vom Absprung an. Als der Schirm sich öffnet, schwankt mein Kopf verdächtig hin und her und meine Gliedmaßen sind vollkommen spannungslos. Dass Elena meinen Kopf am Kinn festhält erkenne ich erst auf dem Video, anscheinend war ich tatsächlich kurz weggetreten. „Das passiert immer mal beim ersten Sprung, durch den Ruck, keine Sorge." Ihre Stimme klingt leise neben mir. Kurz darauf bewege ich mich auch schon wieder und ihre Hand lässt meinen Kopf los, zeigt einen erhobenen Daumen Richtung Kamera. „Ich habe das gar nicht richtig mitbekommen", murmle ich leise, aber es kommt auch keine große Reaktion von den Anderen, obwohl es mancher wohl mitbekommen hat, ihren Blicken nach zu urteilen. Dann kommen wir zu der Landung und Elena presst die Lippen zusammen, um nicht schon vorher los zu lachen! Ich sehe unsere letzte Kurve, dann beginnt das Trudeln und mein 'Hooo - hooo - hooo - hooo!' ist deutlich zu hören! Ich pruste los, kann mich kaum vor lachen halten! Darüber war ich mir dort oben gar nicht bewusst! Herrlich aber auch! „Pete hat es mit meiner Helmkamera gefilmt, ich kann es dir gerne gleich schicken", Elena verstaut das Handy vorerst, hilft mir aus dem Gurtzeug, ehe sie den Schirm etwas zusammen packt. Der wird in der Halle noch einmal überprüft, dann nach dem üblichen System gepackt und in dem Rucksack verstaut, so dass er für den nächsten Sprung bereit ist. Das erfahre ich alles auf dem Weg ins kleine Hangar, wo dann entsprechend nachgearbeitet wird. Danach schickt mir Elena das Video weiter, als Erinnerung an meinen ersten Tandem-Sprung und einen aufregenden Nachmittag.

Leute, Leute, den werde ich wohl nicht so schnell vergessen!

Es gibt Momente, mit denen wohl niemand rechnet und glücklicherweise auch nicht weiß, wann sie passieren. So wie der besagte Abend im Herbst. Ich hatte mich mit einer jungen Dame im Pub verabredet. Einundzwanzig Uhr, letzte Runde, zweiundzwanzig Uhr, Sperrstunde, so stehen wir bald darauf vor der Türe und ich biete ihr an sie zu Fuß heim zu begleiten. Sie nimmt es dankend an, immerhin ist es schon stockdunkel, von der üblichen Straßenbeleuchtung abgesehen. Allerdings ahne ich nicht, dass sie nur drei Häuser weiter wohnt! So trennen sich unsere Wege bald wieder vor ihrer Haustüre. Kurz schaue ich mich um, finde einen diskreten Platz und gehe dort hin, um dann auf vier Rädern hervor zu rollen. Ich kann in ihrer Wohnung Licht sehen, rolle langsam mit ausgeschalteten Scheinwerfern an den Straßenrand und träume vor mich hin. Spanne ich? Mitnichten, immerhin bin ich nur ein harmloses Auto! Nein, ehrlich, es ist nichts anzügliches zu sehen und wenn dann würde ich sicherlich diskret beiseite blinzeln. Von daher sei mir dieser Moment hoffentlich gegönnt.

Allerdings ahne ich noch nichts von der heran nahenden unangenehmen Zukunft! Und wie schnell diese zur Gegenwart wird, erkenne ich keine zwei Minuten später, als ich einen lauten Knall höre und kurz darauf heftig erschüttert werde, während mir der Schmerz durch mein Autochassis jagt! Verdammt, was ist passiert?! Mein Rücken fühlt sich an, als hätte jemand einen Speer hinein gerammt! Es braucht eine Menge Überwindung den Motor zu starten und schwerfällig anzurollen. Unter meinen Hinterreifen knirscht es verdächtig und langsam begreife ich was passiert ist. Ich rolle gerade über die Scherben meiner Heckscheibe!! Und mir fehlt jeglicher Anhaltspunkt was sie zerstört hat! Es dauert eine gefühlte Ewigkeit, um vom Seitenstreifen auf die Straße zu kommen und wieder in den Hinterhof. Allerdings schlägt jeglicher Versuch fehl mich zu wandeln, was mein Verstand wohl als vernünftigste Entscheidung einsortiert, denn zu Fuß würde ich nicht mehr weit kommen. Also bewege ich mich wieder im Schneckentempo aus der Einfahrt und über möglichst viele unbelebte Schleichwege dennoch so schnell wie möglich heimwärts. Immer wieder klopfen meine Zylinder sehr unrund und ich muss stehen bleiben, weil die Welt in diffusem Nebel versinkt. Wie lange brauche ich da wohl, bis ich die Hauptstraße, die Mini-Niederlassung und damit meine Nachbarschaft erreiche? Ich muss für einen Moment stehen bleiben, durchatmen, ehe ich auch noch das letzte Stück bis daheim schaffe. Ich öffne das elektrische Garagentor und rolle hinein, um es sofort wieder zu schließen.

Im Schutz der eigenen Garage gelingt mir dann auch endlich die Rückwandlung und ich sacke zusammen. Mein Lendenwirbelbereich ist blutig und ich brauche einige Zeit, ehe ich mich zuerst auf allen Vieren und schließlich hoch auf die Füße quälen kann. Schwankend mache ich mich auf den Weg zur Haustüre, suche so oft es nur möglich ist in meiner Umgebung nach Halt. Von da aus geht es weiter, Stufe für Stufe die Treppe hinauf, denn unten würde ich nur alles versauen! In vier Etappen bewältige ich die kaum zwanzig Treppenstufen, biege die wenigen Schritte ins Bad ab, ehe mir schwarz vor Augen wird.

Irgendwann später... Nur langsam tauche ich wieder aus der Dunkelheit auf, immer noch liege ich auf den harten kalten Fliesen. Mein Körper zittert heftig und ich spüre das pochende Gefühl in meinem Rücken. Zögerlich komme ich auf die Knie, was besser als erwartet funktioniert. Und auf dem Boden kann ich einen erschreckend großen Abdruck meines Körpers sehen, wo sich das Blut ausgebreitet hat. Ich schäle mich aus meinem am Rücken vollkommen zerfetzten Oberteil, aus der Hose, die am Bund ebenfalls zerrissen ist, das ist beides nur noch Müll. Deshalb wische ich damit über den Boden, entferne den noch nicht eingetrockneten Anteil, ehe ich aufstehe und durchatme, denn die Aktion war anstrengend wie auch unangenehm. Nach einer Verschnaufpause rücke ich dem Rest mit Wasser und einem alten Handtuch zu Leibe und mache drei Kreuze, nachdem alles beseitigt ist und die Fugen glücklicherweise nichts eingesogen haben. Ich komme mühsam wieder hoch, schleppe mich unter die Dusche und lasse mir das kalte Wasser über den Körper perlen, nachdem auch die Bermudas den Weg auf den blutigen Stoffhaufen gefunden hat. Wenn ich still stehe merke ich nach ein paar Minuten kaum mehr etwas, von der körperlichen Schwäche abgesehen. Es braucht eine Weile Geduld, viel Duschzeug und Wasser, ehe letzteres klar in den Abfluss läuft und damit zeigt, dass ich jegliche Blutreste entfernt habe. Während ich mich außerhalb der Dusche abtrockne, schaue ich mir meine Kehrseite so gut es geht im Badezimmerspiegel an. Sie ist im Lendenbereich mit jungfräulich rosa Haut überzogen! „Wow, das nenne ich mal gut verheilt", murmle ich eher vor mich hin, trockne mich zu Ende ab, um mich dann drüben im Schlafzimmer anzuziehen. Dabei fällt mein Blick auf meine Armbanduhr und mir wird flau, als mein Verstand registriert, dass ich volle zwei Tage dort gelegen habe!! Die Erkenntnis bringt mich dazu, mich doch besser auf das Bett zu setzen, um mich zu sammeln, ehe ich in die Küche gehe, um mir wenigstens ein paar schnelle Sandwich zu machen. Auch wenn sich mein Hunger in Grenzen hält, kann ich sie mit zwei Bechern Kaffee genießen, ehe die Müdigkeit wieder durchschlägt und ich zum Sofa hinüber schleiche, wo ich wenig später tief im Land der Träume versinke.

Kapitel 21

Ich gebe zu, seitdem Bonny mich so derbe demolierte, haben sich meine Begegnungen mit Frauen auf öffentliche Bereiche und unverfängliche Treffen beschränkt. Heute sitze ich dafür daheim, draußen ist es herbstlich trübe und windig. Und ich habe das Gefühl, dass mich gerade der Herbstblues erwischt, so kenne ich mich gar nicht! Ich nehme mein Handy hervor und scrolle gedankenverloren durch meine Kontaktliste. Einmal von A bis Z, wieder von Z bis A und ein drittes Mal Richtung Z, allerdings drücke ich dabei wohl kurz unbewusst auf das Display und ein Kontakt öffnet sich: Cynthia, mein kleiner Weihnachtsengel.

Mehr wie ein paar unverfängliche Nachrichten haben wir seit dem nicht mehr gewechselt und ich beginne zu schreiben: 'Hey kleiner Weihnachtsengel. Du hast noch einen Gutschein für eine Wiederholung bei mir offen. Ich sehne mich nach dir. Morgan.' Ich bin mir durchaus darüber bewusst, dass ich recht lüsterne Worte gewählt habe und erwarte einfach mal eine Reaktion von ihr. Zwanzig hinunter gewehte Äste später signalisiert mein Handy eine Nachricht und ich schaue neugierig nach. 'Hallo Morgan, ich habe es nicht vergessen, mich nur nicht mehr getraut dich darauf anzusprechen. Ich glaube, im nüchternen Zustand stehe ich mir da selbst im Wege, obwohl es traumhaft war. Was nun?'

Ihre ehrlichen Worte lassen mich kurz schlucken und meine Fingerspitzen flitzen über die Tastatur: 'Ich würde dich niemals deswegen verurteilen, oder dich dazu drängen. Wenn du es machen möchtest, darfst du dir gerne etwas alkoholisches als Starthilfe mitbringen, oder du sagst mir was und ich hole es dir.' Mehr als anbieten kann ich es ihr nicht, denn ihre erste Nachricht signalisiert ja Bereitschaft, nur nicht bei klarem Verstand, und daran lässt sich bekanntermaßen schnell etwas ändern.

Bis zur nächsten Antwort dauert es nicht lange: 'Wenn du magst, dusche ich eben schnell und hole unterwegs etwas Leckeres, gib mir eine Stunde, in Ordnung?'

Ich schmunzle und antworte: 'Ich habe eine bessere Idee. Ich lasse ein Schaumbad ein, du bringst dir frische Sachen mit und was leckeres.' Ob sie darauf eingehen wird?

Keine zwei Minuten schlägt die Antwort auf: 'Perfekt!'

Also führt mein Weg ins Bad, um schon langsam das Wasser einlaufen zu lassen. Und es dauert gerade eine Viertelstunde, in der ich ein paar elektrische Teelichter im Bad verteile und Handtücher bereit lege, ehe es an meiner Haustüre klingelt. Flinken Fußes komme ich die Treppe hinunter, öffne die Türe und

Cynthia steht im Sportdress und mit einem Rucksack vor mir und schaut etwas schüchtern: „Ich war gerade beim Sport und habe deine Nachricht vor dem Duschen entdeckt." Ich schnuppere grinsend: „Ich könnte nicht behaupten dass es riecht. Trotzdem wartet das gemütliche Badezimmer schon auf dich, nach dem Sport tut das doch besonders gut, mein kleiner Weihnachtsengel." Bei dem Namen schenkt sie mir ein bezauberndes Lächeln: „Das klingt gut. Wäre es schlimm, wenn wir sofort hoch gehen? Und wir brauchen kleine Gläser, maximal 100ml, oder so." Okay, damit macht sie mich neugierig, also gebe ich ihr den Weg frei: „Die erste Tür gleich rechts, mach es dir einfach bequem, ich hole eben die Gläser." Sie nickt leicht und trabt die Treppe hoch, während ich zuerst einen Abstecher in die Küche mache, ehe ich ihr folge. Oben sitzt sie etwas unsicher auf dem Wannenrand, noch komplett bekleidet und nagt an ihrer Unterlippe: „Ich brauche wohl noch einen Moment. Schlimm?" Jetzt mache ich mir ernsthaft Gedanken, doch sagt mir irgendetwas, dass sie von alleine reden würde, wenn sie dazu bereit wäre, also atme ich durch. Mein sanfter Blick und das Lächeln dazu reicht als Antwort aus und sie entspannt sich schon etwas mehr. Dann greift sie in den Rucksack und zieht eine Flasche hervor, weißen Rum!

„Oha, das nenne ich mal einen Raketenstarter!" lache ich und sie nickt. „Gib mir bitte zwei als Vorsprung, ja? Und passt wieder so gut auf mich auf wie das letzte Mal, okay? Ich vertraue dir, aber bitte frage nicht wieso ich mich so benehme...", ich nicke verstehend, auch wenn ich gerade unsicher bin ob es gut ist die Sache fort zu führen. Dann stelle ich ihr die beiden Gläser hin und sie füllt sie dreiviertel voll, ehe sie die Flasche geöffnet beiseite stellt: „Okay, Mr. Sheldon, zwei Beine für mich...", damit leert sie zuerst das eine, „...auf denen ich dann nicht mehr stehen kann...", und danach auch das zweite Glas, hält kurz merklich die Luft an, während ihr die Hitze ins Gesicht schießt! „Wow, langsam Kleine!" Ich warte ab, fülle dann beide erneut und schließe die Flasche: „Eines davon ist auf jeden Fall meines." Das nehme ich ihr dann auch schon ab und leere es, so dass der Rum mir heiß die Kehle hinunter brennt, au weh, das kann was werden! Cynthia wedelt sich leicht Luft zu, ehe sie dann doch aufsteht, dabei ihr Glas hebt und es ebenfalls leert! Ich gehe davon aus, wenn die Wirkung gleich einsetzt, dürfte es mehr als genug sein. Deswegen gehe ich auch auf sie zu, meine Hand umschließt sanft das Glas, um es beiseite zu stellen, Sport und Rum ist eine harte Mischung. „Hmmm, mir wird warm, du hast aber auch eine angenehme Badewassertemperatur, so schnell geht das doch mit dem Rum nicht, oder?" Sie fächelt sich erneut Luft zu, ihre Wangen erglühen immer mehr und ich lächle: „Nehmen wir das Badewasser als Schuldigen, okay, wobei der Rum es auch sein kann, bei drei Gläsern." Ihre Hand streift durch das Wasser, die Andere legt sich auf den Wannenrand und doch schon merklich lasziver bewegt sie sich dabei hinunter: „Perfekt, Morgan." Auf den Rest geht sie besser nicht ein, möchte es gerade nicht mehr erkennen, schiebt es zur Seite und vertraut meiner Anwesenheit. Sie nickte leicht, wischt sich dabei etwas fahrig eine Locke aus der Stirn und atmet durch. Oh ja, sie spürt die erhitzte Leichtigkeit, das ist ihr anzusehen.

„Dann mal hinein in die Fluten", ich beginne mich zu entkleiden, lege die Sachen in einen Wäschebehälter, nur die Bermudas lasse ich vorerst an. Cynthia beginnt sich ebenfalls aus ihren Sportsachen zu schälen, hält sich bei der Leggins vorsichtshalber am Badewannenrand fest, ehe sie hinaus schlüpft. Dann geht ihr Blick zur Flasche: „Lass uns die noch teilen, ja?" Ich möchte ein Veto einlegen, doch sie hebt die Augenbrauen: „Bitte Morgan..." Okay, dann teile ich es halt auf, jeder noch ein gutes Glas. Ich vermute, dass ihr Abend bald zu Ende sein wird. Sie stürzt es hinunter, ehe sie beide Gläser und die leere Flasche auf das Waschbecken stellt und zu mir hinüber kommt. Ohne Zweifel, da pulsiert ordentlich Rum durch ihre Blutbahn, das ist ihren Augen anzusehen, außerdem ist jegliche Schüchternheit schlagartig verschwunden! Denn ihre Hände finden meine Schultern, fahren über meinen Oberkörper, ehe sie mir die Bermudas abstreifen, ihr Blick dabei an meiner Mitte hängen bleibt, und sie sich sachte über die Lippen streift. „Gefällt dir der Anblick?" raune ich ihr zu und sie nickt langsam. „Komm, vorsichtig", ich nehme ihre Hand, steige zuerst in die Wanne und helfe ihr hinein. Als sie sitzt und das angenehm warme Wasser ihren Körper umfängt, seufzt sie wohlig auf und lehnt sich vertrauensvoll zurück, knie ich ja gerade hinter ihr. „Rum-Fliegen fühlt sich so gut an, Morgan", sie räkelt sich, ergreift meine Hand und führt sie nach vorne! Okay, damit ist eindeutig jegliche Hemmung entschwunden! „Lass mich noch mehr fliegen, bitte...", kommt es fast schon etwas gequält von ihr, spürt sie meine Männlichkeit ja bereits hinter sich. Meine Hand legt sich an ihre Mitte, nachdem ich sie mir in den linken Arm geschoben habe und ihr glasiger Blick Bände spricht! „Das wird ein kurzer Abend, mein Engel", raune ich ihr zu und sie schaut mich fragend an, „Wie kommst du da drauf?" - „Du bist jetzt schon vollkommen betrunken, mein Schatz. Vermutlich braucht es keine Viertelstunde mehr, bis du nicht mehr wach bist." Zärtlich raune ich ihr die Worte zu und eine Idee taucht in mir auf.

Betrunkene und kleine Kinder sagen bekanntlich immer die Wahrheit. „Cynthia, was ist seit Weihnachten passiert, dass du dich so vor diesem Augenblick fürchtest?" Ich spreche die Worte leise nahe an ihrem Ohr aus und kurz zuckt sie zusammen, doch ich lege die Hand an ihre Mitte und sie atmet tiefer durch, öffnet die Augen und ihr Blick verliert sich, ehe sie leise antwortet: „Mich hat ein Mann verfolgt, wollte sich an mir vergehen, doch ich bekam noch rechtzeitig Hilfe. Ich vertraue dir, nur mein Kopf möchte noch nicht vergessen... Ich habe zwar erfolgreich eine Therapie gemacht, doch die letzte Blockade fällt nicht... Bitte, hilf mir, bitte..." Wie ein Wortschwall sprudelt es hervor und mein Herz klopft heftig, was für ein Schwein! „Vertrau mir Kleines", ich beginne sie dort zu berühren und es dauert nicht lange, ehe sie sich vollkommen ausklinkt! Ihr Kopf liegt schwer auf meinem Oberarm und ihre Zunge fährt lüstern über ihre Lippen, während ihre Augen halb geöffnet sind. „Lass dich fallen, Schatz...", raune ich ihr zu, fahre mit meinen Fingern in sie hinein und bewege sie mit unterschiedlicher Intensität. Ihr Körper würde sich merklich gerne winden, doch verhindert der Alkohol es schon und auch ihre Erregung baut sich deswegen quälend langsam auf, dass ist ihr anzusehen. „Geht es dir gut?" hauche ich ihr ins Ohr und es dauert einen kurzen Moment, ehe sie langsam nickt: „Ja-a." Kurz fallen ihr die Augen zu und ich halte inne, sehe sie abschätzend an: „Cynthia?" Ein leises Seufzen perlt über die leicht geöffneten Lippen und sie bewegt sich langsam und unkoordiniert meiner Hand entgegen, ist also noch fähig etwas wahrzunehmen. „Schlaf mein Engel", flüstere ich, sehe dann ihren Kopf leicht rollen, „Ne-in, bin d-a." Die Worte kommen schwer über ihre Zunge und ich bin erstaunt wie lange sie durchhält. Also beginnt mein Daumen parallel zur Fingerbewegung ihre Perle zu verwöhnen, was sie erstaunt die Augen öffnen lässt und ein Keuchen entfleucht ihr! Kurze und flache Atemzüge bewegen ihren Brustkorb, leises Stöhnen erfüllt das Bad und ihre Augen verdrehen sich immer wieder lustvoll. Ihre Lippen bewegen sich, ohne verständliche Worte zu formen, sie drückt den Rücken leicht durch, soweit es ihre betäubte Körperkontrolle noch zulässt und mein Arm legt sich etwas fester um sie. Ich ziehe mich kurz aus ihr zurück, doch sehnsüchtig folgt ihr Becken und meine Hand beginnt langsam ihre Perle zu zupfen. Jedes Mal durchfährt es sie wie ein Stromschlag und sie beginnt in meinem Arm abzudriften. Das Zucken wird schwächer, ehe sie den Kopf nach hinten rollt und mit gläsernem Blick einen spitzen Schrei ausstößt! Sie ist weit weg, nicht mehr hier in meinem Bad, das ist zu erkennen und ich lächle sie sanft an: „Flieg mein Engel." Als ich meine Hand in ihre Scham wandern lasse, kann ich deutlich das kräftige Pulsieren spüren! Cynthia beginnt sich komplett zu entspannen und mit rasendem Herzen liegt sie in meinem Arm, ihr Blick verliert sich im Schwindel und dem Funkenregen in ihrem Kopf, ehe ihre Augenlider schwer zu fallen.

Sanft und behutsam beginne ich sie dort zu waschen, wo sie bis jetzt nicht schon im Wasser ist. Und dabei stelle ich mich sogar ziemlich geschickt an, so dass auch ihre leicht verschwitzten Haare eine kleine Wäsche bekommen, während ich sie an mich lehne. Von ihr kommt keinerlei Regung und ab und an taste ich nach ihrem Puls, nicht dass ihr Körper den Rum nicht verpackt. Ich selbst spüre den Alkohol auch, aber nicht so stark dass ich die Kontrolle verlieren könnte. „So Kleine, ich hole dich jetzt erst einmal aus der Wanne, denn das

Wasser ist abgekühlt und ich möchte nicht, dass du dich erkältest." Damit lasse ich zuerst das Wasser ablaufen, bringe sie anschließend in eine sitzende Position und steige aus der Badewanne, wo ich mir ein großes Handtuch schnappe und sie gründlich abtrockne, ehe ich selbst ein anderes Handtuch bei mir nutze. Danach bin ich auf der sicheren Seite, kann sie mir so nicht mehr wegen der Nässe abrutschen und meine Arme schieben sich unter Rücken und Knie, um sie aus der etwas harten Lage heraus zu heben. Ihr Kopf sinkt schwer in den Nacken, auch der Rest ihres Körpers ist komplett entspannt, so dass ich sie gegen meine Schulter hebe und hinüber ins Schlafzimmer bringe. Auf dem Weg muss ich selbst kurz Halt machen, weil der Flur leicht zu schwanken beginnt, was sich aber glücklicherweise schnell legt. Sachte findet sie ihren Platz in meinem Bett und ich kuschel mich zu ihr, decke uns gut zu und langsam nicke ich weg, einen Arm um sie gelegt.

Es dauert vielleicht eine Stunde, ehe ich ihre Bewegungen spüre und langsam wieder aufwache. Sie hat sich in meinem Arm umgedreht und schaut mich lächelnd an, wobei ihre Augen noch von dem anhaltenden Promille-Pegel zeugen: „Hey Schlafmütze." Verwaschene Worte, die über ihre Lippen finden und mich leise lachen lassen: „Du bist eindeutig zuerst eingeschlafen, kleiner Nimmersatt." Oha, das hätte ich nicht sagen sollen, denn schon macht sich ihre Hand auf den Weg in meiner. „Cynthia, es ist besser wenn du weiter schläfst... du bist immer noch ziemlich betrunken", meine Worte versuchen an ihre Vernunft zu appellieren, während ich doch erstaunt bin wie viel sie da verpackt. „Ich bin nicht müde und nur ein wenig betrunken...", nuschelt sie vor sich hin und als ihr meine Hand zu widerwillig erscheint, gleitet ihre eigene in ihre Mitte und treibt dort ein durchaus lustvolles Spiel! Allerdings ist zu erkennen, dass sie es wohl kaum bis gar nicht selbst gemacht hat, die immer noch gehemmte Koordination ihrerseits mit rein spielt und sie rutscht oft ab, während sie sich lüstern unter der Bettdecke räkelt: „Hmmm, sooo guuut..." Es dauert einige Versuche, bis sie durchaus den Dreh raus hat und sich immer höher antreibt, dabei hemmungslos zu stöhnen beginnt. Ich beobachte sie einfach nur mit einem Lächeln auf den Lippen und erkenne unschwer, dass ihr für den letzten Rest noch die Übung fehlt, sie durch die Erregung die Kontrolle verliert und ihre Hand abrutscht, so dass sie mich fast schon flehend anschaut und leise wimmert. Also erbarme ich mich, tausche ihre Hand gegen meine und mit ein paar schnellen und gezielten Berührungen gebe ich ihr den letzten Kick! Ein kurzes Aufbäumen, begleitet von einem überraschten Laut und sie hebt ab! Ja, das ging schnell, damit hat sie nicht gerechnet, dafür verliert sie sich gerade umso schöner und ich schaue zu, wie sich ihr Blick verschleiert, ihr Lächeln auf den Lippen auch noch bleibt, als sie schon längst wieder eingeschlafen ist.

Die Sonne scheint schon hell durchs Fenster, als ich das nächste Mal erwache, oh Sonne! Blinzelnd schaue ich mich um, ob sie noch da ist? Tatsächlich liegt mein Weihnachtsengel neben mir und schaut mich mit kleinen Augen an: „Hey Schlafmütze." Das fühlt sich fast wie ein Dejavué an und ich muss leise lachen: „Selber. Wie geht es dir?" Leise brummt sie: „Mein Kopf fühlt sich nicht gut an und um ehrlich zu sein habe ich keinen blassen Schimmer mehr von der letzten Nacht. Bist du mir böse?" Wie süß ist das denn?! Allerdings zeugt ihr leicht unsicherer Blick tatsächlich von der Vermutung, ich könnte verstimmt reagieren. Doch ich schüttle nur liebevoll lächelnd den Kopf: „Ich bin dir nicht böse. Immerhin habe ich das schon bei dem Rum befürchtet. Zum Glück war es nicht der Hochprozentige, aber er hat durchaus ausgereicht. Und letzte Nacht? Nun, du hattest eine sehr intensive kurze Zeit in der Wanne, ehe du mir während des Höhepunktes erwartungsgemäß komplett abgedriftet bist. Ich habe dir dann noch etwas die Haare gewaschen und dich ins Bett gebracht und eigentlich damit gerechnet, dass du bis jetzt durch schläfst." Mit verschwörerischem Grinsen schüttle ich den Kopf und sie antwortet mit erstauntem Blick: „Ich war zwischendurch wach? Dann habe ich das nicht geträumt, dass ich mich und du mich und..." Wusch, ihr schießt die Röte ins Gesicht und sie senkt kurz den Blick, ehe sie frech grinst: „Es hat sich gut angefühlt. Hm, was meintest du noch Weihnachten? Es ist das beste natürliche Schmerzmittel?" Und damit zieht sie sich die Bettdecke über den Kopf! Ich bleibe kurz erstaunt zurück, da scheint wer eine recht große Portion Selbstvertrauen zurück bekommen zu haben. „Wenn du Unterstützung brauchst, sag Bescheid." Und schmunzelnd spitze ich die Ohren, schaue auf die Decke, wo sich zuerst nur ein kleiner Bereich über ihrer Mitte bewegt. Langsam stimmt ihr Kopf in dieses Ballett mit ein und ich höre deutlich erregte Atemzüge, ehe sie sich ab und zu mehr bewegt. Nur zaghaft keucht sie auf, ihre Handbewegungen werden schneller und tatsächlich erkenne ich bald, wie sie kurz erstarrt, die Hand unkoordinierter wird und ein unterdrücktes wohliges Stöhnen zu hören ist: „Waaaahnsinn..."

Tja, aus diesem Abenteuer nimmt sie auf jeden Fall eine neue und sehr angenehme Erkenntnis mit, ehe unsere Wege sich trennen. Beim Frühstück zuvor bittet sie tatsächlich um eine weitere berauschte Wiederholung, allerdings mit der Bitte, dass ich sie mal dabei filme, denn sie kann sich nicht vorstellen wie hemmungslos sie war, geschweige denn dass ich sie dabei hübsch finde.

Nun, ich kann es wohl niemandem verübeln, wenn über die Stunden mit Cynthia nachgedacht wird. Stellt sich nur die Frage, ob es tatsächlich so schlimm daher kommt. Ich sitze mit meinem Kaffeebecher am Küchentisch, es ist Nachmittag und der typische englische Nieselregen benetzt die Fensterscheiben. Sie kann sich kaum an die Stunden im Vollrausch erinnern, schon gar nicht an meine Frage und ihre Antwort. Natürlich hätte ich es mit dem Wissen auch einfach beenden können. Vermutlich wäre sie ohne Unterhaltung und weiteren Reizen nach einer Weile einfach eingeschlafen. Und doch machte ich weiter, schenkte ihr und ihrem Körper diesen Genuss. Wohl auch in der Hoffnung, dass ihre Seele spürt und lernt, dass sie Verletzungen verarbeiten kann, so wie bei einer Konfrontationstherapie. Okay, ich bin kein Therapeut, ich verlasse mich da einfach auf meinen Instinkt. Und der hat mir eindeutig gesagt, dass es in dem Moment der richtige Weg ist. Von daher ist es auch nur ein kurzer Augenblick des Zweifelns, ehe das Wissen überwiegt, dass ich nicht mehr darüber nachdenken muss. Ich schiebe die Gedanken beiseite und trinke von meinem Kaffee. Immerhin hat es uns beiden geholfen, denn meine Grundstimmung war an dem Tag ja auch nicht die Beste. Beendet haben wir ihn in absoluter Hochstimmung. Mission erfüllt, würde ich behaupten. Und ich räume natürlich jedem das Recht ein, darüber eine andere Meinung zu haben, solange niemand aggressiv oder gewalttätig reagiert. Denn Gewalt ist nicht mein Ding, aber das dürfte auch schon bekannt sein. Deswegen hat mir Bonnies Ausraster wirklich zugesetzt, von den körperlichen Folgen ganz zu schweigen. Allerdings konnte ich es ja nicht der Polizei melden, denn es existiert ja keine Werkstatt die den Schaden behoben hat. So würde sie da wohl ungeschoren davon kommen, was mir komischerweise immer noch nicht zusagt. Denn ich frage mich, ob es jemand ahnt, was für ein Psycho-Freak sie ist.

Langsam aber sicher keimt eine Idee in mir auf! Auch wenn sie sehr grenzwertig ist. Ich bin sicherlich nicht rachsüchtig, möchte nur andere Personen vor Schaden bewahren. Vermutlich würde ich sie danach nicht wieder sehen... ein Verlust? Hm... Also mache ich mich auf den Weg, fahre durch die Stadt, warte an den Punkten, bis ich Glück habe und sie auf dem Weg am Park finde, der Richtung nach geht sie heim. Langsam fahre ich an ihr vorüber, so dass sie mich sehen muss. An der nächsten Kreuzung biege ich rechts ab und unsere Wege kreuzen sich dadurch. Sie quittiert es mit einem merklichen Stocken und schaut sich unsicher nach allen Seiten um, ehe sie zögerlich weiter geht. Ich habe eine Straße gewählt, in die sie ebenfalls einbiegen würde und sie bestätigt es, indem sie kurz darauf auftaucht, während ich vollkommen harmlos am Straßenrand stehe. Als sie mich entdeckt, wechselt sie die Straßenseite, schafft dennoch keine drei Schritte vorwärts ohne sich nach mir umzusehen! Immer wieder stolpert sie deswegen fast schon über ihre Füße, bis diese eine gewisse Hektik zeigen, weil ich aus besagter Parklücke heraus und nun hinter ihr die Straße entlang rolle! „Lass mich in Ruhe, Morgan!" keift sie mir entgegen, ich selbst beschränke mich darauf neben ihr her zu rollen! „Lass mich in Ruhe, du Freak! Ich rufe die Polizei!" Ihre Stimme klingt höher und sie tastet nach dem Handy in der Tasche, während ich das Seitenfenster einige Zentimeter hinunter fahre und sie meine Stimme hören kann: „Stellt sich nur die Frage, wer hier wirklich der Freak ist. Immerhin hast du mit einer Eisenstange meinen Wagen zu schrotten versucht." Bonnie bleibt stocksteif stehen und hat Mühe das Handy zu halten, weil ihre Hand so zittert und ebenso zittrig presst sie hervor: „Woher weißt du das? Es war doch niemand dort!" Bingo, sie gibt es sogar zu! „Dennoch weiß ich es, komisch oder?" erwidere ich mit einem fast schon knurrenden Unterton in der Stimme!

Nur langsam löst sich ihre Starre und sie geht hektisch weiter, so dass ich ebenfalls anrolle! Den großen Teil ihres Heimwegs verbringe ich an ihrer Seite, nur ab und an fahre ich ein Stück vor, wenn andere Wagen auftauchen, bis sie mich wieder erreicht. Auf die Idee einfach stehen zu bleiben und ein Taxi zu rufen, kommt sie anscheinend nicht und erreicht so nach einer gefühlten Ewigkeit in meiner Begleitung ihr Zuhause! „Verschwinde Morgan!" keift sie ein letztes Mal, dann verschwindet sie im Schutz ihrer Haustüre. Ich bleibe stehen und warte einfach ab.

Es dauert nicht lange bis ich sie am Fenster sehe, ehe sie schwungvoll den Vorhang schließt. Keine halbe Stunde später linst sie wieder hindurch, ich stehe immer noch dort! Ich döse vor mich hin, sie scheint eine sehr unruhige Nacht zu verbringen, denn in den nächsten Stunden bewegt sich immer wieder der Vorhang! Auch als sie morgens das Haus verlässt, bekomme ich es mit, wobei ich mich um die Ecke positioniert habe, um nicht sofort aufzufallen. Sie lässt den Blick schweifen, wiegt sich in Sicherheit und eilt los! Und leise kann sie meinen brummelnden Motor näher kommen hören! „Das kann nicht wahr sein!" Ihre Stimme klingt nach einem verzweifelten Jaulen, ihre Nerven liegen blank, kein Wunder nach der schlaflosen Nacht. „Du siehst blass aus, Bonnie. Hast du etwa schlecht geschlafen? Hat dein Gewissen dir so sehr zugesetzt?" Ich versuche so unberührt wie nur möglich zu klingen. „Du weißt genau warum, du Stalker!" presst sie hervor und dreht das Gesicht zu mir, als sie hört wie mein Fenster sich öffnet! Ungläubig aufgerissene Augen starren in meinen leeren Innenraum! „Das ist ein Trick! Es gibt keine Wagen die alleine fahren und reden können!" Ihr Herzschlag pocht ihr in den Ohren und Bonnie strauchelt kurz. „Oh, anscheinend doch, wie du siehst, aber das wolltest du mir ja nicht glauben, als ich es dir erzählt habe." Kühle Worte, die sie zu genau hören kann und erbebt! „Du Freak! Lass mich in Ruhe!" Die junge Frau kreischt förmlich los und in der Nähe öffnet sich ein Fenster.

Noch ehe dort jemand den Kopf hinaus streckt bleibe ich stehen, wie ein vollkommen harmloser Wagen am Straßenrand! Das Nervenbündel auf zwei Beinen hastet weiter, schimpft und zetert vor sich hin und benutzt Begriffe, die ich niemals in ihrem Vokabular vermutet hätte. Als sich die Neugier in der Umgebung legt, rolle ich ihr wieder hinterher und sehe wie ihr schon der Schweiß auf der Stirn steht! „Du siehst nicht gut aus, soll ich dir einen Krankenwagen rufen? Sie können dir sicherlich helfen, dir etwas zur Beruhigung geben", hake ich nach und sie versucht gegen meinen Reifen zu treten. Weder gelingt es ihr, da ich ja rolle, noch würde es ihr gut tun. „Ich brauche nichts zur Beruhigung, mir geht es gut! Aber du brauchst echt professionelle Hilfe, weil du denkst du wärst ein Auto", ihre Stimme überschlägt sich förmlich. Ich halte an, da sich nun mehr die Fenster um uns herum öffnen, mancher ein Handy in der Hand hat und telefoniert. Langsam schließe ich das Fenster wieder und Bonnie schaut mir wie hypnotisiert dabei zu, ehe ich nur für sie hörbar raune: „Ich BIN ein Auto!" Sie lacht hysterisch auf und verliert gerade sichtlich ihre komplette Fassung! Was sonst noch um sie herum passiert bekommt sie nicht mit, legt sich alles wie ein Nebel um sie herum und der Blick richtet sich tunnelartig auf mich! Ich kann allerdings sehen, wie sich ein Krankenwagen nähert und hinter uns parkt. Für einen Moment sieht sich die Besatzung die Situation mit forschendem Blick an.

Da steht eine junge Frau mit mittlerweile wirrem Blick und mindestens ebenso wirrem Haarschopf, den sie sich immer wieder rauft und zetert und schreit einen Mini Cooper an! Eindeutig, hier ist schneller Handlungsbedarf gefragt! Von daher steigt der Erste aus und nähert sich ihr langsam: „Miss, alles in Ordnung, geht es ihnen gut?" Reine Zeitschinderei, denn ihre Situation ist erkennbar, gut sieht anders aus. Ihm schießt ein Wortschwall entgegen, der ihm wohl inhaltlich meine Anwesenheit als Auto da legen soll und dass ich sie seit gestern verfolgen würde. Seine Augenbrauen heben sich merklich und kurz sieht er zu mir: „Dieser Wagen verfolgt sie seit gestern? Was haben sie denn getan, dass er einen Grund dazu hätte?" Hinter ihr taucht sein Kollege auf, eine Hand leicht an der Seite verborgen. Bonnie verzieht verzweifelt das Gesicht und keucht: „Ich habe ihn mit einer Eisenstange demoliert! Weil er mich verarschen wollte! Er sagte, er könne sich in ein Auto verwandeln!" Mittlerweile haben sich hinter offenen und geschlossenen Fenstern einige Beobachter eingefunden, die der skurrilen Szene neugierig folgen, vermutlich besser als jegliches Fernsehprogramm! Ich verharre ton- und bewegungslos. „Nun, bei so einer Aktion wäre es nachvollziehbar, oder?" Ob das so im medizinischen Lehrbuch vorgegeben wird? Vielleicht ist es aber auch die einzige Möglichkeit sie zu erreichen. „Aber, so etwas gibt es doch gar nicht, zumindest dachte ich es, bis er gerade beim Fahren das Fenster hinunter gefahren hat, da sitzt aber niemand im Wagen!" Hektisch zeigt sie auf mich und der Rettungssanitäter tritt an meine Fahrertüre, öffnet sie! „Nun, tatsächlich sitzt hier niemand drin, die Schaltung ist auf parken gestellt, kein Schlüssel zu sehen." Das ist wohl eine kurze Schilderung seines Eindruckes und sie lacht hysterisch auf: „Sage ich doch!" Ihr Zeigefinger deutet weiter auf mich und sie zetert: „Er hat die ganz

Zeit vor meinem Haus gestanden und ist das ganze Stück bis hier her hinter und neben mir her gerollt!" Sie schaut etwas irritiert, weil einer von Beiden ihren Arm ergreift und der Andere mit gekonnter Routine eine Injektion setzt! „...äh, mich voll gelabert, ist neben mir... mir neben mir, ...neben...her gerollt..." Es ist schnell zu erkennen wie die Wirkung einsetzt, denn so unsicher wie ihre Stimme werden auch ihre Bewegungen. „Morgan... hilf... mir... du... Freak..." Sie sackt in sich zusammen, wird aufgefangen und in den Wagen gebracht. Kopfschüttelnd taucht der Rettungssanitäter wieder auf, schließt meine Wagentür und murmelt dabei vor sich hin: „DAS ist schon die ZWEITE Person, die meint ein weißer Mini würde leben und reden... Ich frage mich, was sich die Leute in letzter Zeit so rein pfeifen, muss ja echtes Teufelszeug sein." Am liebsten würde ich ihm beipflichten, unterlasse es aber tunlichst und beobachte anhand meines Außenspiegels wie er sich entfernt, einsteigt und der Rettungswagen davon fährt.

Die Sache mit Bonnie war ein sehr makaberes Spiel, dessen bin ich mir durchaus bewusst. Allerdings ist in mir auch die feste Überzeugung, dass es mit ihrem labilen psychischen Zustand für eine Weile das Beste ist und sie jetzt die Hilfe bekommt, die sie anscheinend schon länger benötigt. Denn wer rastet bitte schon bei so einer Sache wie eine unerwiderte Beziehung dermaßen aus und demoliert Wagen? Ich gehe davon aus, dass sie nicht ewig in der Klinik bleiben wird, wenn sie seelisch wieder hergestellt ist, und das ist vollkommen in Ordnung. In Zukunft kann ich allerdings auf Begegnungen mit ihr verzichten. Und ja, das war wohl zum ersten Mal eine Episode, bei der ich mit meinem Wandler-Dasein Schwierigkeiten habe.

Ich brauche Ablenkung! Deswegen mache ich mich auf den Weg. Völlig in Gedanken verlasse ich das Haus, fahre kurz darauf aus der Garage und durch unsere Siedlung. Ich biege in die Paget Road und folge ihrem sanft geschwungenen Verlauf, ehe ich links auf die bekannte Horsepath Road einbiege, wo ich früher meist den Bus Richtung Stadtzentrum nahm. Hier muss ich dann doch aufmerksamer sein, weil eindeutig mehr los ist, bis es links auf den Hollow Way geht. Über die Crescent und Marsh Road erreiche ich die Cowley Road / B480, bis ich dann knapp rechts in die Jeune Street abbiege, wo der 'Ultimate Picture Palace' zu finden ist! Ein kleines Kino, dessen Front fast wie in einem Western aussieht, mit den vier Säulen und dem halbrunden Dachaufbau. Von vorne sieht es viel kleiner aus, innen bieten die rot bezogenen Klappsessel genug Platz, während die Wände in fliederfarbenen Tönen erstrahlen. Ob das Kino wirklich so alt ist, wie es äußerlich von den Aufbauten vermuten lässt, kann ich nicht sagen. Doch gilt es hier in Oxford schon als alt, so dass auch die Bild- und Tonqualität nicht als überragend bezeichnet werden kann. Dafür teile ich mit diesem Gebäude zahlreiche schöne Erinnerungen an meine Studienzeit. Denn bei Studenten war und ist es immer noch mit seinen Klassikern und Kultfilmen angesagt.

Ich sehe mir das heutige Angebot an und muss mich tatsächlich zwischen zwei entscheiden. Es gewinnt eindeutig 'Robin Hood - König der Vagabunden' mit Erol Flynn und 'Casablanca' hat das Nachsehen. Nein, eine Liebes-Schmonzette kann ich mir gerade am wenigsten rein ziehen, ganz salopp ausgedrückt. Bald darauf habe ich eine Eintrittskarte erstanden und meinen Sitzplatz eingenommen, und die Abenteuer können beginnen! Wer Erol Flynn kennt, weiß genau wie unterhaltsam abgedreht seine Filme sein können, was allerdings auch seine Schauspielkunst erkennen lässt. Und immerhin besuchte er hier eine Privatschule in London. Ich finde seine Filmleistung trotz seines Alkohol lastigen Privatlebens einen Geniestreich und vermutlich hätte er noch viele weitere Filme mit seiner Präsenz ausgeschmückt, wenn seine Eskapaden und seine angeschlagene Gesundheit nicht zu einem viel zu frühen Tod geführt hätten... Während des Films ist davon allerdings nichts zu merken und ich lasse mich förmlich in diese lustige und unterhaltsame Darbietung hinein ziehen, die zwischendurch den ganzen Saal vor Lachanfällen erbeben lässt! Zwar gibt es auch dort die übliche Liebesgeschichte, doch nicht so schwermütig wie sie mich in Casablanca erwartet hätte. Und ehe ich mich versehe, flimmert uns ein 'Fin' (Ende) von der Leinwand entgegen.

Ja, uns, allerdings meine ich damit wohl eher den restlichen Kinosaal und mich. Auch wenn ich da vorhin meinte, ein bekanntes Lachen zu erkennen. Deswegen drehe ich mich jetzt im Sitz etwas um, nachdem mein Blick vorne kein bekanntes Gesicht entdeckt hat. Schräg hinter mir kann ich sie sehen, inmitten einer Gruppe junger Frauen, mit denen sie sich wohl gerade angeregt über den Film unterhält. Ich sage nur 'Modellshooting, zugesteckte Handynummer und endlos lange Beine'! Genau, besagte Schönheit, mit der ich mich am Wagen unterhalten hatte, als ich die Schramme entdeckte, die besagte unbekannte Alicia laut ihrer Aussage gemacht haben könnte. Die Schramme, die für die Nach-Lackierung sorgte und für den Vorfall in der Trockenkammer, usw. Hat sie meinen Blick gespürt, oder mich auch beiläufig entdeckt? Zumindest kann ich sehen, wie sie zu mir schaut, in der Unterhaltung stockt und mir dann lächelnd kurz zuwinkt. Als weitere Reaktion folgen die Augen ihrer Freundinnen ihrem Wink und ich versuche es mir nicht anmerken zu lassen, wie sehr es mich amüsiert. Denn ich kenne es, bilde mir auf mein Aussehen allerdings nichts ein, auch wenn ich schon darauf achte. Zwei bis drei Kinnladen klappen mehr oder weniger undamenhaft hinunter und Katzenaugen sehen mich an. Ich fühle mich wie eine übergroße Maus , die die Wahl zwischen Katzenmeute und Falle hat. Wobei ich zugeben muss, mit der Zeit habe ich Übung darin bekommen und so schmunzle ich nur frech zu ihnen hinüber, die dann Scarlett bestürmen. Ich kann mir die Fragen denken, nur ihre Antworten kenne ich nicht. Sie nimmt ihr Handy hervor, schreibt etwas, wobei sie das Gerät etwas vor den neugierigen Blicken abschirmt und wenig später vibriert es in meiner Jackentasche! Also drehe ich mich mit einem kurzen amüsierten Seitenblick zu ihr wieder richtig um, ziehe mein Telefon hervor und finde eine Nachricht von ihr! Ob ich heute noch etwas vor hätte, sie könnte sich von der lüsternen Meute bestimmt loseisen. Ich lasse die Finger über die Tastatur flitzen: 'Wenn du das schaffst, habe ich ein Date mit dir!' Grinsend schicke ich es ab und schaue wieder zu ihr hinüber.

Ich kann beobachten wie sie meine Nachricht liest und sich dabei zuerst die Augen weiten, ehe sie dann glockenhell auflacht! Klar möchte die lüsterne Hühnerschar nun wissen was los ist, während sie erneut kurz tippt. Dann packt sie ihr Handy weg und ihre folgenden Worte kommen wohl nicht so gut an. Denn während ich ihre Nachricht erhalte, kann ich glatt den einen oder anderen neidischen Blick in den Augen der Meute sehen und drehe mich gentlemanlike nach vorne, um sie sich und der kurzen Diskussion zu überlassen. Lieber befriedige ich meine Neugier und lese die Nachricht: 'Schau zu und staune, bis gleich. Ich warte am Eingang auf dich.' Ich staune, wie schnell sie das in der kurzen Zeit getippt hat und die Diskussion hinter mir wird leiser, da sich die Gruppe aus dem Saal bewegt. Also warte ich diskret, bis sie außer Sichtweite sind und mache mich auch langsam auf den Weg. Ihr Geschnatter höre ich immer noch, da kann ich mir noch so Zeit lassen. Und nachdem ich ihnen doch einen ordentlichen zeitlichen Vorsprung gelassen habe, folge ich Richtung Eingang/Ausgang, wo sich besagte Meute auflöst und hinaus verschwindet, und Scarlett mich lächelnd erwartet: „Es war etwas schwerer als erwartet, aber ich habe es geschafft. Hallo, du mein gutaussehendes Date."

Ich schmunzle ihr zu: „Das habe ich gemerkt. Hallo Kinofee. Schön dich hier zu treffen." - „Ich freue mich auch. Wie geht es dem kleinen Wagen? Hat er einen guten Besitzer gefunden?" hakt sie nach und kurz merke ich meinen Puls in die Höhe schnellen, versuche es mir aber nicht anmerken zu lassen, als ich antworte: „Dem geht es gut. Er ist tatsächlich später in meiner Garage gelandet." Ihre Augen weiten sich überrascht: „Das ist doch Klasse! Konnte die Schramme wieder gut beseitigt werden? Nicht dass du da mit einem Unfallwagen herum fahren musst." - „Oh, davon ist nichts mehr zu sehen", schüttle ich leicht mit dem Kopf und muss gerade auf meine Wortwahl aufpassen. Wie sie wohl darauf reagieren würde? So verrückt wie Bonnie oder verständnisvoller? Aber ist das nicht etwas vermessen, zu denken dass es jemand verstehen könnte? Innerlich brennt es förmlich danach, sich jemandem anzuvertrauen, doch gerade ist die Angst stärker, dass sie die Nächste sein könnte, die die

Flucht ergreifen würde. In diesem Gedankenspiel verfangen, bekomme ich ihre Worte nicht mit und zucke leicht zusammen, weil ihre Hand sich an meinen Oberarm legt, so meine Aufmerksamkeit auf Scarlett gelenkt wird, die mich etwas besorgt anschaut: „Morgan? Geht es dir nicht gut? Du siehst gerade etwas blass um die Nase aus." Ich atme durch, versuche die Gedanken in meinem Kopf zu vertreiben und sehe sie entschuldigend an: „Ich... tut mir leid. Ja, mir geht es gut. Keine Sorge, es ist alles in Ordnung." Ihre Augenbraue hebt sich kurz leicht, eindeutig, sie glaubt mir nicht. „Scarlett, wenn... ich meine, wenn ich dir meine Gedanken erzähle, dann möchtest du mich niemals wieder sehen. Und das möchte ich nicht." Es ist ein Versuch wert, eine Vorwarnung, aber ob es etwas bringt? Nein, eindeutig nicht, denn ihre Hand schiebt sich in meinen Rücken, sie dirigiert mich förmlich durch die Türe hinaus, ehe sie dort an der frischen Luft stehen bleibt, mir tief in die Augen schaut und leicht mit dem Kopf schüttelt: „So einfach kommst du mir nicht davon. Du kennst mich eindeutig noch nicht gut genug, um genau diese Tatsache einschätzen zu können."

In meine Augen schleicht sich ungewollt ein trauriger Blick und ich schlucke hart: „Du hast Recht. In Ordnung, ich zeige dir etwas und du entscheidest es danach, was du davon hältst." Ich schaue mich um und entdecke eine abgelegene Ecke, in der ich mich vorhin gewandelt hatte und führe sie dort hin: „Hier bekommt es niemand sonst mit. Ich mache dir nichts, versprochen." Das Licht einer einzelnen Laterne erhellt unseren Aufenthaltsort, während ich vier Schritte beiseite trete, damit ich sie bei der Wandlung nicht verletze. Scarlett folgt mir mit ihrem doch leicht verwirrten Blick, bleibt aber brav dort stehen, denn ich würde mir schon etwas dabei denken. Und dann sieht sie mir staunend, verblüfft und doch eine Spur ängstlich dabei zu. Wie immer umfängt mich ein diffuses Leuchten, ehe ich auf die Knie sinke und meine Umrisse sich verwischen, verzerren, meine Fläche immer größer wird und sie schließlich deutlich den Wagen erkennen kann, der aus dem diffusen Licht auftaucht, ehe es erlischt. Scarlett schnappt währenddessen einige Male nach Luft und schwankt verdächtig, ehe sie einige unsichere Schritte auf mich zu macht, um sich an mir fest zu halten: „Hätte ich es nicht mit eigenen Augen gesehen, würde ich es dir nicht glauben können. Tut es weh?"

Langsam geht sie an meiner Seite entlang und ihre sanften Finger streifen dabei über meinen fast elfenbeinfarbenen Lack. Ich öffne zögernd die Fahrertür und sie schaut hinein, atmet durch und setzt sich hin, wo sie meine gewohnte Stimme etwas dumpfer aus den Lautsprechern erklingen hört: „Anfangs war es anstrengend. Weh tut es nur, wenn ich irgendwo verletzt bin." Ich lasse die Tür auf, nicht dass sie sich noch eingesperrt vorkommt, während die blonde Schönheit sich meine Inneneinrichtung anschaut und ihre gerade noch sehr blasse Gesichtsfarbe langsam wieder ihre normale Tönung erreicht. „Tatsächlich, es ist der kleine Mini aus dem Shooting. Hier ist ein kleiner Fleck, vermutlich ein Kleberest, den ich zu der Zeit auch schon entdeckt hatte", ihre Stimme klingt auch sicherer und sie fährt vorsichtig mit den Fingerspitzen über mein Armaturenbrett, einmal um die kreisrunden Anzeigen von Geschwindigkeit und Bordcomputer. Ich spüre das wohlige Kribbeln in mir und rede leise weiter: „Ja, es ist genau der Wagen. Wegen der Schramme ging er noch einmal in die Lackierung und dort in der Trockenkabine kam es zu einem Zwischenfall. Sie vermuteten einen technischen Defekt, aber wer weiß das schon so genau, ich befürchte, niemand. Der Mini ging in Flammen auf, während ich in der Kabine war und die Tür sich nicht mehr öffnen ließ."

Ich verstumme, warte wie sie reagiert. Ihre Hand legt sich auf das Flügelemblem auf meinem Lenkrad: „Was ist dann passiert, Morgan?" Ihre Stimme klingt etwas belegt und ich rede leise weiter, schließe aber vorher langsam die Fahrertür: „Ich kauerte in einer Ecke und wurde von den umher fliegenden Teilen an Armen und Beinen getroffen, bekam Verbrennungen, ganz genau kann ich mich immer noch nicht erinnern, glaube ich. Zumindest habe ich das Gefühl, dass mir ein Stück Erinnerung fehlt, ich vermutlich bewusstlos war, zumindest kurzfristig. Wobei ich wohl eher so dahin schwamm, nie ganz da. Die zwei Wochen auf der Intensiv sind auch sehr verschwommen. Immerhin ist körperlich nichts zurück geblieben." - „Aber, wie konntest du dich dann wandeln? Ich meine, wie konnte das so passieren?" Fast schon beruhigend streicht sie weiter über das Emblem, atmet durch. „Ich habe keine Ahnung. Es war vermutlich so wie in diesen Filmen. Irgendwie ist meine DNA mit dem Mini verschmolzen. Es hat auch eine ganze Weile gedauert, ehe etwas zu bemerken war. Ich hatte anfangs totale Blackouts, wurde an anderen Orten wach, hatte das Gefühl mein Kreislauf würde spinnen, dabei fuhr ich da schon auf allen Vieren durch die Gegend. Um ehrlich zu sein, kam ich erstaunlich gut zurecht, nachdem ich die Wahrheit kannte. Aber mittlerweile gab es auch Begebenheiten, mit denen ich im Nachhinein doch Probleme habe."

Wieder spüre ich die sanften Bewegungen, ehe sie nachfragt: „Welche Probleme, Morgan?" Gerade kann ich erstaunlich offen darüber reden, sicherlich weil sie ja zweifelsohne sieht, dass ich die Wahrheit sage: „Es gab eine junge Frau, die ich nach einer feucht-fröhlichen Nacht fragte, ob ich der Wagen war, ehe ich noch einmal einschlief. Als ich einige Stunden später wach wurde, warf sie mich raus, als ich sagte, dass ich mich verwandeln kann. Allerdings standen wir in ihrem Wohnzimmer und eine Erklärung lehnte sie unter Androhung der Polizei ab. Sie meinte, ich könnte es ihr erzählen, aber dann würde sie die Polizei rufen, also sparte ich mir die Erklärung und ging. Und ja, ich hatte gerade bei dir auch die Befürchtung, du könntest verschwinden." - „Nun, da muss schon einiges anderes passieren, auch wenn ich gerade ziemlich weiche Knie hatte. Aber so was ist ja sonst auch nur in Filmen zu sehen", sie lacht leise und klopft mir sachte auf das Lenkrad. „Das beruhigt mich ehrlich. Hm ja, da bin ich nun wohl mein eigener Filmstar, aber psssst, nicht verraten", und sie kann das Lächeln in meiner Stimme hören.

„Keine Sorge, kein Wort, Morgan. Sag mal, warst du dann auch der weiße Mini, von dem der Autodieb geredet hatte, in dem Zeitungsbericht?" Neugierig schaut sie zu dem Bordcomputer, um für die Unterhaltung zumindest einen optischen Anhaltspunkt zu haben. Ich lache leise und erzähle ihr genau wie es zu der Zeit abgelaufen ist... „..und dann sitze ich am nächsten Morgen beim Frühstück, schlage die Zeitung auf und der Kerl schaut mich an. Ich konnte ja nicht ahnen, was für einen großen Fisch ich da fing. Aber es war echt herrlich!" Wir lachen beide, sie um einiges lauter als ich, wobei ja niemand sehen würde, dass sie hier quasi alleine im Wagen sitzt. Und als ich als Dessert noch die Story mit dem Marder zum besten gebe, kann sie kaum noch an sich halten und windet sich leicht im Sitz, während sie lachend um ihre Fassung kämpft: „Morgan, du bist echt klasse! Und du kannst echt nicht behaupten, dass dieses Leben langweilig wäre." - „Da hast du Recht. Und da ich ja weiß, dass Frauen Hunde lieben, gibt es noch eine kleine Zugabe." Und als letztes folgt noch die Zeit mit dem regennassen Mischling, der sich in mir aufgewärmt und ausgeruht hatte

Sie ist hin und weg, streichelt zärtlich über die Sitzfläche auf der Beifahrerseite: „Du hast so ein großes Herz, Morgan Sheldon. Es ist wirklich unglaublich und ich bin froh, dass du dich mir anvertraut hast. Ich danke dir deswegen auch für dein Vertrauen. Ich könnte hier ewig sitzen bleiben und dir zuhören." Kurz erröte ich leicht, schalte dann einfach kurz bei ihr die Sitzheizung an. Denn die Temperaturen fallen ja mittlerweile zum Abend hin merklich und ich möchte ja nicht, dass sie friert. „Oh, was führst du im Schilde? Das nenne ich glatt eine luxuriöse Mitfahrer-Bewirtung. Aber bitte nicht zu warm einstellen, sonst schlafe ich hier ein, es ist soooooo gemütlich", und sie seufzt genüsslich auf. „Damit habe ich kein Problem, vielleicht solltest du mir vorher schon deine Adresse sagen, damit ich dich dann heim bringen kann", das Schmunzeln ist mir anzuhören und sie nennt mir wirklich ihre Adresse, die ich kurz darauf im Bordcomputer auftauchen lasse, was sie kichern lässt: „Perfekt. Hm Morgan, du legst es echt darauf an, oder? Du Schelm wie er im Buche steht." Ja, sie hat gemerkt, dass auch die Rückenlehne erwärmt wird und kuschelt sich ein wie eine kleine Katze: „Erzählst du mir noch etwas?" Ich überlege kurz, ehe ich ich auch noch von der Rosenfrau erzähle. Allerdings merke ich dabei schon, wie ihr Körper im Sitz immer schwerer wird. Gleichmäßige Atemzüge zeugen davon, dass sie eingeschlafen ist.

Leise starte ich den Motor und rolle los, durch die mittlerweile beleuchtete Straßen der Stadt. Da sie nicht angeschnallt ist, fahre ich besonders vorsichtig, werfe durch den Innenspiegel immer mal einen Blick auf die hübsche schlafende Schönheit in mir. Sie verbringt die viel zu kurze Fahrt vertrauensvoll schlafend und selbst als ich vor ihrer Haustüre halte, wird sie nicht wach. „Scarlett...", raune ich leise und warte ab, nichts passiert. „Scarlett...", versuche ich es ein wenig lauter, was sie leise aufseufzen lässt. Mein Blick sondiert kurz die Umgebung und ich finde eine heimelige Ecke, in die ich mich leise rollen lasse, um mich dann zurück zu wandeln. Dabei nehme ich sie in meine Arme, fische ihren Schlüssel aus ihrer Tasche und hebe sie dann auf meine Arme, um sie zu ihrer Haustür zu bringen. Erst als ich sie dort behutsam auf ihre Füße stelle, wird sie langsam wach, findet sich an mich gekuschelt wieder, während ich die Türe öffnen möchte. „Der Viereckige", murmelt sie und hebt das Gesicht, schaut mich mit kleinen Augen an. „Danke, hm, soll ich dich direkt ins Bett bringen?" Die Haustüre öffnet sich nach innen und sie geht im Halbschlaf mit mir durch die Wohnung, bis wir das Schlafzimmer erreichen. Dort hebe ich sie kurzerhand vorsichtig ins Bett und sie blinzelt zu mir: „Danke, Morgan. Sorry, bist du mir böse?" Ich schüttle nur den Kopf, streichle ihr sanft über die Wange: „Es ist alles in Ordnung, schlaf gut, Scarlett. Träum schön." Sie kuschelt sich nickend ins Kissen und es dauert keine drei Atemzüge, bis sie eingeschlafen ist. Ich lege ihren Schlüsselbund auf den Nachttisch, die Handtasche auf den Stuhl neben das Bett und verlasse leise die Wohnung.

Kapitel 22

Die Begegnung mit Scarlett hat mir Mut gemacht, dass sich nicht jeder gleich automatisch abwendet. Dennoch würde ich damit sicherlich nicht hausieren gehen. Ich ahne noch nicht, dass es nicht die letzte Beichte sein würde. Denn als ich zu meinen Eltern komme, erwartet mich dort der besorgte Blick meiner Mutter: „Junge, gibt es etwas, über dass du mit uns reden möchtest? Wir finden, dass du dich ziemlich verändert hast. Nicht zu deinem Nachteil, nicht dass du das befürchtest. Aber wir machen uns einfach trotzdem Sorgen." Okay, was für eine Begrüßung, mitten im Flur und ich merke die Unsicherheit in mir, denn ich möchte meine Eltern sicherlich nicht belügen, doch wie würden sie damit zurecht kommen? Unschlüssig bleibe ich deswegen auch drinnen an der Haustüre stehen und schaue deutlich zu nervös für einen einfachen Kurzbesuch aus. „Mum, Dad, ich... ich muss euch etwas zeigen. Ist die Garage frei?" Vielleicht ist das eine bessere Lösung, als nur darüber zu reden? Hoffentlich erschrecke ich beide nicht zu sehr, das könnte böse Folgen haben. „Dads Wagen steht drin, aber er kann ihn ja eben auf die Einfahrt stellen. Was hast du nur?" Ich sehe den fast schon verzweifelten Blick meiner Mutter und lege ihr beruhigend die Hand auf die Schulter: „Es wird nichts schlimmes passieren, auch wenn es vermutlich anders aussieht." Leise Worte, die versuchen meine eigene Nervosität zu verbergen. Aber eigentlich bin ich mir im Klaren darüber, dass ich für sie glasklar zu durchschauen bin. Mein Vater nickt schweigend, doch auch seine Augen zeigen die Sorge und er nimmt den Schlüssel von der Flur-Anrichte.

Zusammen gehen wir hinaus. Es dauert nicht lange, bis der Wagen auf der Einfahrt steht und sich das Garagentor hinter uns schließt. Der Raum wird von einer einzelnen Glühlampe erhellt, die verstaubt ist und ihre besten Tage hinter sich hat. „Aber zuerst muss ich euch etwas sagen. Egal was passiert, es bereitet mir keinerlei Schmerzen. Aber es ist besser, wenn ihr euch direkt an das Tor stellt und auch unbedingt dort stehen bleibt, bis ich euch etwas anderes sage." Damit gehe ich mit ihnen zusammen zur Tor-Innenseite und meine Mutter schluchzt leise: „Du machst mir Angst, Morgan." - „Es ist alles gut, Mum, ehrlich. Mach dir keine Sorgen", mit den Worten gehe ich in die Mitte der Garage und nicke leicht: „Nur zusehen, es passiert nichts schlimmes." Ich warte noch einen Moment, ehe sie sehen können, wie das leichte Schimmern um mich herum einsetzt. Und während es sich verstärkt, verändert sich meine Form und meine Eltern heben fast schon erschrocken die Hände auf die Köpfe. Kurz darauf steht ein sauberer 'John Cooper Works' in ihrer Garage!

„Um Himmels Willen, Morgan! Wie kann das nur sein?" Mein Vater findet zuerst seine Stimme wieder, auch wenn sie merklich belegt klingt. Meine klingt leise aus den Lautsprechern: „Der Unfall auf der Arbeit. Es hat sich erst viel später gezeigt. Ich hatte Metallsplitter im Körper, die sie eigentlich entfernten, aber irgendwie habe ich dann Blackouts bekommen, in denen ich mich unbewusst gewandelt habe. Ich musste viel lernen, wie ich damit umgehen kann und mittlerweile funktioniert es wirklich gut. Dad, schau mal, das dürfte dir gefallen", und bei den Worten öffne ich die Motorhaube und präsentiere ihm fast schon stolz meine Motorraum-Ausstattung. „Und Mum, magst du dich mal auf meinen Sitz setzen? Der ist so bequem, da möchtest du bestimmt nicht mehr heraus." Damit öffne ich die Fahrertür ein Stück.

Zögerlich kommen beide näher und mein Dad wirft einen Blick in meinen Motorraum und bekommt strahlende Augen. Sachte berühren seine Fingerspitzen die Bauteile, benennt er sie und sein Blick wandert verträumt mit. Gerade reist er in die Zeit zurück, in der er selbst die Wagen zusammen gebaut hat und vergisst für den Moment, dass ich dieser Wagen bin. Meine Mutter schiebt sich sachte an meiner Tür vorbei, wagt es nicht sie zu berühren, und ich klappe sie langsam auf. Zuerst schaut sie in gebückter Haltung hinein: „Meine Güte, wie modern sieht es da aus, unglaublich!" Und langsam setzt sie sich auf den Fahrersitz und legt fast schon automatisch die Hände aufs Lenkrad, ehe sie sich darüber bewusst wird und sie zurück zieht: „Tut mir leid, alles in Ordnung, Morgan?" Ich schmunzle in mich hinein, was sie auch an meiner Stimme hören kann: „Mir geht es gut, ehrlich. Du darfst mich ruhig anfassen, nur nicht den Schalthebel in der Mitte." Etwas skeptisch schielt sie auf den mittig eingebauten Hebel, mit dem zwischen den verschiedenen Stufen des Automatik-Getriebes gewechselt werden kann: „Was würde passieren?" Ihre Worte lassen mich fast schon innerlich etwas verzweifelt aufseufzen, ehe ich antworte: „Sagen wie es mal so: Es würde sich für mich sehr erregend anfühlen. Reicht das bitte als Antwort, um das Thema zu wechseln?" Zuerst errötet sie heftig, ehe sie in schallendes Gelächter ausbricht! Es dauert einen Moment, bis sie sich wieder beruhigt und ich verschaffe ihr Dank Klimaanlage ein wenig frische Luft. Und dann siegt bei ihr die Neugierde. Sie lässt sich genau erklären, wo sonst noch meine menschlichen Körperteile dem Wagen zugeordnet werden können und hört aufmerksam zu. Ja, ich erzähle ihr auch die Wahrheit über die Verletzungen, und unter diesen ungewöhnlichen Umständen kann sie mir auch die kleine 'Ich bin unter der Dusche ausgerutscht'-Notlüge verzeihen. Die Tatsache dieser schnellen Regeneration scheint sie sogar zu beruhigen, weil sie weiß, dass mir da nicht so schnell etwas ernsthaftes passiert, oder es wieder komplett verheilt. Denn bis jetzt habe ich noch keine bleibenden Schäden festgestellt.

Um ehrlich zu sein, habe ich keine Ahnung, wie lange wir noch dort in der Garage stehen. Irgendwann wandle ich mich dennoch wieder zurück und meine Eltern umarmen mich beide gleichzeitig. Ich gebe ihnen die Zeit und auch die

Nähe, die sie gerade merklich brauchen und erst als mein Dad seinen Wagen in die Garage gefahren hat und wir in das elterliche Wohnzimmer gewechselt sind, sieht meine Mutter mich ernst an: „Morgan, du solltest mit Father John reden. Dann kannst du sicher sein, dass deine Seele nach der Sache ihre Gnade findet." Mein Vater hebt nur leicht die Hände: „Schatz, ich glaube, das ist keine gute Idee. Was ist, wenn er sein Gelübde bricht, schließlich kann Morgan sich unmöglich im Beichtstuhl verwandeln, um zu zeigen dass es die Wahrheit ist." Dieser Einwand erscheint ihr dann doch logisch: „Stimmt, vielleicht ist es wirklich keine gute Idee. Ich hoffe, dass dieses neue Dasein sein Wohlwollen hat", und bei den Worten schaut sie kurz gen Decke, respektive göttlichem Himmelszelt. Nachdenklich senke ich leicht den Blick, ehe ich sie wieder anschaue: „Ich bin mir sicher, dass es nicht zu meinem Schaden sein dürfte. Vermutlich hatte sich da jemand etwas bei gedacht. Denn wie sollte es sonst zu erklären sein?" - „Kommst du trotzdem bitte am Sonntag mit in die Kirche und lässt dich zumindest mit Weihwasser segnen?" Eine kleine Eigenart unserer Gemeinde, obwohl wir nicht erzkatholisch sind. Aber es ist auch nicht wichtig, das hier auszuweiten. Meiner Meinung nach gibt es bessere Gesprächsthemen statt Geld, Politik und Religion.

Deswegen nicke ich auf die Bitte meiner Mutter nur und mein Vater versucht einen strategischen Themenwechsel: „Junge, solche Neuigkeiten brauchen einen guten Tropfen." Damit steht er auf, geht zum Wohnzimmerschrank und holt eine Glaskaraffe und drei dickwandige Gläser hervor. Oha, der gute Tropfen kommt wirklich nur selten aus dem Schrank hervor. Allerdings sei auch zu erwähnen, dass da ordentlich selbst gebrannter Wumms hinter steckt. Deswegen reicht auch meistens schon einer aus. Heute sind Dad und ich der Meinung, dass wir noch einen zweiten brauchen und meine Mutter lehnt ihn sicherheitshalber ab. Wir bekommen nur nebenher mit, wie sie durch das Haus geht. Während unsere Gespräche immer undeutlicher, die Köpfe leerer und die Augen schwerer werden, hat sie zwei Decken geholt. Zuerst nickt mein Vater ein und ich helfe ihr noch so gut ich kann ihn auf die Couch zu kuscheln, wobei meine Koordination und Gleichgewicht auch schon leiden, ehe ich mich auf den Ohrensessel sinken lasse, weil die Welt sich dreht. Meine Mutter schaut mit mildem Lächeln von einem zum anderen und ich möchte ihr noch eine gute Nacht wünschen, denke ich gerade glatt ich wäre schon im Gästebett. Aber so schnell wie die Worte in meinem Kopf aufschwemmen, so schnell verfliegen sie auch wieder, ehe sie meine Lippen erreichen. „Schlaf gut mein Schatz", damit nimmt sie die Fernbedienung des Sessels und bringt mich damit in eine äußerst gemütliche Liegeposition. Doch weder das, noch die auf mich gelegte Kuscheldecke realisiere ich noch...

Das Aufwachen gestaltet sich besser als befürchtet. Wir haben ja beide in bequemen Positionen geschlafen und waren im ersten Moment etwas verblüfft, weil uns das Ende des Abends fehlt. Mum kocht grinsend eine gute Kanne Kaffee und bringt sie ins Wohnzimmer, wo ihre beiden Männer sich etwas sortieren. „Dad, ich glaube, bei dem guten Tropfen ist das 'Zweite Bein'-Prinzip nicht gut, das scheint sehr schnell im 'Null Beine'-Tiefschlaf zu enden." Ich nuschle es verschlafen vor mich hin und reibe mir den Schlaf aus den Augen, während Dad seine noch gar nicht richtig öffnen kann und nur vor sich hin murmelt: „Ich habe ehrlich gesagt keine Ahnung was du meinst." Da scheint wer seine grauen Zellen noch nicht im Griff zu haben, allerdings sei nun dahin gestellt ob seine Verständnis-Zellen oder ich meine Formulierungszellen. Kaffee, der Duft lässt zumindest die Lebensgeister wieder zucken. Wobei ich keinen Kater habe, sondern einfach nur total verschlafen bin. „Geht es dir gut, Dad?" frage ich leise hinüber und er brummt leise, „Hmmmmm, ist nur viel zu früh." Und statt sich um den Kaffee zu kümmern, rollt er sich wieder in seiner Decke ein und ist fast gleichzeitig wieder eingeschlafen! Um ehrlich zu sein, finde ich das eine sehr gute Idee. Und als meine Mutter eine Viertelstunde später wieder ins Wohnzimmer kommt, treiben wir beide wieder seelenruhig durchs Traumland.

Glaubt es mir jemand, wenn ich erleichtert darüber bin, dass ich mein Geheimnis mit meinen Eltern teilen konnte? Denn ich hatte bis dahin das Gefühl sie zu hintergehen. Immerhin habe ich mein Leben lang kaum Geheimnisse vor ihnen, schon gar nicht so schwer wiegende. Deswegen verspüre ich nach dem Abend auch eine Leichtigkeit in mir, die ich kaum in Worte fassen könnte. Nachdem mein Vater und ich unseren Rausch ausgeschlafen hatten, nutzten meine Eltern natürlich weiter die Gelegenheit, noch Neuigkeiten über mein Autodasein zu erfahren und fragten mich förmlich Löcher in den Bauch, die ich mit weiteren Informationen füllte. Zum Abschluss versprach ich meiner Mutter, dass ich lieber bei ihnen parke, wenn ich mal wieder etwas auszuheilen hätte, statt es einfach nur bei mir Daheim auszuhalten. Vermutlich ist es eine gute Lösung, denn was ist, wenn ich nicht immer so viel Glück habe und es so gut überstehe? Darüber habe ich ehrlich gesagt noch nicht nachgedacht...

Gerade denke ich eher darüber nach, wie ich mein Leben noch gestalten möchte, denn ewig würde mein Erspartes nicht reichen. Noch kamen die Erträge aus den Rennen, die ich zwischendurch gefahren bin. Doch erstens fehlt mir da noch eine gewisse Routine und zweitens sollte ich es nicht allzu oft hinter einander ausreizen. Deswegen habe ich mir gestern meine gut gefüllte Kasse im Schlafzimmerschrank angeschaut und beschlossen, dass das herbstliche Wetter genau der richtige Zeitpunkt wäre, um in die Renn-Winterpause zu gehen, sonst würde es vermutlich nicht lange dauern, bis ich total verschrottet bei meinen Eltern unter kriechen müsste. Und den Schreck möchte ich ihnen eigentlich ersparen.

In diesen Gedanken versunken gehe ich durch die Straßen unserer Stadt, wieder mal im üblichen englischen Nieselregen, der sich in unendlich kleinen Tröpfchen auf Haare und Kleidung legt. Jemand kommt mir entgegen, geht an mir vorbei, doch ich reagiere nicht, auch wenn ich die Person kennen würde. Sie selbst braucht einen Moment, ehe ihr einfällt woher wir uns kennen, deswegen bleibt die junge Frau auch erst nach einigen Schritten stehen und dreht sich um: „Morgan?" Die Nennung meines Namens dringt dann doch zu mir hindurch, lässt mich stehen bleiben und ich drehe mich um, schaue sie an und dann legt sich ein Lächeln auf meine Lippen: „Jennifer, hey, tut mir leid, ich war gerade in Gedanken." Sie nickt, ebenfalls lächelnd und kommt die wenigen Schritte wieder zu mir zurück: „Das habe ich wohl gemerkt. An dir hätte eine Herde rosa Elefanten vorbei tanzen können, ohne von dir entdeckt zu werden. Das sah schon eindeutig nach heftigem Probleme wälzen aus, nicht nur harmlose Gedanken. Ist alles in Ordnung?" Sie schaut mich ernsthaft besorgt an und ich pendle zwischen der üblichen höflichen englischen Antwort und der Wahrheit. Ich entscheide mich für die Wahrheit... „Ja, eigentlich ist alles in Ordnung. In meinem Leben gibt es nur eine Sache, die es etwas komplizierter macht. Normalerweise kann ich mich nicht einmal beklagen, aber ich muss teils doch aufpassen was ich mache und sage und das ist echt manchmal anstrengend." Meine Worte klingen nachdenklich und leise, doch ich weiß, dass sie es dennoch versteht. Je mehr ich rede, desto besorgter und aufmerksamer schaut sie mich an, ehe sie nach einer kurzen Bedenkzeit antwortet: „Hast du schon mal mit jemandem darüber geredet? Manchmal hilft das wirklich." Ich nicke sachte: „Ja, und außer einer Person hat es jeder erstaunlich gut aufgenommen..." Okay, diese Worte tragen nicht zur Besserung bei, das ist an ihrem Gesicht zu erkennen, ehe sie den Kopf hin und her wiegt: „Möchtest du es mir erzählen, Morgan? Ich habe nach unserer ersten Überlegung übrigens überlegt, woher du mir bekannt vorgekommen bist." - „Ich bin mir nicht sicher, Jennifer. Wie meinst du das, ich komme dir bekannt vor? Da hättest du mich doch letztes Mal schon fragen können." Damit lächle ich sie an und bin für einen Moment froh um den Themenwechsel.

Sie lacht leise: „Das ist mir erst so richtig aufgefallen, als ich wieder daheim war und zur Ruhe kam. Du warst einige Male im 'House of Hope' (Haus der Hoffnung) und hast ein richtiges Wunder an Jean vollbracht, dafür ist er dir jetzt noch dankbar, Morgan. Mich hast du vermutlich nicht oft gesehen, ich arbeite dort für gewöhnlich in der Küche." Ja, jetzt wo sie es erwähnt! Natürlich kann ich mich auch noch an Jean erinnern! Der charmante französischer Tanzlehrer, der durch widrige Lebensumstände aus der Bahn geworfen wurde, und zum Glück im House of Hope Zuflucht fand. „Stimmt, doch, jetzt wo du es sagst, ich habe dich gesehen, als das Frühstück ausgeteilt wurde. Den Morgen, als ich Jean von seinem Termin in der Klinik erzählte. Wie geht es ihm? Ich habe oft an ihn gedacht und wollte schon längst wieder vorbei schauen", gerade legt sich eine angenehme Entspannung über meine Gedanken. „Ja, ich hatte das Tablett für dich weiter gegeben, weil ich noch den Brotkorb nachfüllen wollte. Oh, ihm geht es fabelhaft. Er hat sich trotz seines fortgeschrittenen Alters gut von der Operation erholt und springt umher wie ein junger Mann, der er im Herzen auch ist. Mittlerweile gibt er in einem Raum im Haus wieder Tanzstunden. Immer einmal die Woche eine Stunde. Da kann jeder mitmachen und eventuelle Spenden schenkt er uns, dass musst du dir mal vorstellen." Bei ihren Worten merke ich, wie mir die Tränen in die Augen steigen, denn ich kann mich noch gut daran erinnern, wie sich Jean kaum auf zwei Krücken fortbewegen konnte, als wir uns das erste Mal begegneten und er mir erzählte, dass er mit seiner Frau eine Tanzschule hatte. Und jetzt kann er wieder tanzen!! Ich schlucke hart und bekomme gerade kein Wort heraus, was Jennifer näher kommen lässt, ehe sie mich einfach nur in den Arm nimmt: „Ist schon okay, Morgan. Ich weiß. Lass es einfach nur zu, ja?" Sie hält mich fest, eine Hand vergräbt sich leicht in meinen Haaren am Hinterkopf, ehe sie die Stelle sanft zu streicheln beginnt. Oh verdammt, nun stehen wir hier mitten auf dem Bürgersteig in Oxford und ich heule wie ein Schlosshund! Und das Schlimmste ist, dass ich es nicht stoppen kann! Die wunderschönen Worte über Jean haben gerade alle Mauern in mir eingerissen. „Ich habe gerade das Gefühl, dass du mehr mit dir herum trägst, als du verarbeiten kannst, kann das sein?" Leise klingt ihre Stimme an mein Ohr, und ich versuche durch zu atmen. „Kann sein, ja... es ist nur verdammt schwer es jemandem anzuvertrauen, weil ich Angst habe wieder für Chaos zu sorgen." Meine Worte werden immer wieder von leisem Schluchzen unterbrochen, ehe ich es schaffe mein Gesicht zu heben und mir die Tränen weg zu wischen, auch wenn meine roten Augen Bände sprechen. „In Ordnung. Dann sage ich dir, dass ich in meinem Leben schon mehr als genug gehört habe, dass mich vermutlich nichts mehr schocken kann", aufmunternd schaut sie mich an und nickt leicht. Ich bin innerlich hin und her gerissen, und sie kann es mir deutlich ansehen, gibt mir die Zeit, die ich gerade brauche. „Lass uns ein Stück gehen, ja? Ich meine, wenn du Zeit hast." Sie hakt sich einfach bei mir unter: „Selbst wenn nicht, würde ich mir genau die Zeit für dich nehmen."

Bis zur nächsten Straße gehen wir schweigend nebeneinander her, versuche ich meine Gedanken soweit zu ordnen, dass ich nicht nur Kauderwelsch hervor bringen würde. Und dann fange ich zaghaft an zu erzählen, achte jedoch genau darauf wie sie reagiert, doch nichts außergewöhnliches passiert. Ich habe keine

Idee wie lange wir unterwegs sind, wo wir genau entlang gegangen sind. Jennifer bleibt die ganze Zeit an meiner Seite, löst sich nicht von mir. Irgendwann fühle ich mich förmlich leer geredet und körperlich fast schon matt und wir bleiben stehen. „Was hältst du davon, wenn du es mir zeigst? Und dann bringst du mich heim und kommst mit mir hoch. Ich finde, du solltest heute Nacht nicht alleine bleiben und kann dir eine bequeme Couch anbieten und morgen ein gutes Frühstück. Was meinst du?" Leise Worte von ihr, während sie mich aufmerksam anschaut und die Vernunft lässt mich nicken, so dass ich mich nach einer geeigneten Stelle umsehe, zu der ich sie dann hin begleite. „Bleib bitte hier stehen, ja, du brauchst etwas Abstand zu mir..." Ich bin mir immer noch nicht sicher, ob das jetzt eine gute Idee ist, doch würde ich es gleich wissen. So stelle ich mich ein gutes Stück von ihr entfernt hin und bald darauf kann sie das diffuse Schimmern sehen, was meinen Körper während der Wandlung umgibt und wie dieser in sich aufgelöst wird, eine vollkommen andere Form annimmt! Jennifer bleibt stocksteif stehen und starrt zu mir hinüber, ich selbst versuche ihren Gesichtsausdruck zu lesen... Fassungslos, erstaunt, etwas ängstlich, all das wechselt sich in Sekundentakt ab. Endlich ist die Wandlung beendet, hat eine gefühlte Ewigkeit gedauert, auch wenn es wohl keine zehn Sekunden sind. Ich warte ab, was würde sie machen?

Jennifer atmet kurz merklich durch, dann geht sie nach kurzem Zögern an meine Fahrerseite und ihre Hand geht an den Türgriff, der die Tür sich widerstandslos öffnen lässt: „Okay Morgan, das wäre dann wohl geschafft. Bringst du mich nun heim, oder möchtest du dir hier weiter die Reifen in den Unterboden stehen?" Sie kann es genau sehen, wie meine Kotflügel sich leicht verfärben, als Mensch wären es wohl vor Aufregung errötete Wangen und schon klappe ich die Wagentüre gentlemanlike komplett auf, so dass sie einsteigen kann. Aus dem Bordlautsprecher kann sie meine leise Stimme hören: „Danke, für dein Vertrauen. Hm, meinst du, ich würde mit platten Reifen besser aussehen?" In dem letzten Satz kann sie den Schalk problemlos heraus hören und muss lachen, während sie die Türe schließt: „Ich befürchte nicht. Außerdem hört sich das beim Fahren grässlich schrecklich an." Sie legt ihre Hand unbedacht auf die Automatik-Schaltung und ich seufze leise auf: „Uuuh, keine gute Handablage..." Kurz zuckt sie zurück, hebt die Augenbrauen, ehe sie verschwörisch grinst: „Sag mir bitte nicht, dass es genau die Stelle ist, die ich jetzt vermute..." - „Äh, vermutlich ja", erwidere ich zögernd und bin mir nicht sicher, welche Reaktion meine Antwort hervor bringen könnte. „Und was passiert jetzt?" Bei den Worten streicht sie zärtlich über den Griff und mir rennt eine Gänsehaut über das Chassis. „Jen-, bitte nicht...", raune ich leise, aber der Ton meiner Stimme fleht eher dass sie bitte weiter macht... und genau das hört sie ebenfalls heraus. Mit ausgeschaltetem Motor bewegt sie den Hebel langsam, umschließt ihn dabei mit leichtem Druck und ich lasse es einfach nur geschehen. Sachte beginnt meine Innenbeleuchtung zu flackern, ehe die Instrumentennadeln heftig rotieren und ich kurz vibriere! Unter meiner Motorhaube zischt es hörbar und heller Dampf steigt auf! „Morgan? Ist alles in Ordnung?" Erschrocken schaut sie aus der Frontscheibe auf den aufsteigenden Nebel. Ich nuschle leise vor mich hin: „Alles gut, mir ist nur das Kühlwasser übergekocht...als ich, naja, du weißt schon,..." Meine Worte lassen sie schon hell auflachen: „Du bist mein Held, Morgan! Unglaublich!" Ich brauche einen Moment, ehe ich wieder die Gewalt über jegliche Einzelteile habe und endlich den Motor starten kann. „Na denn, einmal bitte heimwärts. Und keine Angst, ich berühre nichts mehr." Jennifer muss sich hörbar das Lachen verkneifen, behält dann aber brav die Fahrt über ihre Hände bei sich.

„Wenn du magst, kannst du dort in die Einfahrt rollen, die gehört zum Haus und ist nicht einzusehen. Aber ich sollte vorher besser aussteigen, oder?" Kurz streifen ihre Finger sanft über mein Lenkrad. „Hm, außer du möchtest in meinen Armen landen", schmunzle ich durch den Lautsprecher. „Vielleicht beim nächsten Mal, Herr Sheldon. Aber das Angebot mit meiner Couch ist immer noch aktuell...", damit öffnet sie die Fahrertür, schließt sie leise und tritt einige Schritte zurück, ehe sie mir fasziniert bei der Rückwandlung zuschaut. Und ja, ich sehe die pure Faszination in ihrem Blick, während sich meine Autoform verflüchtigt und ich mich dann von den Knien erhebe. Den Weg bis zu ihrer Haustüre reden wir kein Wort, aber ich könnte nicht behaupten, dass es unangenehm wäre. Jennifer kommt nach der 'Steuerhebel-Sache' nicht aus dem Grinsen raus. Selbst als wir schon bei ihr im Wohnzimmer sitzen, merke ich meine eigene Verlegenheit, die mir errötend in die Wangen steigt. Denn ich hätte nicht gedacht, dass es sich so auswirken würde, auch wenn ich dass bei der Berührung meiner Mutter schon vage ahnte.

„Was möchtest du trinken, Morgan?" fragt sie mich leise und schafft es dann doch endlich unbefangen für Gläser und Roséwein zu sorgen und sich dann zu mir zu setzen. „Der ist lecker", nicke ich und probiere noch einen Schluck. „Nicht zu kräftig, schön fruchtig." Wir beginnen etwas zu plaudern. „Was machst du denn in deiner Freizeit?" Jennifer schaut mich fragend an. Ich schaue sie mit leicht schräg gelegtem Kopf an und lächle: „Naja, ich lese gerne, genieße die Zeiten auf meinem Sofa, oder aber ich bin gerne unterwegs, gehe in Bars, manchmal auch tanzen. Durch die Wandlung habe ich teilweise echt eine gute Kondition. Nicht dass ich vorher eine schlappe Socke war." Ich lache leise und sie stimmt ein: „Also bist du eine tanzende Leseratte, das klingt doch gut." - „Ja, so könnten wir es sehen. Und was stellst du so an?" Ich zwinker ihr zu und bin selbst gespannt. „Ich lese auch gerne, auch mal so nette Romanhefte, nicht unbedingt anspruchsvolle Literatur aber manchmal tut es ganz gut. Oder ich surfe gerne im Internet. Ich habe da eine Seite entdeckt, wo selbst geschrieben werden kann. Ich finde es spannend, mit anderen zusammen Geschichten zu erfinden", und während sie davon erzählt, kann ich sehen wie ihre Augen glänzen. Es zeigt deutlich eine gewisse Leidenschaft. „Du machst mich damit echt neugierig. Wobei ich nie auf diese Heftchen getippt hätte. Aber ich finde es auch nicht schlimm. Hmmm, sag mal, wäre es jetzt übel, wenn ich frage, ob du mir die Seite zeigst? Ich gebe zu, so ganz kann ich mir das nicht vorstellen." Mehr als fragen kann ich ja nicht. Jennifer grinst frech und nickt: „Dann komm mal mit, wir verreisen."

Damit steht sie auf und geht zu dem kleinen Computertisch hinüber, wo sie den Laptop startet. Bald darauf erscheint nach einem Klick eine Seite mit dunklem Hintergrund und roter Schrift. Ein weiß-rotes Schild besagt, dass der Zutritt erst ab achtzehn erlaubt ist. „Ich habe mich per Email mit meinem Ausweis frei geschaltet. Sie achten da wirklich gut darauf, aber das muss auch sein." *Stadt der Lust*, das sagt wohl deutlich in welche Richtung es geht. Die Geschichten brauchen also nicht jugendfrei sein und Jennifer errötet leicht. Sie zeigt mir ihre verschiedenen Figuren, die sie dort schreibt und auch ein paar der Geschichten, die in verschieden farbigen Absätzen auf der Seite zu finden ist. Es ist wirklich sehr interessant und die nächste Stunde vergeht wie im Fluge. Sie zeigt mir auch die verschiedenen virtuellen Orte, wie sie auch in einer realen Stadt zu finden sind. Ein Bild ist aus meiner seitlichen Position schwer zu erkennen. Ich beuge mich quasi über ihre Schulter Richtung Laptop. In dem Moment leuchtet oben mittig die grüne Lampe der Kamera auf! Jennifer schaut irritiert: „Da scheint sich mein Rechner zu verselbständigen!" Ich selbst schaue einen kurzen Moment direkt in die Kamera und der Monitor beginnt leicht zu flimmern, ehe er sich verändert! Statt der Rollenspielseite ist jetzt eine reale Homepage zu erkennen! Die Homepage der Stadt der Lust! Jennifer findet statt der Rollenspiele und ihrer Charaktere die verschiedenen Orte und Bewohner! Es sieht aus, als wären wir auf einer Reiseseite, wie es sie für Oxford auch gibt. Allerdings mit einem großen Unterschied, die Bewohner sehen teils nicht menschlich aus! Es finden sich dort Vampire, Drachen, Engel, Teufel, Werwölfe, Dschin, Zwerge, Dämonen, Katzenwesen, Alien, Cyborg, Drow, Elfen, Hexen, Magier, Nixen, Tierwesen, Wendigos, Zombies und Formwandler! Auf den ersten Blick könnte es auch eine Filmstadt mit Darstellern aus verschiedenen Genres sein. „Das ist unglaublich, sieh dir das an!" Begeistert deute ich auf den Bildschirm, während ich Jennifer anschaue. „Du meinst sie sind real? Nicht wie im Kino oder Fernsehen?" fragt sie ungläubig und ich nicke. „Ich weiß nicht warum, aber ich bin mir sicher dass sie echt sind", ich spüre ihre Nervosität und auch in mir wallt sie hoch, und ich könnte nicht einmal sagen warum. Während ich mich vom Monitor weg bewege, flackert dieser erneut und die Rollenspielseite ist zu erkennen! „Morgan, die Seite scheint irgendwie auf dich zu reagieren", kann ich Jennifers verblüffte Stimme hören und ich schaue erst zu ihr und dann auf den Bildschirm. „Wie meinst...", weiter komme ich nicht, denn ich sehe die Seite ebenfalls. „Bist du dir sicher?" Mit den Worten komme ich zurück und sie steht auf, deutet auf den Schreibtischstuhl, auf den ich mich setze und kaum in Reichweite der Kamera bin, als die Seite wieder wechselt! „Man könnte meinen, dass die Seite weiß, dass es bei mir eine Besonderheit gibt", murmle ich vor mich hin und sehe äußerst skeptisch aus. Und jetzt, wo ich selbst die Maus führe, gibt es noch entschieden mehr zu sehen. Zu Anfang können wir die spannende Stadtgeschichte lesen, in der Stadt sind Arbeitsgelegenheiten, verschiedene Orte, Inseln, Viertel und Geschäfte zu entdecken und über allem ragt im Zentrum ein hoher schlanker Turm, mit einer weit sichtbaren künstlichen Fackel, der Tower! „Wow, also, wenn es wirklich an mir liegt, vielleicht soll es mich ja neugierig machen?" nuschle ich leise und Jennifer lächelt sanft, „Vielleicht möchte dir das Schicksal damit einen Wink geben? Für einen Ort, an dem du dich nicht verstecken musst? Was jetzt nicht heißt, dass ich dich los werden möchte und du hier Hals über Kopf abreisen musst." - „Ja, ich denke, ich werde es mir auf jeden Fall in nächster Zeit anschauen, vielleicht mache ich einen kleinen Test-Urlaub." Ich zwinker ihr zu. Nein, ernsthaft, Zuhause würde ich mir die Sache sehr genau anschauen. „Das wäre doch auch eine Möglichkeit", Jennifer nickt und ein fast schon wehmütiger Blick legt sich in ihre Augen. „Hm, ja, aber lassen wir es jetzt gut sein, ja? Ich möchte ja nicht den ganzen Abend mit dir am Rechner sitzen", schmunzle ich und sie legt mir sanft die Hand auf die Schulter, „was möchtest du denn stattdessen machen?" Ich lächle nur leicht: „Mich unterhalten?" - „Ah, ich dachte schon etwas anderes", sie kichert und errötet heftig. „Na, ich denke doch nicht immer in die Richtung, auch wenn ich den Ruf in der Firma weg hatte, weil ich gerne mit der Damenwelt geflirtet habe", ich schaue ihr tief in die Augen, aber nicht um sie in Versuchung zu führen, „oder meinst du, die Seite hat mir Appetit gemacht?" Sie schüttelt leicht den Kopf, schenkt die Gläser nach: „Erzählst du mir von deinem Unfall?" kommt es ernster, als wir wieder auf dem Sofa sitzen. Ich habe es vorhin nur kurz angeschnitten. Also bekommt sie den ausführlichen Bericht über die Trockenkammer, die Zeit danach, als ich wieder auf den Beinen war, von verschiedenen lustigen Gelegenheiten und es wird noch ein sehr heiterer Abend!

Irgendwann ist die erste und später auch die zweite Flasche leer, vorgerückte Stunde und wir sitzen einen Moment schweigend auf der Couch, hängen unseren Gedanken nach, ohne dass es uns unangenehm wäre. Es ist dann wohl Jennifer, die einen verträumten Blick Richtung Uhr wirft und herzhaft gähnt: „Ich befürchte, ich bin jetzt eine schlechte Gastgeberin, aber ich muss echt ins Bett.

Möchtest du noch etwas trinken?" Sie steht langsam auf und dehnt den Rücken. „Hm, nein, das bist du nicht. Ich sollte langsam gehen, äh, ach nein, stimmt, ich darf ja deine Couch belagern", ich strecke mich im Sitzen und sie lacht leise: „Ich würde dich jetzt auch nicht mehr selbst fahren lassen, Mr. Sheldon. Sonst sammelst du sicherlich die nächsten blauen Flecken für deine Statistik. Ich hole dir eine Decke." Sie reibt sich über die müden Augen und geht dann hinüber ins Schlafzimmer. Mein Blick folgt ihr noch einen Moment, ehe mein Körper ungefragt in die Nachtruhe wechselt! Als sie keine zwei Minuten später zurück kommt, lehne ich schräg an der Sofalehne, der Kopf ist auf meine Schulter gesackt und ich bin tief und fest eingeschlafen! Ich werde kurz wieder wach, während sie meine Schuhe abstreift, lege mich selbst hin und tauche erneut ab, während sie mich zudeckt.

Die Post kommt und ich bin erstaunt, als ich darin einen offiziellen Brief der örtlichen Polizei finde! Er überbringt mir einen Termin für eine Anhörung und ich lese als Beschuldigte den Namen von 'Miss Eisklotz'! Mein Herz stolpert kurz, es ist gefühlte Jahre her, seit ich wegen ihr die Firma verlassen hatte! Mit unruhiger Hand trage ich mir den Termin im Kalender ein, und realisiere erst da, dass er schon in der nächsten Woche ist!

Die Zeit bis dahin scheint unendlich langsam zu vergehen, ich nutze sie und mache mir Notizen, um noch einmal zu überprüfen, was zu der Zeit alles passiert ist. Die Vorfälle mit den verschiedenen Dateien, ihr Benehmen. Immer wieder lese ich es mir durch, sehe nach, ob es soweit stimmig ist, oder ob ich meiner Erinnerung etwas dazu gemogelt hat. Als nur noch alles ganz kurz und knapp da steht, nicke ich sachte, die reinen Fakten, alles andere würde sich bei eventuellen Fragen ergeben.

Als an besagtem Morgen der Wecker schellt, habe ich eine heftige Nacht hinter mir und verpasse ihm schon nach dem ersten Ton ein unsanftes Ende, mein armes Handy. Ich stehe fahrig auf, so schlecht habe ich schon lange nicht mehr geschlafen. Selbst die kalte Dusche kann da nichts mehr reißen, und der Anblick meines Kühlschrankinhaltes versetzt meinen Magen in Schwingungen, äh nein, in Drehungen, Kreisel-Flüge! Ich brühe mir einen schwarzen Tee auf, versenke einige großzügige Spritzer Zitrone darin und eine Wolke Sahne, während ich gedanklich versuche die vergangene Nacht zu rekonstruieren. Kein Alkohol, keine Frauen, kein Straßenrennen! Ich bin anständig früh zu Bett gegangen, auch erstaunlich schnell eingeschlafen, und dann ging es los! Immer wieder versank ich in den wildesten Alpträumen!

Ich sah mich in meinem Büro sitzen, an meinem Schreibtisch und arbeite am Computer. Plötzlich flimmert der Monitor und ihr Gesicht taucht auf, Miss Eisklotz! Hämisch lachend schaut sie mich an und plötzlich werde ich in den

Bildschirm gesogen, finde mich in der Welt der Bits und Bytes wieder, in der sie sich anscheinend sehr gut auskennt! Sie hat ein kleines Smartphone in der Hand, bedient es immer wieder! Die Auswirkungen lassen nicht lange auf sich warten! Mal hagelt es plötzlich steinharte Nullen von oben und ich habe Panik davon erschlagen zu werden. Mal fliegen Einsen wie Pfeile durch die Luft, mich als Ziel und jeder Treffer fühlt sich wie ein Schwertstich an! Ich habe keinerlei Möglichkeiten in Deckung zu gehen und kann nur beten, dass es bald aufhört! Nach einer Weile wechselt das Bild, hinter mir tauchen die Datenbahnen auf und wieder bedient sie ihr Handy! Ein Sog zieht mich in eine dieser hüllenlosen Linien, quetscht und verkleinert mich, bis ich mühelos entlang gleiten kann und die wilde Reise durch Dateien, Laufwerke und Datenspeicher beginnt. Mir wird schwindelig und nur mühsam kann ich die Augen offen halten. Sie verschwindet aus dem Computer und ich werde durch selbigen katapultiert. Doch statt ebenfalls in meinem Büro zu landen, bremst mich die Monitoroberfläche ab, an der ich benommen kleben bleibe, wie eine überdimensionale Fliege! Während ich mich nicht regen kann, sehe ich, wie sie nach dem Netzstecker greift und ihn aus der Steckdose zieht!

Ich schreie verzweifelt auf! Wobei ich dann jedes Mal von meinem eigenen Schrei erwache! Und dieses Dilemma hat sich heute Nacht gefühlte unzählige Male wiederholt, bis ich irgendwann hellwach im Bett lag und mit Angstschweiß zitter. Und dann ist die Nacht auch für mich vorbei, um halb zwei! Kein Wunder also, dass ich gerade kaum die Augen aufhalten kann. Immerhin behalte ich den ersten Tee bei mir. Nachdem ich mich angezogen habe, versuche ich noch eine zweite Tasse, was beinahe in einem Desaster geendet wäre, dann halt nicht, ehe ich mich noch einmal umziehen muss. Ich rufe mir ein Taxi, schlüpfe in die Schuhe und Mantel und es dauert nicht lange, bis ich es aus dem Fenster vor dem Haus halten sehen kann. Als ich einsteige wirft mir der Fahrer einen besorgten Blick zu. Okay, also sehe ich wohl so aus, wie ich mich fühle. Das kann ja noch heiter werden. Die Fahrt verläuft schweigend, ich zahle am Ziel und er wünscht mir mit besorgtem Blick alles Gute.

Den Blick ernte ich nach betreten des Präsidiums noch einige Male, während ich durch die Flure geführt werde und schließlich eines dieser typischen 'Verhörzimmer' erreiche. Für einige Minuten bleibe ich dort alleine sitzen und komme mir selbst wie ein Schwerverbrecher vor, der bestimmt durch die verspiegelte Scheibe beobachtet wird. Vermutlich liege ich damit nicht einmal falsch, genau wissen kann ich es allerdings nicht. Die Tür öffnet sich und ich zucke zusammen, während ein älterer und schon recht untersetzter Beamter das Zimmer betritt, mir die Hand reicht und sich dann mit voller Rangbezeichnung und Namen vorstellt, was meine grauen Zellen nach zwei Sekunden schon wieder vergessen haben! „Mr. Sheldon, ist alles in Ordnung? Soll ich ihnen ein Wasser holen?"

Die Worte erreichen meinen Verstand und ich schüttle fahrig den Kopf, atme durch und versuche meinen Körper zur Vernunft zu zwingen: „Ist schon in Ordnung. Ich habe heute Nacht kaum geschlafen, nach ein paar sehr verrückten Alpträumen. Ich bekomme das schon hin."

„In Ordnung. Ansonsten melden sie sich bitte, dann können wir eine Pause machen", er schaut mich zwar immer noch zweifelnd an, beginnt dann aber mit seinen Fragen. Ich beantworte sie so gut es gerade geht, immer und immer wieder. Ich erzähle ihm von dem Unfall, dass ich deswegen länger ausfiel und deswegen eine Vertretung eingesetzt wurde. Ich erzählte davon, wie sie mit mir umging und auch was in der Zeit für Auffälligkeiten auftauchten, sie natürlich mir den Schwarzen Peter zuschob. Ich erzählte von der fast schon manipulativen Art gegenüber den Kunden, aus der dann veränderte Bestellungen resultierten. Auch das kurze Intermezzo an der Kaffeemaschine bleibt nicht unerwähnt. Als sie mir unterstellte, ich würde nicht mit der Tatsache zu Recht kommen, dass sie keinerlei Interesse an mir hegen würde, ehe sie dafür dann eine sachliche Abfuhr Richtung Kompetenzgehabe erntete. Bekannterweise fielen danach besagte Datensatzänderungen auf, die Kosten in sechsstelligem Bereich verursacht hätten. Und ich erwähne auch, dass ich die Firma verließ, weil ich wusste, es würde sich nichts ändern, solange sie da wäre, egal ob es meine Schuld wäre oder nicht. Mein Gegenüber hört aufmerksam zu, stellt immer mal ein paar Zwischenfragen, lässt sich vieles noch mehrmals erzählen, ehe er seufzt: „Okay, ich denke das ist genug, sonst kippen sie mir hier gleich noch vom Stuhl, Mr. Sheldon. Ich lasse sie heimbringen. Auch wenn es schwierig ist, aber ich brauche ihre Aussage vor Gericht. Ich lasse ihnen den Termin zukommen."

Bei den letzten Worten geleitet er mich zur Türe hinaus, nebenan öffnet sich ebenfalls die Tür und zwei Männer in Uniformen und eine Frau in Zivil schließen zu uns auf. Wie ich schon gedacht habe, die Augen der Spiegelwelt! Ich folge einem jungen Uniformierten erneut durch die Flure, ehe wir draußen einen Streifenwagen erreichen, dessen Rücksitze echt gemütlich sind. Für mich ist es echt Schwerstarbeit, mich während der Fahrt wach zu halten. Begleitet von guten Wünschen steige ich vor meiner Haustüre aus und bin sicher ein paar Gardinen wackeln zu sehen. Ehe irgendjemand die Gerüchteküche befeuert, rufe ich drinnen angekommen bei meinen Eltern durch und gebe ihnen einen Kurzbericht. Allerdings merke ich nicht, wie meine Mutter irgendwann auflegt, weil ich eingeschlafen bin und mir das Handy aus der Hand gefallen ist. Immerhin schaffe ich es tatsächlich die nächsten sechs Stunden durch zu schlafen, dann zu meinen Eltern hinüber zu gehen, um noch einmal ausführlicher mit ihnen zu reden und anschließend müde in meinem Bett zu landen, für eine bevorstehende und erholsame Nacht.

Wobei ich nicht behaupten kann, dass die Ruhe lange anhält. Denn die Wochen bis zum Gerichtstermin gestalten sich als sehr unruhig und ich gehe irgendwann nach der zehnten schlaflosen Nacht in Folge zum Arzt, um mir etwas verschreiben zu lassen. Zumindest schlafe ich so ein und durch und wache morgens sogar erholt auf, ohne den Hangover Effekt, soll heißen, es scheint ein gutes Mittel zu sein. Wobei ich mir jetzt nicht den Kopf darüber zerbrechen möchte, was ich da alles in mich hinein stopfe. Denn ich bin mir sicher, dass die gesundheitlichen Folgen von Schlafmangel auf Dauer auch nicht ohne sind. Tagsüber geht mir oft noch das Gespräch im Verhörzimmer durch den Kopf, aber es war die reine Wahrheit, nichts beschönigt oder dramatisiert. Für mich war es jedoch ungewohnt, teils so in die Zange genommen zu werden, als ob ich selbst ein Verbrechen begonnen hätte. Vielleicht spinnen meine Nerven deswegen auch so, weil sie selbiges bei der Aussage vor Gericht auch befürchte. Wenn es der Sache dient Miss Eisklotz zur Strecke zu bringen, gibt es keine andere Möglichkeit. Und deswegen bringe ich die Wartezeit so gut es geht hinter mich, lese viel, mache lange Spaziergänge, und versuche nicht all zu oft über die Zeit auf der Arbeit nachzudenken, denn es war ja vorerst alles gesagt und getan.

Und endlich ist es soweit, der Tag der Wahrheit. Auch heute bestelle ich mir lieber ein Taxi, bin einfach zu zappelig und unkonzentriert, um selbst zu fahren. Deswegen nutze ich die Zeit bis dahin, springe unter die Dusche, schnell noch rasieren, Haare föhnen und ein kleines Frühstück, immerhin, ehe ich das typische Hupen höre und dann nur noch den langen Mantel über meinen schwarzen Anzug ziehe. Die Fahrt verläuft schweigend und ich bin froh, wie das Ziel in Sicht kommt, hoffentlich nimmt das heute alles ein gutes Ende.

Im Gericht geht es natürlich erst einmal durch die Sicherheitsschleuse. Ich merke die Nervosität in mir wieder aufwallen und atme durch. Auf dem Flur treffe ich viele bekannte Gesichter aus meiner Abteilung, allerdings nicken wir uns nur zu, reden nicht miteinander, da wir ja alle in den Zeugenstand gerufen werden. Ich ziehe mir den Mantel aus, hänge ihn mir über den Arm und setze mich auf eine der Bänke. Die Zeit schleicht dahin und einer nach dem Anderen wird hinein gerufen. Es dauert bei jedem eine gefühlte Ewigkeit, ehe die Tür sich öffnet, sie wieder heraus kommen und mancher doch etwas geschafft aussieht.

Der Gerichtsdiener schaut in den Flur: „Mr. Morgan Sheldon." Ich zucke hoch und erhebe mich, um den Gerichtssaal zu betreten. Auf meinen vorgesehenen Platz werde ich zuerst vereidigt, ehe die Befragung beginnt. Ich schildere so wie bei dem Verhör im Präsidium was alles auf der Arbeit passiert ist. Allerdings sehe ich auch Miss Eisklotz an einem der Tische, mit einem geschniegelten Anwalt an ihrer Seite. Ihr Blick, der die ganze Zeit auf mich gerichtet ist, spricht Bände. Ich selbst richte meine Aufmerksamkeit auf das Gesicht ihres Anwaltes, der mir eine Frage nach der anderen stellt. Immer wieder hinterfragt er meine Schilderungen, hakt wegen Kleinigkeiten nach und geduldig beantworte ich alles. Ich versuche konzentriert zu bleiben, achte auf meine Wortwahl, um mich nicht versehentlich in Widersprüche zu verstricken. Ich vermeide einen Blick auf die Uhr. Der Anwalt scheint vorerst seine Befragung zu beenden. Er nickt dem Richter zu und setzt sich wieder auf seinen Platz, wirft seiner Tischnachbarin einen kurzen Blick zu, den ich allerdings nicht deuten kann.

Ein anderer Mann kommt zu mir hin, wieder folgen Fragen und auch jetzt versuche ich die größtmögliche Ruhe und Konzentration aufzubringen und sie zu beantworten, auch wenn ich merke, dass es langsam echt an die Substanz geht. Ich bin dankbar für das Glas Wasser vor mir, so dass ich zumindest das leichte Kratzen in meinem Hals vertreiben kann. Wieder kauen wir alles durch und als er dann zum Ende kommt, atme ich merklich auf und wische mir leicht über die Schläfe, weil mir der Kopf brummt. Wie lange sitze ich nun hier? Der Richter stellt einige Fragen in die Runde und nickt mir zu: „Danke, Mr. Sheldon, sie können den Zeugenstand verlassen." Erleichtert stehe ich auf und setze mich dann auf eine der Bänke, die mir im Saal zugewiesen wird.

Dort sind auch schon ein paar andere bekannte Gesichter, die ich auch im Flur schon gesehen habe. Die nächste Stunde verbringen wir damit zuzuhören, wie nun Miss Eisklotz im Zeugenstand in die Mangel genommen wird. Anhand unserer Aussagen erarbeitet sich unser Anwalt das Thema und erstaunlicherweise habe ich das Gefühl, dass sie langsam einknickt. Die Unsicherheit kriecht in ihren Blick, der sonst fast wie stur und selbstbewusst in den Gesichtern der Anderen las. Nein, jetzt verliert er sich kurz hinter ihren geschlossenen Augenlidern, ehe sie nur zaghaft mit dem Kopf schüttelt. „Ich kann nicht mehr", nur leise huschen die Worte über ihre Lippen und die junge Frau erntet einen fragenden Blick ihres Anwalts. „Ich...ich werde ihnen alles sagen, die ganze Wahrheit...", nickt sie sachte. Ihr Verteidiger legt seine Hand auf ihren Unterarm, schüttelt den Kopf, aber er kann sie nicht davon abhalten.

Also sprudeln die Worte förmlich aus ihr heraus und uns bleiben vor Erstaunen die Münder offen. Hat sie vorher jegliche Schuld und Manipulation abgestritten, so stellt es sich nun als komplette Lügengeschichte heraus. Was anfangs wie ein kleines Spiel daher kam, hatte sich irgendwann verselbständigt. Die weinselige Wette mit ihrem Verlobten, einem Mitarbeiter der firmeneigenen IT, der übrigens vorhin unter Eid jegliches Wissen abstritt und nun auf seinem Platz mehrmals sichtlich die Gesichtsfarbe wechselt. Genau diese Wette war der Anstoß des Ganzen und zu der Zeit hätten beide nicht vermutet, welche Auswirkungen sie haben würde. Eigentlich wollten sie nur schauen, wie schnell intern gemerkt wird, wenn ein Mitarbeiter Bestellungen manipuliert. Wie weit würden sie es schaffen? Und es ging besser als erwartet. Es fing alles schon Wochen vor meinem Unfall und sie bastelten sich Bestellungen zurecht, deren Teile der Hacker dann aus dem System verschwinden ließ, sie unter einem Vorwand aus dem Lager holte, über einen dort geschmierten Mitarbeiter, und sie zu Geld machte! Die dafür benötigten Codes hatte der echt unauffällige Typ selbst geschrieben. Niemand hat bis heute vermutet, dass er so abgebrüht sein könnte. Ich selbst bekam bei der Schilderung eine Gänsehaut.

„Mr. Sheldon ist uns beinahe auf die Schliche gekommen, allerdings unbewusst, als er den JCW in die Fertigung schickte. Denn er trug Teile ein, die kurz vorher von uns aus dem System genommen wurden, aber wir konnte es durch seinen Zugriff noch nicht alles abschließen. Steve, mein Verlobter, wurde ungehalten, aber ich dachte mir nichts dabei. Normalerweise regte er sich schnell wieder ab. Als dann noch die interne Sicherheitsüberprüfung kam, flippte er zuhause komplett aus, so kannte ich ihn nicht! Er verfluchte die ganze Firma und die Mitarbeiter und ich bekam echt Angst. Aber anstatt damit zu meinem Chef zu gehen, ließ ich mich von ihm einschüchtern. Ich ahnte ja nicht, was er noch im Schilde führte! Und dann passierte die Sache mit Morgan in der Trockenkammer! Ich wusste sofort, dass Steve dafür verantwortlich war!" Ihre Stimme bricht kurz und mir selbst tritt der kalte Schweiß auf die Stirn! Es war kein Unfall, es war ein Attentat auf mich?! Mir dreht sich der Magen um und ich muss einige Male durch atmen, was die Richterin auch wohl bemerkt, denn sie schaut zu mir: „Mr. Sheldon, ist ihnen nicht gut?" Ich schüttle leicht mit dem Kopf und suche nach Halt, als die Welt sich zu drehen beginnt!

„Morgan, hey, aufwachen... dich hat es ja ordentlich aus den Schuhen gehauen...", ein Bekannter aus meiner ehemaligen Abteilung beugt sich über mich, als ich langsam wieder zu mir komme. Ich liege in einem Behandlungszimmer ans Monitoring angeschlossen und gerade beginnen die Werte wieder aus dem Keller hoch zu kriechen, während eine Infusion munter vor sich hin tropft. Aus dem Impuls heraus versuche ich mich aufzusetzen, was allerdings in der nächsten Schwindelattacke endet und mich leise aufseufzen lässt: „Was ist los?"

Es braucht wohl noch eine halbe Stunde, in der er mir dann erzählt, was sich noch im Gerichtssaal zugetragen hatte. Nachdem ich dort auf der Bank ziemlich rasant den Abflug machte, versuchte Steve aus dem Saal abzuhauen. Wie er auf die schwachsinnige Idee kam, wusste keiner. Denn ihm sollte wohl klar sein, dass die Gerichtsdiener das nicht zu lassen würden. Die Verhandlung wurde zuerst unterbrochen, da sie mich nur sehr kurzfristig wach bekamen, woran mir die Erinnerung fehlte. Alles in allem war das vor einer Stunde! Mittlerweile sitzen Steve und Miss Eisklotz in Gewahrsam, nachdem die Jury zumindest sie schuldig sprach, er selbst würde noch eine eigene Verhandlung bekommen.

„Ich dachte, du würdest wirklich nicht mehr wach werden, Koma oder so. Die Ärzte haben alles mögliche in dich hinein gepumpt, um dich wach zu bekommen. Deswegen ist es auch besser, wenn du noch liegen bleibst", seine Hand legt sich beruhigend an meine Schulter. Vor dem Raum sind Schritte zu hören und bald darauf taucht ein Arzt auf, dessen kritisches Gesicht sich bei meinem Anblick merklich erhellt! „Mr. Sheldon, ich bin echt erleichtert, dass sie ihr Nickerchen beendet haben. Sie haben uns Sorgen bereitet. Ich schreibe noch ein EKG und dann dürfen sie auf ein Zimmer umziehen. Ich möchte sie zumindest bis morgen früh noch zur Beobachtung hier behalten." Sein Blick wandert über die Zahlen auf den Monitor und er nickt lächelnd: „Schon sehr viel besser."

Nun, so geschieht es dann auch. Er macht ein ausgiebiges EKG, dann werde ich per Rollstuhl auf eines der Zimmer gebracht und es fällt mir nicht schwer dort bald wieder weg zu schlummern. Anscheinend braucht mein Körper gerade einiges an Erholung.

Nach der überraschenden Wende im Fall Eisklotz und meinen unspektakulären Abflug, habe ich mich allerdings wieder gut davon erholt. Naja, ich habe mit nichts anderem gerechnet. Zwei Wochen später erhalte ich Post! Vermutlich eine gute Idee, die erst zu öffnen wenn ich bei meinen Eltern bin, so brauche ich wenigstens dort nicht alles zu wiederholen und deswegen stecke ich die Briefe in meine Manteltasche, nachdem ich erst in meine Schuhe und selbigen geschlüpft bin. Ich habe das Gefühl, als ob mir die beiden Umschläge förmlich auf der Haut brennen und beschleunige meine Schritte, so dass ich bald darauf die Haustüre meines Elternhauses erreiche und aufschließe.

„Mum? Dad? Seid ihr da?" meine Stimme klingt eine Spur zu aufgeregt, was meine Mutter in der Küche und meinen Vater oben im Schlafzimmer auf den Plan ruft und bald sitzen wir im Wohnzimmer um den Tisch herum, auf dem ein Umschlag mit dem Absender und Emblem eines Flügel-Minis und einer mit dem des Gerichtes liegt! Ich zittere merklich und traue mich gerade kaum einen der Umschläge aufzunehmen. „In Ordnung, jeder nimmt einen", mein Vater nickt meiner Mutter zu und greift nach dem Umschlag vom Gericht. Sie selbst nimmt den Firmenbrief und zupft ihn auf. Als nun beide mit den Briefbögen in der Hand sitzen, die Augen darauf starren und und keiner ein Wort sagt, werde ich noch nervöser! „So schlimm?" hake ich heiser nach und kann es nicht nachvollziehen.

„Hol' bitte die Flasche...", murmelt meine Mutter und wirft meinen Vater einen vielsagenden Blick zu. Dieser erhebt sich und lässt dabei den Brief auf den Tisch gleiten, so dass ich ihn fahrig an mich nehme. Meine Augen fliegen über die Buchstaben und mein Gehirn braucht etwas länger, um deren Inhalt zu verstehen, während drei Gläser auf den Tisch gestellt und mit besagtem besonderen glasklaren Hochprozentigen gefüllt werden. „Sie wurden beide verurteilt, wegen Spionage, Manipulation, versuchten Totschlages...", murmle ich vor mich hin und fasse damit nur einen kleinen Teil der Anklagepunkte zusammen. „Mr. Morgan Sheldon erhält gesondert ein Schreiben der BMW Group nachdem über eine Wiedereinstellung und eine finanzielle Entschädigung entschieden wurde." Ich hebe langsam den Blick, er trifft erst den anderen Brief und dann die Augen meiner Mutter! Kugelrund starren sie zu mir hinüber und sie presst die Lippen zusammen! „Zeig' bitte, Mum...", ich lege den ersten Brief beiseite und meine Hand streckt sich ihr heftig zitternd entgegen... „Vielleicht solltest du erst einen Schluck trinken...", sie nickt auf das kleine Glas und zögerlich nehme ich es und trinke die Hälfte, ehe ich lesen darf. Die Hitze des Alkohols schießt mir ins Blut, der Rat war eindeutig gut, denn nur kurz spüre ich die Kälte in mir auf flauen, als ich die Summe sehe! 200.000,00 Pfund Sterling! Mir wird flau und mein Vater reicht mir schnell mein Glas! Alkohol ist keine Lösung, allerdings verhindert er gerade erfolgreich, dass ich wegen der Sache zum zweiten Male aus den Latschen kippe! Die Summe ist nicht daran geknüpft, ob ich das Wiedereinstellungsangebot annehme oder ablehne. Wobei ich sofort spüre, dass es trotz allem kein zurück in die Firma gibt.

Mein Dad füllt mein Glas noch einmal und wir stoßen an: „Auf Justitia!" Ich leere es in einem Zug, nicht mehr darüber nachdenkend, wie es mir beim letzten Mal erging. „Was wirst du machen?" klingen die fragenden Worte meiner Mutter zu mir und ich atme durch, weil mir warm wird. „Ich werde einen Teil des Geldes anlegen. Und ihr beide bekommt auch etwas davon. Außerdem möchte ich euch eine eiserne Reserve geben, ich weiß, Dad hat eine gute Rente, trotzdem, bitte." Sie schauen sich an und nicken dann sachte, was allerdings schon leicht vor meinen Augen verschwimmt. „Ist in Ordnung, mein Junge", höre ich meinen Vater und sehe zu ihm. Seine Worte überraschen mich etwas, denn normal nimmt er ungern Geld von Anderen. Allerdings weiß er, dass ich es nicht mühsam zusammen gespart habe. „Noch einen...", nuschle ich und schiebe mein Glas rüber. Nein, bloß nicht darüber nachdenken, dazu habe ich nach dem Aufwachen genug Zeit. Dass ich nur noch ein halbes Glas bekomme, realisiere ich nicht, kippe es hinunter und huste kurz, falsche Einfahrt!

„Komm Morgan, leg dich hin...", meine Mutter taucht plötzlich neben mir auf, ich bekomme kaum noch mit wie ich schwankend aufstehe, zwei Schritte gehe und auf dem Sofa lande. Plötzlich sitze ich wieder, sie beugt sich zu mir und lächelt: „Manchmal braucht es ein paar Gläser, das ist okay." Der Inhalt ihrer Worte schwimmt mir durch meine Ohren, durchquert die wabernde Gegend,

174

die mein Gehirn sein dürfte und verpufft im Nichts, ehe genau dieses Nichts auch mich überwältigt.

Die nächsten Stunden schlafe ich meinen Rausch aus, ehe ich dann am nächsten Tag mit klarem Kopf und bei einem guten Tee mit meinen Eltern noch einmal darüber rede und auch schon anfange einiges in die Wege zu leiten.

In die Wege leiten, das bedeutet dann wohl erst einmal ein Gespräch mit meinem ehemaligen Chef, was auch entspannt verläuft. Dennoch ändert es nichts an meiner Entscheidung, es gibt keine Rückkehr in die Firma, auch wenn er es sich gerne wünscht. Die Entschädigung wird zeitnah ausgezahlt und ich schaue mich für meine Eltern nach einigen Kleinigkeiten um. Am Ende kommt ein seniorengerechtes Bad, ein Treppenlift und die Gewissheit, dass es ihnen damit weitaus einfacher und besser gemacht wird. Ich selbst plane meine Reise. Wobei meine Eltern schon ahnen, dass es nicht nur ein Kurzurlaub wird. Ich gebe ihnen mein Haus zur Vermietung frei, kümmere mich um ein weltweit erreichbares Konto und mit klopfenden Herzen buche ich ein Flugticket! Ja, mein Plan steht fest, ich werde mir diese Stadt anschauen, notfalls könnte ich ja wieder hier hin zurück kommen. Mein Gepäck ist schnell zusammen gestellt. Manches deponiere ich noch bei meinen Eltern, um es später nachkommen zu lassen.

Und die nächsten zwei Wochen nutze ich noch, um sie oft zu sehen. Ich zeige ihnen auch die Handhabung mit einem einfachen Notebook und einem Tablet. So können wir in Zukunft im Internet über Video telefonieren. Zuerst sind sie skeptisch, finden es dann aber doch eine gute Erfindung. Und schneller als gedacht ist der Tag der Abreise gekommen!

Ende?

Und nun sitze ich hier, im Flughafengebäude in London Heathrow, an einem Tisch, zusammen mit ihnen. Die Wartezeit bis zum Abflug haben wir beide auf unterschiedlicher Weise verbracht. Ich, indem ich ihnen einen kleinen Einblick in mein etwas ungewöhnliches Leben gab. Und sie, indem sie teils doch sehr erstaunt und manchmal auch skeptisch nachfragend meiner Erzählung folgten. Als jetzt mein Flug aufgerufen wird, lächle ich ihnen freundlich zu, winke die Bedienung heran und zahle für uns beide.

„Ich wünsche ihnen einen guten Flug. Vielleicht begegnen wir uns ja irgendwo wieder. Machen sie es gut.“ Ein kurzer Handschlag, ehe ich aufstehe und dann mit dem kleinen Rollkoffer zum entsprechenden Gate gehe. Wieder spüre ich das Herzklopfen, meine Schritte führen weiter, durch den langen Gang, Treppen hinunter und in den Shuttlebus. Wir entfernen uns von dem großen Gebäude und halten vor einer der startbereiten Maschinen. Ich gehe die Gangway hoch, ein letzter Blick, den Kopf etwas einziehen und schon verschwinde ich im Flugzeugbauch!

Auf zu neuen Abenteuern! Sheratan ich komme!

Zum Schluss noch 'Auf ein Wort' oder so ähnlich...

Die Recherchen zu Morgan begannen schon viel eher, da wusste ich, dass das Manuskript an sich noch warten musste, denn ich arbeitete noch an Nathan, hatte aber vorher schon die Idee, dass Morgan der Nächste sein könnte. Mein Weg startete bei BMW Vogelsang in Recklinghausen, wo es eine Mini-Niederlassung gibt und dort ging ich mit heftig gemischten Gefühlen in mein erstes Gespräch mit Herrn Prüsener. Denn was würde er wohl zu dem doch recht ungewöhnlichen Buchthema sagen? Würde er mir überhaupt weiter helfen können? Würde er mir weiter helfen wollen? Ich konnte schließlich nichts erzwingen, doch fragen kostete bekannterweise nichts. Also stürzte ich Greenhorn-Autorin mich auf den wirklich netten Verkäufer, stürzte, ist klar, eher ein vorsichtiges heran tasten und hoffen, dass er nicht gleich die weiße Wickelweste ruft.

Bei Nathan recherchierte ich alles über das Internet, wo sollte ich auch sonst Informationen in dem Bereich her bekommen? Hier lag die Sache anders, also, ran an den Speck!

Allerdings rechnete ich nicht mit dem folgenden Verlauf! Denn dieser freundliche und charmante Mensch konnte sich förmlich in meinen Mini-Mann hinein versetzen! Noch ehe er wusste, wie ich meinen Mini Cooper im Rollenspiel konzipiert hatte, stattete er diesen gedanklich schon mit einer John Cooper Works Rennausstattung aus, wie ich es zu der Zeit nicht hätte besser erklären können, denn mein Konzept war ebenfalls ein John Cooper Works aus dem Jahre 2010! Sofort war ihm klar, dass er KEIN Schwimmbremsentyp wäre, sondern Sportbremsen mit vier Kolben hätte und eine Klappenauspuffanlage, die beim Gas geben wie ein landender Hubschrauber klingen würden, im Cabriodach einen Always Open Timer, 17 Zoll Bereifung, natürlich entsprechend auch einen starken Motor unter der Haube und die beiden schwarzen Streifen vorne drüber waren auch eingeplant! Ich zeigte ihm ein Foto des Wagens, den ich mir beizeiten aus dem Netz gesucht hatte, ebenfalls eine John Cooper Works Ausführung und vergleichbar! Wir waren uns einig, genau das war Morgan! In der folgenden Stunde bekam ich dann auch noch diverse Einblick in die Herstellung und die Geschichte des Minis und in der meine auftauchenden Fragen auch teils beantwortet werden konnten. Lackierung und so weiter würde ich mir woanders aneignen müssen, aber das machte mir nichts aus, niemand kann alles wissen!

Als dann ein Terminkunde auftauchte, zog ich mich natürlich diskret zurück, mit einer Menge Notizen und positiv komplett durch den Wind, meine Güte, was ist denn hier passiert?! Ich hatte ja mit allem gerechnet, nur nicht damit!

Und es blieb nicht bei meinem einzigen Besuch. Auch während ich noch Nathan schrieb, kamen hier und da Morgan-Fragen auf und ich suchte meine Antworten in einem Gespräch.

Zum Thema Lackierung, Trockenkabinen, fand ich meine Quellen in Herten bei der Firma Wienfort und in Marl bei der Firma Klein. Und schon da zeigte sich, irgendwie war meine Idee noch nicht schlüssig, wenn ich nahe an der Realität bleiben wollte, was ich ja immer versuchte und versuche, egal wie fantastisch meine Geschichten auch werden. Die Vernunft verlangte eine Anpassung und ich versuchte es so gut es ging umzusetzen.

Das erste Kapitel entstand, nach der Fertigstellung von Nathan und auch nach der Überarbeitung von Wolf. Den Gedanken Security zu überarbeiten verschob ich, Morgan zog eindeutig stärker! Ich erinnerte mich an die Worte von Herrn Prüsener, dass er mir bei der ersten Lesung einen Mini inklusive Buchwerbung vor die Türe stellen würde und auf meine Frage ob das ein Scherz wäre, verneinte er, deswegen verewige ich das auch frech hier in meinem Nachwort, ein Mann, ein Wort?

Herbst/Winter 19/20 zog sich leider schreibtechnisch sehr zäh hin, nur ab und an war die Muse da ein paar Seiten zu schreiben, aber der richtige Flow blieb aus und das nicht nur in diesem Bereich. Erst im Februar 2020 kam es wieder mehr ins Rollen.

Im Rahmen der Corona-Anfänge konnte ich daraus für mich den nötigen Rückzug ziehen und sorgte damit wieder für Aufschwung im Manuskript, auch wenn das ein wenig paradox klingt. Vermutlich lag es damit zusammen, dass ich in meinen Aktivitäten ja durchaus ausgebremst war, mehr spazieren ging und damit auch den Kopf freier bekam, so dass ich zumindest die angesammelten handgeschriebenen Manuskriptseiten abtippte. Ab Mai ging es dann besser voran, die Lockerungen setzten ein, manch lange vermisster Termin konnte wieder aufgenommen werden.

Noch einmal hakte ich in einer dritten Lackiererei wegen der Temperatur in der Trockenkabine nach, bekam allerdings Infos, die denen zweier Handbücher aus der Bücherei komplett widersprachen. In dem Moment beschloss ich, meine alte Idee im Manuskript unter zu bringen, Realitätsliebe hin oder her, auch wenn es technisch so nicht möglich sein soll, dass es eine derartige Überhitzung oder Explosion geben könnte. Ich verbuchte es frech unter künstlerischer Freiheit!

Mittlerweile war auch das Schreiben in meiner Lieblingskneipe, nein, Gaststätte, Haus Lueg wieder möglich, was mich erleichterte, denn seit Jahren ist es für mich schwer, in meinen eigenen vier Wänden vorzuschreiben. Abtippen und korrigieren kein Problem, aber nicht mit dem Bleistift im

Manuskriptbuch versinken. So entstand aus 'Ich mache nur ein paar Notizen' das komplette Grundgerüst der Fallschirmszene!

Und ich fand einen neuen Schreibort! StarChief Diner, Gelsenkirchen, Kaffee-Flat, Tee-Flat, American Breakfast, von dem ich zwei Tage satt wurde, echt nette Gesichter und Mitarbeiter*innen und immerhin der Ort, wo ich das Nachwort bis genau -HIER- geschrieben habe.

Künstlerische Freiheit, die habe ich mir auch bei dem Fallschirmsprung ein wenig gegönnt, denn ich war mir nicht sicher wie weit Elena Morgan tatsächlich so tragen kann, ich hoffe es wird mir verziehen. Übrigens, heute ist Siebenschläfertag und eine verwehte Mischung aus Sonne, Wolken und 24 Grad. Wir werden sehen... (Sieben Wochen bis 15.8.20) Nun, das Wetter hält sich gerade an die Siebenschläferregelung und es ist die letzten Wochen merklich kühler, nasser, unfreundlicher. Gar nicht mein Ding, wenn ich ehrlich bin und mir fehlt meine 6 Uhr-Sonnenaufgang-Zeit. Ich war ja nie richtig schreibaktiv, wenn ich im Garten saß, doch der Tag fing damit harmonischer an.

Mitte Juli und ich habe endlich wieder einen gewissen Schreibrhythmus gefunden. Dazu gehört das flinke Einschreiben der Texte übers Tablet mit der externen Tastatur, es klappt wunderbar! So muss ich nicht zwingend an den Rechner, kann es auch im offline Dokument im Garten machen und dann damit das teils rare schöne Wetter auskosten. Der Lavendel blüht immer noch hummelfreundlich und ich erdreiste mich ihnen ab und an etwas von den Zweigen weg zu nehmen, natürlich nicht wenn gerade eine Hummel drauf sitzt, denn wer wird schon gerne beim Frühstück gestört?

Die Idee zu Elenas Fallschirmsprung kam mir übrigens auf dem Sportflugplatz Loemühle, nachdem ich mir das bunte Treiben am Himmel den einen Sonntag vom Garten aus angeschaut und mich dann auf den Weg dorthin gemacht habe.

In Ordnung, das mit den sieben Wochen Siebenschläferwetter hat nicht funktioniert, zumindest meiner Meinung nach. Heute ist der 11.August 2020 und wir haben seit vier Tagen über 30°C! Nachts schlafen ist anstrengend und gerade sitze ich wieder im Diner. Der Gedanke eines vermehrten Besuchstaktes drängt sich auf, denn hier ist es wunderbar kühl, drinnen rechts im Pavillon, hinten rechts auf dem 'Teenagers Place'. Zwar bekomme ich hier mehr aus der Küche mit, aber so schlimm ist es nicht. Zuhause habe ich zum Abtippen oft Zuflucht in unserer Party-Garten-Klabauterhütte gesucht. In der ist es erstaunlich kühl und ich kann mich mit dem Tablet, Tastatur und Buchständer an den Tisch setzen. Übernachten wäre dort auch eine Option... Ich merke gerade, dass die letzten Nächte eher sehr leichtschlaflastig waren, deswegen habe ich auch nach dem sechsten Gähnen kapituliert und mir trotz der

Temperaturen draußen Kaffee bestellt. Die Stimmung passt gerade perfekt zu Morgans 'Morgen nach dem Marder'.

Wir haben den 8.September 2020 und gerade bin ich beim Abtippen wieder bei dem Marder-Kapitel angekommen, sitze im Diner und grinse vor mich hin. Mittlerweile wandert mein Tablet auch mit und ich nutze die ersten zwei bis drei Stunden mindestens zum abschreiben. Denn es hat sich wieder zu viel angesammelt, deswegen die kleine Strategie-Änderung. Und es funktioniert gut. Denn ich tippe ja offline, lade vorher alles auf und dann ran an den Speck! Die ersten 100 Buchseiten sind geschafft, im Bleistiftbuch auch noch locker 70 Seiten, es geht voran. Ich denke mit Korrekturzeit und allem könnte es Anfang nächsten Jahres soweit sein. Ich halte mich ran!

Mitte Oktober, der Herbst ist eindeutig da und ich bin ein gutes Stück weiter gekommen! 145 Buchseiten, 10 abgetippte Seiten im Tablet und noch gut 20 Seiten im Bleistiftbuch, damit dürfte ich ungefähr 170 Seiten haben, grob geschätzt. Heute kam ich auf die Idee zu testen, wie viele Seiten es im kleineren Buchformat wie bei Nathan wären und bin bei 240 gelandet. Das gibt noch einen möglichen Spielraum von 60 Seiten. Ich werde mir das noch überlegen, denn noch bin ich nicht am Ende. Ich bin gespannt, wann es mir zeigt, dass es beendet werden möchte. Und ich weiß, auch dieses Buch werde ich echt nur sehr ungern beenden.

Heute haben wir den 22.10.20 und gerade habe ich die letzten Zeilen mit Morgan im Flughafen geschrieben. Eröffnet wurde das Manuskript im Januar 2019 und ich muss sagen, es hat sich gut entwickelt, mal von der Pause im letzten Herbst/Winter abgesehen. Es war auf jeden Fall nicht so ein Raketenritt wie mit Nathan, was für eine intensive und mitreißende Zeit.

Heute ist der 25.November 2021 und endlich ist es soweit! Nachdem Ende 2020 das Buch zu einem Bekannten zum Korrektur lesen ging und ich es im Februar dann wieder bekam, gut Ding will Weile, fehlte mir allerdings dieses Jahr die Ruhe. Persönlich änderte sich auch das eine oder andere und es kam viel Stress auf, damit einhergehend weniger Muse sich um den kleinen Wagen hier zu kümmern.

Dennoch hatte ich mich endlich im Oktober hingesetzt und angefangen die letzte Korrektur zu machen. Heute ist sie beendet und ich würde sagen, es liest sich echt witzig und frisch.

Für hier und jetzt heißt es Abschied nehmen, denn wie auch Nathan, bindet das Ende dieses Buches sich an den Beginn der Rollenspielzeit auf dem Server und kann leider inhaltlich nicht mehr fortgesetzt werden.

Ich wurde sehr oft von der Handlung überrascht und kam mir vor wie in einem großen Kinosaal.

Doch nun heißt es: Auf zu neuen Ufern und die Hoffnung, dass ihnen die Zeit mit Morgan mindestens genauso gut gefallen hat.

Facebook:
https://www.facebook.com/oldfashionwriting/

Lovelybooks:
https://www.lovelybooks.de/mitglied/Rouven_Larsson/

Email: rouven.larsson@gmx.net